JN125697

ワラグル

浜口倫太郎

小学館

ワラグル

プロローグ　ＫＯＭ決勝＆敗者復活戦当日

1

『5位　リンゴサーカス』

敗者復活戦の順位がそう判明した瞬間、加瀬凛太《かせりんた》の体中の感覚が消えた。天秤《てんびん》に乗った希望と絶望が絶望に傾いた瞬間、自身の無能さを悪魔が嘲笑する。その下卑た笑い声が、耳の中でこだましている……。

ここはビル街にある野外ステージだ。寒風にさらされ体中は冷え切っているが、今は何も感じない。人は絶望の沼に落とされると、寒さなど一切感じなくなる。

この一年、いや芸人になって積み重ねてきた努力すべてが泡と消えた。その残酷なまでの現実を目の当たりにして、凛太はなんだか笑いそうになった。砂漠のようにからからに乾いた笑いだ。

いま凛太がいる舞台は、ＫＯＭの敗者復活戦だった。

ＫＯＭとは、『ＫＩＮＧ　ＯＦ　ＭＡＮＺＡＩ』の略だ。

漫才師の頂点を決める大会として全国的な知名度を誇っている。地上波の全国ネットで放映され、毎年高視聴率を叩《たた》き出している。今や年末の風物詩だ。

その注目度は高く、ＫＯＭで優勝をすれば一躍スターとなれる。劇場でしか見られない芸人が、全国的な知名度を得られるのだ。

これまでのＫＯＭチャンピオンは、もれなく売れっ子芸人となった。たった一夜で人生が激変するのだ。ＫＯＭドリームと呼ばれる所以《ゆえん》だ。

ＫＯＭの決勝に立ち、漫才師としての頂点を極める。それが全漫才師の夢だ。

今から二週間前、ＫＯＭの準決勝が行われた。ここから決勝に進出できるのは九組だけだ。そして凜太のコンビであるリンゴサーカスは、決勝の舞台に立つことはできなかった。

そのときも絶望が凜太の喉をしめつけてきたが、凜太は懸命にそれを振りほどいた。まだ敗者復活戦が残っているからだ。そこで一位になれば、決勝への道が復活する。

去年も凜太は準決勝で敗退した。そこで完全に気持ちが切れてしまい、敗者復活戦はボロボロだった。去年の二の舞をくり返してはならない。

そう自らを奮い立たせ、この敗者復活戦に挑んだ。なのに、その結果は無残なものに終わってしまった……。

一際《ひときわ》大きな歓声が上がり、凜太ははっと目を覚ました。敗者復活戦の一位が決まったのだ。その天界からの蜘蛛《くも》の糸を摑《つか》んだコンビが、ステージで大喜びをしている。

他のコンビが彼らを拍手で称《たた》えたり、励ましたりしていた。その光景を見て、凜太は唇を嚙《か》みしめた。

馬鹿か、こいつらは？　敗者が勝者を称える？　ふざけるな。ここはお遊戯会か。そんな考えだから決勝の切符を逃してしまうんだ。

ふと隣を見て、凜太は愕然《がくぜん》とした。相方の箕輪《みのわ》が、一位になった芸人の肩を笑顔で叩いている。

箕輪は太っているので、顎の肉が揺れている。ド派手な赤いメガネと蝶《ちょう》ネクタイをしていて、それが凛太を苛立《いらだ》たせるが、その衣装にさせたのは他ならぬ凛太自身だ。それも我慢ならなかった。

敗者復活戦が終わった。それと同時に凛太は一目散に楽屋に入り、かばんを摑んで飛び出た。こんな場所一刻も早く立ち去りたい。

急ぎ足で廊下を歩いていると、

「凛太、ちょっと待てや」

聞き知った声に呼び止められた。振り返ると、箕輪が目を吊《つ》り上げていた。凛太を急いで追いかけてきたのか息が荒い。太りすぎだ。

「……なんや」

「なんやややないやろ。おまえどういうつもりや。あんなふてくされた面しやがって。テレビやぞ」

「……俺らは負けたんやぞ。当たり前や」

「何言ってんのじゃ。敗退した後も重要やって何度も言うたやろ。おまえみたいな態度しとったら、MCもふってくれんやろうが」

怒りで血が沸騰し、その蒸気で頭がまっ白になる。

真剣勝負に負けた直後に陽気にふるまえというのか。おまえは俺が死ぬ思いでKOMに賭《か》けていたのを、もっとも知っている人間ではないのか。それでも相方なのか……。

喉元の寸前まで出かけた罵声を、凛太は渾身《こんしん》の力で押し止《とど》めた。理性が血相を変えて説き伏せてくる。とにかく耐えろと……。

深く息を吐き、どうにか憤怒《ふんぬ》を封じた。踵《きびす》を返して去ろうとする凛太の肩を、箕輪が強引に摑んだ。

「どこいくねん。話はまだ終わってない。今からみんなで決勝見るんや。『カイワレダンス』応援するぞ」

カイワレダンスとは凛太と箕輪と同期の芸人だ。彼らは二週間前に決勝進出を決めている。

そこで凛太の堪忍袋の緒が切れた。

「俺らは負けたんやぞ！　そんなもんできるか！」

廊下に反響するほどの叫び声が出た。それに驚いたのか、廊下の端にいたスタッフが身を隠した。

はあはあと息を乱していると、箕輪がだしぬけに言った。

「おい、約束覚えてるやろな」

しまった、と凛太は青ざめる。

「四年で決勝進出できなかったらコンビを解散する。そういう約束や」

この話題を避けるために、必死で怒りを抑えていたのに……。

凛太は四年前にコンビを解散し、新たな相方として箕輪に白羽の矢を立てた。ＫＯＭで優勝するために足りない要素を箕輪が持っている。そう判断したからだ。

ただ当時の箕輪は、芸人引退を視野に入れていた。そこを凛太が口説き落とし、リンゴサーカスを組んでもらった。その際の約束は、『四年で決勝進出できなかったらリンゴサーカスを解散する』だった。

「……何言っててんねん。準決勝に結成二年でいけてんねんぞ。あと一年我慢したら決勝いけるわ」

平静を装っていたが、凛太は崖っぷちに追い込まれた気分だった。

コンビを解散する……それは積み上げたものすべてが瓦解することを意味する。

漫才とは二人でやる芸だ。一心同体と言えるまで二人の息を合わせないと、笑いは決して生まれない。ほんのわずかなテンポやリズムが狂うだけで、客は笑わなくなる。極めて繊細で、困難な芸なのだ。

その息を合わせるにはとにかく時間がかかる。凛太は箕輪の才能を見込んでコンビを組んだが、それでも最初は惨澹《さんたん》たるありさまだった。

もしここで箕輪にコンビを抜けられたら、また一からやり直しだ。凛太の芸歴は十年目だ。芸歴が浅ければ相方も見つけやすいが、ここまで芸歴を重ねてしまうと、相方を探すのもままならない。夢であるKOMの優勝どころか、KOMに参加することすら不可能になる。

箕輪が、充実感混じりの声を吐いた。

「おまえももう今日の結果でわかったやろ。あれだけネタ作って、あれだけ練習してこの結果や。リンゴサーカスはここが限界や」

ネタを作っているのは俺だろうが……また苛立ちが込み上げるが、話題を変えて紛らわせる。

「……やめておまえはどうすんねん？」

「実家の不動産屋をつぐ。親父《おやじ》にももう三年も待ってもらってるしな」

ほっとした様子の箕輪の横っ面を、凛太は張り倒したくなった。箕輪の実家は裕福で、箕輪自身も甘やかされて育っている。帰る場所があっての芸人活動だから、こいつの芸に対する姿勢はとにかくぬるい。

ロータリークラブのような地元の金持ちどもの集まりで、ゴルフをしている箕輪の姿が容易に思い描ける。芸人生活を思い出にしながら人生を謳歌《おうか》するのだろう。凛太がもっとも唾棄する生き方だ。

「いや、でもあと一年。あと一年やらへんか。準決勝のまま終わるんと、決勝進出してから辞めるんでは意味が違う。このまま辞めたら悔いだけが残るぞ」

凛太は自分自身で吐き気がした。これだけ箕輪にむかつきながらも、箕輪の存在に頼らなければならない自分に……。

箕輪が首を横に振る。

「俺はおまえみたいに人生を芸人に賭けられれん。いや、おまえは芸人やないな。KOMにだけ賭けてるんか」

その表情には呆《あき》れの色が見て取れる。

「それの何が悪い……」

芸人とは漫才師のことであり、漫才師になった限りKOMの頂点を目指すのが当然だ。あそこは漫才師の聖地だ。聖地に向かわない巡礼者はいない。

「もうええ。とにかく俺はリンゴサーカスを辞める。それが約束やったはずや」

そう言い捨てると、箕輪は踵を返して戻っていった。その丸い背中を、凛太は呆然《ぼうぜん》と眺めていた。

2

城之内《じょうのうち》マルコは、ネットカフェでパソコンのモニターを見つめていた。

世間はクリスマスイブで賑《にぎ》わっているが、この空間にそんな洒落《しゃれ》た気配は一切ない。フラット式の狭いスペースに、パソコンと備え付けのテーブルだけがある。その上に紙コップがいくつも並べられていた。フリードリンクで呑《の》んだコーンスープの残骸だ。今日はこれで飢えをしのぐ。

難波《なんば》の大国町でも格安のネットカフェで、くたびれたホストやキャバ嬢がよく使う店だ。清掃も行き届いていないのか、床にカップラーメンの麺《めん》のかすがこびりついている。

マルコはヘッドホンをつけて、食い入るようにモニターを見つめていた。それはKOM決勝の生中継だった。

もちろん家にもテレビがあるが、マルコは三人の芸人と共同生活をしている。彼らと一緒に見たくないので、わざわざ金を使ってここに来たのだ。

決勝を見ている間、マルコは悔しさで身悶《みもだ》えした。同期の『馬刺《ばさし》』がネタをしているときは、羨ましさで卒倒しそうになった。

この決勝の舞台に立つのがマルコの目標だった。けれどマルコのコンビである『キングガン』は、準々決勝で敗退してしまった。

ヘッドホンから歓声が上がり、マルコは目を見開いた。今年の優勝者が決まったのだ。大差で『花山家』の優勝となった。二人が歓喜の涙を流している。

ただマルコの視線は、二人の表情には注がれていない。彼らが手に持つ目録を凝視していた。

そこには『1000万円』と書かれている。KOMの優勝賞金だ。

一千万円……毎年優勝の瞬間を見ているが、いつもこの一千万円の文字に目が奪われる。KOMの頂点に立てば一千万円だけでなく、一夜で全国的な知名度を得られる。仕事が爆発的に増えれば必然的に多額のギャラをもらえる。

欲しい。金が、金が欲しい……。

その願望が声に出そうになり、マルコは慌てて口で手を押さえた。去年ここでKOMの決勝を見ていて、「一千万円が欲しい」と思わず叫んでしまい、隣の客に怒鳴られた。

若者が芸人を志す理由はいくつもある。お笑いが好きだ、有名になりたい、楽しいことがしたい、モテたい、華やかな芸能界に身を置きたい。

マルコにとってのそれは金だった。金持ちの家に生まれていない。勉強もできない。スポーツもできない。音楽もできない。モデルや俳優になれるほどの飛び抜けたルックスもない。

そんな何も持たない若者が一攫千金《いっかくせんきん》を狙える職業、それが芸人だ。マルコが芸人になった理由はそれだけだ。

マルコは改めて画面を見つめた。次だ、来年こそは自分たちがこの舞台に立ち、あの一千万円の目録を手にする。マルコはそう心に誓い、残りのコーンスープを啜《すす》った。

3

興津文吾《おきつぶんご》は夜の街をとぼとぼと歩いていた。

冬の寒さが文吾の体を芯から凍えさせる。こんなに安いペラペラのコートでは、秋でも寒いくらいだ。街灯の煌《きら》びやかなネオンの下を、付き合いたての男女らしき二人が闊歩《かっぽ》している。その表情は幸福感で満たされていた。

そうか、今日はクリスマスイブか。そんなことも忘れるほど文吾とは縁遠いイベントになっていた。ポケットの中をまさぐると、小銭の感触がした。なけなしのお金をパチンコで擦ってしまったのだ。

新しいバイトも探さないと。文吾はため息を吐《つ》いた。バイト先の居酒屋の店長に嫌気がさして、バイトを辞めてしまったのだ。

冷たい風が吹きつけ、文吾はぶるっと震えた。これは寒さからの震えではなく、自虐からの震えだ。

文吾は大学二回生だが、こんな風にぐうたらと大学生活を過ごしていた。必死に勉強して難関の国立大学に受かったのだが、そこで燃えつきてしまった。大学合格という目標が消えてしまい、ぶらぶらとするだけの毎日だ。

こんな生活ができるのもあと一年で、そこから就職活動だ。ただ文吾は、自分に何ができるのかも何がしたいのかもわからない。教科書や参考書にはそれは載っていない。

勉強ってぜんぜん役に立たねえじゃねえか……肩を落とすと、コンビニが目に留まった。近所のコンビニなのだが、いつも同じチェーンの別の店舗に寄るので、この店には入ったことはない。のぼりにクリスマスケーキのイラストがあった。せめてケーキぐらい買ってクリスマス気分を味わうか、と文吾は店の方に向かった。

店内には誰もいない。クリスマスイブのこの時間に、街外れのコンビニにいるのは文吾ぐらいだ。

ケーキを探していると、壁にバイト募集のチラシが貼られていた。時給や条件に自然と目が吸い寄せられる。バイトを探しているときの条件反射だ。この前は、なぜかイベントコンパニオンの求人募集をつい読み込んでしまった。

一切れだけ売られているケーキを手に取り、レジに向かう。ただ店員が誰もいない。客がいないのはわかるが、店員がいないとはどうなっているのだ？

「すみません」

カウンターから身を乗り出して、控え室の方に声をかけるが誰も出てこない。無人のコンビニなどあるわけがないので、誰かはいるはずだ。

もう一度声を出してみるが反応はない。もしかして突発事態が起こったのだろうか？　中で店員が倒れていたら大変だ。一瞬躊躇《ちゅうちょ》したが、文吾は意を決して奥の控え室を覗《のぞ》いてみた。

狭い室内にはところせましとダンボールが置かれ、棚も荷物で埋まっていた。その中央にテーブルとパイプ椅子があり、そこに制服姿の店員が座っていた。若い女性だった。

「あの……」

そろそろと文吾が声をかけるが、彼女は何かに夢中な様子で一向に気づかない。その視線の先にはテレビがあった。それを食い入るように見つめている。

「優勝は花山家！」

画面の中の誰かがそう叫ぶと、

「花山家、来たあ！！！」

突然彼女が立ち上がり、歓喜の雄叫《おたけ》びを上げる。その声の大きさに、「うわっ」と文吾は仰天して尻餅をつきそうになる。

「えっ、誰、泥棒！」

そこで彼女が文吾の存在に気づき、文吾は慌てて弁明した。

「違います。客です。会計をしにきただけです」

すぐに彼女が胸をなでおろした。

「なんだ。お客さんか」

そう安堵《あんど》の表情を浮かべるが、すぐに我に返ったように狼狽《ろうばい》する。

「すっ、すみません。仕事サボってテレビ見ちゃってて」

あまりに正直に謝るので、文吾はつい笑ってしまった。つられて彼女も頭を掻《か》いて笑う。そこで彼女の顔を正面から見て、文吾は虚をつかれた。

可愛《かわい》い――まつげが長く、目が大きい。鼻と口は小ぶりだが、それがまた可愛さを際立たせている。美人という感じではないのだが、とにかく愛嬌《あいきょう》がある。

何より魅力的なのはその笑顔だ。雲一つない青空の下で干されるまっ白なシーツを連想させるような、太陽のような笑みだ。見ているだけで暗い気持ちがふき飛ばされ、心が華やぐ。

まさかコンビニでこれほど自分好みの女性に出会うとは。ふいうちすぎる。

「どうかされましたか？」

つい見とれてしまい、彼女が怪訝《けげん》そうに文吾を見る。それをごまかすように、文吾はもつれた舌で尋ねる。

「なんのテレビを見られていたんですか？」

彼女が顔を輝かせた。

「『ＫＯＭ』です」

確か日本一の漫才師を決めるコンテスト番組だ。毎年このクリスマス付近の時期にやっているが、文吾はお笑いに興味がないので見たことがない。

「ほんとは今日はKOMを見るためにシフト空けてたんですけど、一緒のバイトの子にどうしても代わって欲しいって頼まれて仕方なく入ることになったんです。あー、こんな大事な日にバイトだなんて」

心底がっかりしたように彼女が言うが、文吾にはさっぱり理解できない。クリスマスイブに、たかが漫才の大会をそこまで見たいものなのだろうか？　しかも彼女のような若い女性が。

「で、バイトをサボってKOMを見てたんですか？」

「そうなんです。私の予想通り花山家の優勝でした。ブイ」

そう笑顔でピースサインを見せる。性格も明るくて可愛い。もう無敵だな。文吾はなぜか感心してしまった。

名札を見ると、『千波《せんなみ》』と書かれていた。文吾の視線に気づき、彼女が口を開いた。

「私、千波です。千波梓《あずさ》です」

「あっ、俺は興津文吾です」

なぜか店員に名乗ることになってしまった。梓がそこで気づく。

「そうだ。お会計ですよね」

文吾は言葉に詰まった。クリスマスイブの夜に、男が一人寂しくケーキを買う。こんな姿を彼女に見られるのはちょっと気恥ずかしい。

「いや、その……」

背中にケーキを隠すと、梓の表情に不審の色が浮かぶ。まずい……。

すると文吾の口が勝手に動いた。

「バイト、バイトの募集の張り紙を見たんです」

梓が手を叩いた。

「あっ、新規バイト希望なんですか」

「そっ、そうです」

「わかりました。店長に伝えておきますね」

にこにこと梓は了承するが、あっと肩を跳ねさせた。

「どうされました？」

そう文吾が尋ねると、梓が遠慮がちに頼んだ。

「……すみません。仕事サボってＫＯＭ見てたの店長には言わないでもらえませんか」

文吾は思わずふき出した。

一章
死神

1

「そうか。芸人を辞めるのはうちとしても残念やけど、おまえの人生や。芸人として培った経験は次の人生でもきっと役に立つ。頑張れよ」

チーフマネージャーの設楽《したら》が口角を上げ、箕輪にそう声をかけた。

設楽はシャツの上にサスペンダーをしている。設楽を嫌っている芸人達は、このサスペンダーまで憎く見える。凛太がまさにそうだ。最近太ってきたのか、腹の肉が目立っている。

ここはトッププロの事務所だ。正式名称はトッププロモーションで、略してトッププロと呼ばれている。

トッププロは長い歴史のある芸能事務所で、多数のお笑い芸人が所属している日本一のお笑いの事務所だ。

設楽はこの難波漫才劇場、通称『ナンゲキ』に所属する若手芸人を取り仕切っている。

箕輪が恭《うやうや》しく頭を下げる。

「ありがとうございます。設楽さんに教えてもらったことをこれからの人生に生かします」

どっちも茶番だ、と凛太は吐き捨てたくなる。

芸人として培った経験は次の人生でもきっと役に立つ？　一体なんの役に立つのだ。人を笑わせるという能力は、芸人だからこそ必要とされる。他の社会ではそんなものは一切必要ない。

笑いの才能……それは芸人の世界だけで光り輝く。だからこそ清く尊いのだ。芸人を辞めてしまえば、芸人としての経験などゴミ同然だ。

さらに同年代の人間は社会人としての経験を十二分に積んでいるので、芸人を辞めると一から
そいつらと勝負するはめになる。周回遅れでレースに参加するようなものだ。

別れの挨拶が終わり、凜太と箕輪が立ち去ろうとすると、

「加瀬、おまえにちょっと話がある。箕輪は行っていい」

そう設楽が呼び止めたので、凜太だけが居残ることになった。

口を真一文字に結んだ設楽が、座りながらじっと凜太を見つめる。この劇場の芸人全員が毛嫌
いしている視線だ。観察などという高尚なものではない。ただ自分の威厳を示したいだけだ。

設楽がだるそうに言う。

「おまえは芸人続けるんやなあ」

「そうです」

「ピンでやるんか？」

「いえ、新しい相方探そうと思ってます」

ピンとは、一人だけでネタをするピン芸人のことだ。

凜太はピン向きの芸人ではない。それよりも何よりも、ピン芸ではＫＯＭに参戦できない。凜
太にとってこれは致命的だ。

設楽が確認するように訊《き》いた。

「加瀬、おまえ芸歴何年や？」

「十年です」

「十年目のやつが今から新しい相方見つけられんのか？　おまえみたいな偏屈なやつと組みたい
やつがおると思うか？」

誰が偏屈だ、と凜太はむかついた。ただ設楽の指摘は、まさに凜太の不安そのものだった。KOMの決勝が終わってからというもの、凜太は相方探しの件で悩んでいた。夜も満足に眠れない。

「……なんとか見つけてみます」

「加瀬、おまえTS出とるんやなあ」

「はい」

TSとは、トップロが運営する芸人の養成所の名称だ。芸人になるためには、このTSの門を叩くのが一般的となっている。凜太も箕輪もTSの出身だ。

「TSは入所半年で学生の数が半分になる」

設楽の言う通りだ。授業料を払ったにもかかわらず、半分もの生徒が途中で養成所を去ってしまう。

「そういう連中をどう思う？」

「ありえないと思います」

凜太の本音だ。昔の落語家は、『末路哀れは覚悟の前』と言って芸人を志した。芸人とはのたれ死にを覚悟で目指す職業なのだ。

その話を他の人間にすると、「それは大昔の話だろ」と大半の芸人が失笑する。そいつらは芸人の本質を何もわかっていない。TSみたいな養成所ができたり、テレビやネットやSNSなどの新しいメディアが芸人の活躍できる場になろうが一切関係ない。芸人とはそういうものなのだ。死ぬ覚悟で挑むものなのだ。

「ありえないねえ」

意味ありげに設楽がくり返し、脚を組み替えた。

「加瀬、どんな世界でも成功する人間が持っている要素は二つしかない。何かわかるか？」

設楽のこの回りくどい口ぶりも、芸人から嫌われている。

「……わかりません」

設楽が得意そうに、太い声で言った。

「一番は自分になんの才能があるかを的確に見極められるやつや。自分の適性がわかり、その適性が存分に生きる世界に飛び込む。これはわかるな」

「はい」

「次は早々に見切れるやつや。自分にこの世界での適性や才能はない。だからすぐにあきらめて別の道を探せる」

設楽が何が言いたいのかそこで見当がついた。

「おまえみたいに半年でＴＳを辞めるやつを根性なしやなんやと言うやつもおるけどな、俺の考えは違う。芸人としての才能がないとわかったんやったらはよ辞めて次の道を探すべきや。時間は有限なんやからな。投資家でも有能なのは早く損切りができるやつや」

むかつくが設楽は正論を言っている。早く辞めるのも才能だ――芸人の世界ではそう言われている。

一番愚かなのは、才能もないのにずるずると芸人を続けることだ。そして設楽は、凜太がその愚か者だと指摘している。

「ほんでおまえはどうする。損切りするには遅すぎる感もあるが、不良債権になるよりはやった方がましや」

凜太が無言のままでいると、設楽が大仰に息を吐いた。

「俺はおまえのために言ってやってるんやぞ」

何がおまえのためだ、と凛太は胸が悪くなる。そう前置きして、ただ自分の説教欲を満たしたいだけだろうが。この手のタイプは先輩芸人にもいる。

「しません。俺はＫＯＭで優勝します」

そう断言すると、設楽がこれ見よがしにお手上げのポーズをとる。

「おまえのは夢やない。幻想、妄想の類いや。勝手にせえ」

「勝手にさせてもらいます」

凛太が扉に向かう。チーフの設楽にこれほど反抗的な態度をとる。あきらかに損な行為だが、どうせコンビを組み直さなければ舞台に上がれないのだ。凛太は半ばやけになっていた。

設楽がぼそりと言った。

「このワラグルが……」

ワラグル？　どういう意味だ？　凛太は一瞬足を止めて訊き返したくなったが、そのまま部屋を出ていった。


凛太はその足で劇場に向かった。

トップロの事務所とナンゲキは別のビルにある。事務所と同じビルにあるのは、難波グランド劇場、通称『ＮＧＧ』だ。

ここはお笑いの殿堂と呼ばれ、選《え》りすぐりの芸人しか舞台に立つことはできない。その日の出番で最後の出順を『トリ』と言う。このＮＧＧでトリを務められる芸人になることが、トップロの漫才師の最終目標だと言われている。

一方ナンゲキは、若手芸人主体の劇場だ。凛太はこのナンゲキを主戦場としている。

ナンゲキのあるビルの裏口から入り、階段で五階へと上がる。階段の踊り場で後輩達がネタ合わせをやっていた。この暗がりで練習をしていたコンビが、数年後にはテレビで誰もが知る存在になることがある。

一発逆転がありえるのが芸人の世界だ。トップロの社員といえども、しょせん設楽は安定を求めるサラリーマンだ。凛太達とは価値観が違う。芸人は人生をチップにして賭けるギャンブラーなのだから。

劇場の舞台袖に向かうと、ちょうど舞台がはじまるところだった。芸歴十年以下のピン芸人を集めたライブだ。これが見たかったのだ。

もちろん凛太はピン芸人になる気はさらさらない。自分はあくまで漫才師だ。

ここに来た目的は相方探しのためだった。コンビを解散した芸人は、とりあえず次の相方を見つけるまでピン芸人になるケースがある。それかピン芸人をスカウトしてコンビを組んでもらってもいい。

期待して舞台を見つめていたが、次第に失望の色が濃くなっていく。凛太が組みたいと思える芸人は皆無だった。今のこの状況で贅沢《ぜいたく》を言わないつもりだが、さすがにこのレベルの芸人と組んでも意味がない。

そのとき、ふと隣に気配を感じた。びくりとして顔を向けると、そこに不気味な男が立っていた。

黒ずくめの服を着て、白髪頭をしている。その頭上だけに雪が降り落ち、染み一つない銀世界となっている。といっても老人ではない。彼は四十代前半だが、そういう体質みたいだ。

さらにその白髪頭よりも目を惹《ひ》くのが、右頬にある大きな傷跡だ。口端から耳元に向けて、太く鈍い線が刻まれている。大男が切れ味のない錆《さ》びたナイフを使い、渾身の力で引き裂いたような古傷だ。見るだけでその痛みを想像し、我知らず顔をしかめてしまう。

白髪頭とこの傷跡だけでも気味悪さは十分なのに、それに輪をかけるのがそのまなざしだ。欠品検査をする工場作業員のような目で舞台を見つめている。

死神かよ……。

凛太は心の中でそうつぶやき、そっと息を吐いた。この顔は見慣れているはずなのに、突然すぎて鼓動が速くなる。

男の名はラリーという。

職業は放送作家だ。放送作家とは、テレビやイベントの企画を考えたりその構成台本を書く仕事だ。構成作家とも呼ばれている。

さらには芸人と一緒にネタを考えたり、アドバイスもしてくれる。芸人にとっては軍師であり、ブレーンのような存在だ。

ただラリーは放送作家だが、劇場付きの作家ではない。劇場付きの作家とは、ほぼ劇場専属で、芸人と一緒にそこで行われるイベントやネタを作ってくれる。

だが劇場での収入などたかが知れている。構成作家は売れてくると、テレビ番組のスタッフになり、テレビの仕事の比率が増える。その方が収入が増すからだ。

ラリーは業界に長く居続けるベテラン作家で、暇さえあれば劇場にあらわれては、こうして舞台袖から芸人のネタを眺めている。

ラリーほどネタが好きで熱心な作家は、ナンゲキの作家でもいない。普通芸人からすればありがたい存在だが、誰もラリーのことをそうは思わない。

というのもラリーは本当にただネタを見ているだけで、アドバイスをしたり一緒にネタを作ったりはしない。なんのサポートもしてくれないのだ。

これではただの邪魔者だ。白髪頭にひどい傷跡という見た目もあって、芸人の大半はラリーを不気味がっている。

しかし設楽を含めた社員やスタッフは、ラリーに関して誰も何も言わない。上の連中がラリーを放置しているので、若手芸人も口を閉ざさざるをえない。

ただずっと舞台袖でネタを眺めている、気味の悪いベテラン放送作家……それがラリーという男だ。

その謎めいた存在と外見、さらにはある行動からラリーにはこんなあだ名がつきはじめた。

死神――。

外見だけで十分死神っぽいが、それはただ容姿のみでつけられたあだ名ではない。

ラリーは無口でほぼ喋《しゃべ》らない。凜太もラリーを昔から見ているが、あの血色の悪い唇が縦に開いたことすら目撃したことがなかった。

ただそんなラリーが、芸人に声をかけることがある。そしてその話しかけられた芸人達は、しばらくするとこの世界から消えていくという。

余命いくばくもない人間には死神が取り憑《つ》くというが、まさにラリーは芸人版の死神だ。ラリーに近づかれると、芸人生命が終わる……。

いつしかそんな噂《うわさ》が流れ、ラリーは『死神』と呼ばれるようになった。そしてラリーは、芸人から忌み嫌われ、敬遠される存在となった。

そのときだった。凛太の耳に不気味な声が飛び込んできた。

「ピン芸人から相方を選ぶな」

一瞬、それが誰が発した声かわからなかった。まるで暗い井戸の底から響いてくるような、不穏な声だった。そしてすぐに気づいた。

ラリーだ。ラリーの発した声だった。

戸惑う凛太をよそに、ラリーが立ち去っていく。

ラリーは、自分が相方を探しに来ていることを見抜いたのだろうか？　どうやって？　そしてなぜピン芸人から相方を選ぶことが悪いのだ？

疑問が頭の中でとぐろを巻き、そこで凛太は慄然《りつぜん》とする。

ラリーに……死神に声をかけられた……もしかすると自分は、もう芸人として終わっているのか……。

恐怖のあまり、凛太はその場に立ち尽くした。

2

マルコは劇場の上のフロアにいた。

劇場は五階、ここは六階だ。六階は芸人の控え室で、簡単な会議などにも使われている。一角にはホワイトボード、テーブル、椅子が並び、テーブルの上にはインスタントそばがたくさん置かれていた。年越しそばとして配られたものだ。

他の一角にはソファーがいくつも置かれている。ソファーは使用頻度が高いので、どれもこれも穴だらけだ。

そのソファーの上で複数の芸人たちが寝ていた。全員がホットアイマスクをして、ぴくりともしない。まるで芸人の死体安置所だ。

正月は劇場の書き入れどきだ。カウントダウンライブ、オールナイトライブなど芸人は大忙しになり、寝る間もなく働き続ける。だからわずかな隙間時間を睡眠にあてるのだ。

それでもある程度の芸歴を重ねないと、このソファーは使えない。売れてこのソファーで寝転がれるのも、ナンゲキでのステータスになっている。

普段と比べて、マルコも劇場の出番が多かった。ギャラが振り込まれる二ヶ月後は少しは生活が楽になりそうだと安堵するが、すぐに気を引きしめる。

自分の目標はあくまでＫＯＭ優勝だ。そんな雀《すずめ》の涙ほどのギャラが増えた程度で満足してどうするのだ。

「ウオオオオオオ！」

活を入れるために叫ぶと、全員がぎょっと振り向いた。さらにソファーで寝ていた先輩芸人が飛び起きる。

「うおっ、出番か」

どうやら起こしてしまったようだ。

「兄さん、すみません。起こしてもうて」

マルコがすぐさま謝ると、彼があくび混じりに尋ねる。

「なんや。なんかあったんか」

「いや、正月出番多かったんでバイト減らせるなって思ったんですけど、そんなんで喜んでたらアカンなって気合い入れたんです」

「それでいきなり叫ぶっておまえ動物か。街やったら警官呼ばれるぞ」

「動物ちゃいますよ。こんな男前のイタチいますか？　僕はただの天才です」

マルコが平然と返すと、先輩がいきなり顔を歪《ゆが》ませ、指を二本立てた。

「バラヴィー」

反射的にマルコも、「バラヴィー」と応じる。バラヴィーはマルコの持ちギャグだ。もちろんこっちが本家本元なので、より完成されたパーフェクトバラヴィーだ。

誰かがバラヴィーをやると、マルコが間髪入れずに返すのがお決まりのノリとなっていた。

「ほな、お年玉やるわ」

先輩がポケットからポチ袋を取り出す。正月になると先輩が後輩にお年玉を渡すのが、この事務所の習わしでもある。

中身は千円と少額だが、塵《ちり》も積もれば山となる。だから正月のこの時期は、用もないのにお年玉目当てで劇場にやって来る若手芸人も多い。

「ありがとうございます」

マルコが受け取ろうとすると、何者かが横からポチ袋を奪い取った。仰天してそちらを見ると、いつもの顔がそこにはあった。

相方の鹿田《しかだ》だ。キングガンのツッコミがマルコで、ボケが鹿田だ。全世界から画家を集めてアホを描《か》けと命じれば、おそらく鹿田の顔になるだろう。それぐらいのアホ面だ。

先輩が苦笑混じりに言う。

「おまえさっき年玉やったやろ」

「こいつに金やってもどうせ貯金ですから。マルコの分は俺がもろうて経済回させてもらいます」

「何が経済回すや、パチンコと競馬に使うだけやろ」

「ちょっと待ってください、兄さん。パチンコと競艇です」

「おんなじや」

仕方なさそうに先輩が言い、マルコが咎《とが》める。

「おい、おまえギャンブルやめるって約束やろ」

鹿田は大のギャンブル好きだ。芸人にギャンブルはつきものだが、鹿田のそれは度を超している。暇さえあればパチンコを打ち、競艇場に足を運んでいる。

だから借金まみれで、その利息の返済のために常にアルバイトをしている。おかげでネタ合わせもままならない。

去年のKOM準々決勝敗退直後、鹿田と真剣に話し合った。本気で今年のKOMを狙うのならば、ギャンブルを止《や》めてくれと。鹿田も嫌々ながら了承したはずだった。

すると鹿田が舌を出した。

「私、鹿田門左衛門《もんざえもん》、年が明けると約束が一旦リセットされるシステムをとっております。人呼んでフーテンの鹿と発します」

そのモノマネが似ているのもむかつく。

「おまえ、ふざけんな」

マルコが鹿田の胸倉を摑み、もみ合いになる。部屋の隅まで鹿田を押しやり、そのまま倒そうとした瞬間だった。

ぐいっと肩を引っ張られ、マルコはもんどり打って転がった。

「何すんねん」

そう叫んだ相手は、リンゴサーカスの加瀬凛太だった。凛太は仏頂面でマルコを見下ろしている。

凛太はマルコの先輩だが、この劇場では浮いている存在だ。

他の芸人とからもうとはせず、たいてい一人でいる。そして暇さえあればネタ作りをしていた。一匹狼《おおかみ》とはこういう人のことを言うのだろう。

ただマルコは凛太を好んでいる。話しかければ普通に対応してくれるし、余計な説教もしてこない。ただリンゴサーカスのネタは、マルコは大嫌いだった。あんなに客に合わせるネタをするならば死んだ方がましだ。

凛太が二人の喧嘩《けんか》を止めたことで、周りの芸人たちも静まり返った。凛太は常に我関せずという感じで、他人に興味を持たないからだ。

「……壊れるから止めろ」

ぼそりと凛太が言い、マルコはつい訊き返した。

「壊れる、ですか？」

「ダンボールが壊れるから喧嘩を止めろ言うてんねん。よそでやれ」

凛太が顎でしゃくったので、マルコも視線を向ける。そこに大きめのダンボール箱があった。

凛太はそのダンボールを机がわりに、いつもネタを書いていた。ほぼ毎日ここでネタ作りに勤《いそ》しんでいるのだ。

ダンボールが理由だと知って、誰かが失笑をした。凛太のこのダンボール机は、芸人の間では揶揄《やゆ》の対象でもある。

その相手を凛太が睨《にら》みつけると、そいつは顔を伏せた。凛太と箕輪のリンゴサーカスが解散する噂はマルコも耳にしている。だから今日は、より一層凛太の機嫌が悪く見えるのだろう。

その隙に鹿田が脱兎《だっと》のごとく逃げ出した。

「おい、待て」

マルコの制止も聞かず、鹿田が高笑いの声を上げた。

「堪忍《かんにん》だっせ。芸人にギャンブルはつきもん。相方裏切ってのパチンコほど燃えるもんはない！今日はフィーバーや！」

「くそっ、死ね！」

マルコが叫んだが、鹿田は一切振り向かず部屋を出て行った。

3

バイトが終わり、文吾はコンビニの制服を着替えていた。

クリスマスイブにここを訪れ、なりゆきでそのまま働き出した。帰省して親に小言を言われたくなかったので、正月すべてにバイトを入れていた。

「おっ、ブンブン、バイト終わったの。お疲れ」

急に梓があらわれたので、文吾はどきりとする。ダウンジャケットにジーパンといういたって地味な格好で、化粧もほぼしていない。梓は普段も頰が桜色だが、外が寒かったせいか今は林檎《りんご》のようにまっ赤だ。それが文吾には可愛く見えてならない。

「梓、どうした？」

今日は梓は休みのはずだ。お互い大学二回生で年齢が同じだとわかったので敬語は使っていない。下の名前で呼んで欲しいと梓が言うので、文吾は梓と呼んでいた。梓はなぜかブンブンというあだ名で呼んでくる。

梓が机の上のノートを手に取った。

「これ忘れたの。命より大事なネタ帳」

「ネタ帳って？」

「ラジオのコーナーに送るネタを書いてるんだよ」

「……ああ、放送作家になるための？」

「イエス！」

梓がピースサインを作った。

梓は大のお笑い好きで、放送作家というものを目指している。お笑い番組や芸人のライブの企画や構成をする仕事だそうだ。そんな職業があることすら文吾は知らなかった。

その放送作家になる道の一つが、芸人のラジオ番組にネタを投稿することだった。そういう人たちをハガキ職人と言うらしい。

ハガキ職人として業界の人間に注目され、そこから放送作家になる人も多い。梓はその路線を狙っているという。

「そんなにお笑いが好きなら芸人になったらいいんじゃないの？」

目を丸くした梓が、顔の前で勢いよく手を振った。

「ブンブン何言ってるの！　芸人は神様。選ばれし精鋭の集まり。芸人目指すなんてそんなおこがましい」

　この価値観も文吾には到底理解不能だ。

　故郷の新潟から大阪に来てまず驚いたのが、ここ大阪では芸人の地位が信じられないほど高いことだった。面白さが何よりも優先される。

　冴《さ》えない外見の同級生が、面白いというだけでモテていた。何か異国かどこかに来たような感覚を文吾は覚えたものだ。

　梓も文吾と同じく地方出身者だが、度を超えたお笑い好きなので、大阪人以上に芸人を尊敬している。

　文吾は何気なく言った。

「だって大阪の人って二人集まったら漫才になるんじゃないの」

「そんなわけあるかい！　漫才なめとんのか。てやんでい、こんちきしょう」

　関西弁と江戸弁を混ぜて怒られた。

「……ごめん」

「ブンブン、お笑いってそんなに簡単にできるものじゃないんだよ」

「でも大学で、『俺、芸人より面白い』って言ってるやついっぱい見たけど」

　梓が憤然と目を剝《む》いた。

「ほんとそれが私一番腹立つ。そういう勘違い野郎どもは民衆の前でギロチンの刑に処さないとだめですな」

　平然と恐ろしいことを言う。

「そんなに罪なの……」

「だってブンブン、プロ野球選手に野球で敵《かな》うって思う？　サッカーのプロにドリブル勝負挑んで抜ける？」

「絶対に無理」

「そうでしょ。なのになんでお笑いのプロの芸人に素人が勝てるって思うの？　おかしくない？」

「……言われてみたらそうだね」

「ねっ」

梓が満足そうに腕組みをする。

「ほんとお笑いって傍目《はため》には簡単そうに見えるけど、実際やってみたらあんなに難しいことないんだからね」

「そんなもんなんだ」

いまいち納得できないが、とりあえずそう答えておく。

梓が閃《ひらめ》いたように顔を輝かせる。

「そうだ。ブンブン、一緒に劇場に行こうよ。劇場行ったことないでしょ」

「うっ、うん。ないけど……」

「よしっ、じゃあ決まりだ。私がこれからブンブンにお笑い英才教育を施してあげるからね。なにわのサリバン先生ですわ」

満悦顔の梓には悪いが、正直ありがた迷惑だ。お笑いなんてまるで関心がない。でも梓と二人きりで行けるのは悪くないな……。

「あれっ、どうしたのブンブン。顔赤いけど」

「ううん。なんでもない」

咄嗟《とっさ》に文吾はごまかした。

4

凛太は大国町のネットカフェにいた。

漫画を読みに来たり、パソコンを触りに来たわけではない。ここでバイトをしているのだ。

ここに出戻ったことが心底嫌でならない。リンゴサーカスで活動していた際は、劇場の出番や営業の仕事をもらえていた。生活を切り詰めれば、芸人だけのギャラでバイトなしで生活ができていたのだ。

だがコンビを解散したので、またバイト生活に逆戻りだ。この店の客はホストやキャバ嬢、風俗関係の人間などが多かった。正直客層は悪くトラブルも多いが、その分実入りがいい。それに凛太はバイトの面接になかなか受からないので、仕方なくまたここで雇ってもらっていた。

受付のモニターの右隅にある時計を見る。夜の十二時だ。あと七時間も働かなければならないのかと考えると気が狂いそうになる。

なぜバイトの時間はこうも長く感じるのだ？　何か時間感覚を狂わせる薬でも散布しているのだろうか？

ただこの店のいいところは、客が少ないところだ。イヤホンをつけてスマホのアプリを起動する。音楽を聴くのではない。漫才を聴くのだ。

凛太のスマホには古今東西あらゆる漫才のデータがある。一番古いのはエンタツ・アチャコの早慶戦だ。これが漫才の元祖と言われている。いろんな漫才を暇さえあれば聴く。それが子供の頃からの習慣だ。

ほんと便利になったものだとしみじみ思う。昔はこんなに古い漫才を聴こうと思ったら、難波にある漫才資料館に出向くしかなかった。子供時代の凛太は暇さえあればこの資料館に足を運び、ひたすら漫才を聞いていた。漫才の映像を見るだけだったら入館料は無料だった。

スマホの着信音が響いた。元『サイコロチャーハン』の轟《とどろき》からの返信だ。胸を膨らませてそれを見ると、

『加瀬さん、すみません。俺同期の一熊《いちくま》にコンビ組もうって誘われてて……申し訳ないです』

期待が失望に早変わりし、それがため息に変換される。『気にせんとってくれ。一熊とおまえやったらいけるわ』と返信し、アプリを閉じた。

相方探しは困難を極めていた。

候補の芸人何人かにコンビを組まないかと誘ったのだが、すべて断られてしまった。しかもそのどれも、箕輪よりも能力がない芸人だった。妥協に妥協を重ねて選んだ相手にも断られている。それが今の凛太の現状だ。

このまま相方が見つからなければ……そんな不安に毎日押し潰されそうになる。漫才師を続けたくても、決して一人でできるものではない。その無情なまでの現実が、凛太の未来を踏み潰そうとしている。

「すみません」

慌てて顔を上げると、その姿が目に入って拍子抜けした。

一般の客ではなく、後輩芸人の城之内マルコがいたからだ。

マルコがここの常連なのは知っている。後輩芸人にバイト姿を見られたくないが、客ならば仕

方ない。しかもマルコは、凛太が口を利く数少ない後輩芸人だ。

「なんや、おまえか。こんな時間に来るんか？」

「三国《みつくに》に彼女とやりたいから二時間だけどっかいってくれって言われたんっすよ。二時間で目標は六回言うてました。あいつの性欲激ヤバですよ」

破顔したマルコが、二枚の千円札をひらひらさせる。三国とはマルコとルームシェアをしている芸人だ。若手芸人は家賃節約のために、ルームシェアをして暮らすのが一般的だ。

「あとこの前はすみませんでした。喧嘩に巻き込んでもうて」

凛太は改めてマルコを観察した。

身長が高くスタイルがいい。顔立ちも芸人としてはましな方で、アイドル芸人になれる素養はある。

ただマルコのコンビであるキングガンの芸風は奇妙奇天烈《きてれつ》だ。漫才のセオリーを一切無視したような破天荒なネタばかりをする。

凛太の王道のしゃべくり漫才とは対照的で、キングガンのネタはまるでギャグ漫画だ。ストーリーも構成も破綻《はたん》している。

そのせいか爆発的にウケるときもあれば、水を打ったように客席が静まり返るときもある。ホームランか三振かみたいなコンビだった。

ただマルコには、芸人にとってもっとも重要な華がある。この華だけはいくら努力しても手に入れられない。それは凛太にはないものだ。

「凛太さん、今話いいっすか？」

「仕事中や」

「仕事中って客全然いませんやん」

マルコが受付のモニターを見る。客が席にいれば赤い点になるが、今はすべてが青になっている。

「劇場で話せや」

「凛太さん劇場やったらバリバリ話しかけんなオーラ出してるし、劇場で話して凛太さんと仲えんやって思われるのも嫌ですもん。凛太さん先輩にも後輩にもガンガンに嫌われてるんで」

先輩相手でもこんな失礼なことを平気で口にするのが、この城之内マルコという男だった。こいつのあだ名は『宇宙人』だ。

「……なんや」

「凛太さん、リンゴサーカス解散するんですか？」

「そうや」

「まあリンゴサーカスのネタおもんないですもんね」

ここまで無遠慮だと腹が立つ気にもならない。

「万年準々決勝落ちのやつが何言ってんねん」

「いや、それ言わんとってくださいよ。めっちゃ凹《へこ》みますわ」

マルコが意気消沈するが、一瞬で立ち直る。

「リンゴサーカス解散したら、箕輪さんは何するんですか？」

「……芸人辞めて地元戻るそうや」

その名前を耳にするだけでも不愉快だ。

「ああ、あの人実家金持ち言うてましたもんね。そんなんで芸人なるやつ俺一番嫌いなんですよ」

顔をしかめるマルコに、凜太は興味を示した。

「親が金持ちで芸人やるやつ嫌いなんか」

「嫌いっすわ。親が金持ちとか学歴あるやつが芸人やるとか意味わかりませんわ。あれ法律で禁止した方がいいっすよ」

「そこだけは意見合うな」

「そうでしょ。凜太さんみたいな底辺クソ人間がやるべき仕事なんですよ。芸人は」

「おまえもおんなじ底辺クソ人間やろ」

芸人とは社会不適合者の集合体だ。まっとうな社会人になれる人間に、芸人の世界にいて欲しくない。この世界でしか生きられない、目の前にいるマルコのような人間こそが芸人になるべきなのだ。

「それよりおまえらまた解散するんちゃうやろな」

この前あれだけ派手な喧嘩をしていたのだ。コンビ同士の喧嘩はよくあることだが、これだけ頻繁に、しかも悪目立ちをする喧嘩をくり返すコンビはキングガンぐらいだ。

「いや、マジでまた解散したろかと思いましたわ。鹿田めちゃくちゃ腹立ちますわ」

キングガンはこれまでに二度コンビを解散している。原因は、マルコと鹿田の仲の悪さだ。だが結局またコンビを組み直している。二回も出戻りしている世にも珍しいコンビといえる。

「おまえ、仲悪いのは芸人の間で言うのはええけど、舞台やテレビではそれ出すなよ。仕事減るぞ」

この手の説教は嫌いだが、つい口にしてしまう。最近の風潮として、コンビ仲が悪い芸人はウケが悪いからだ。だから凜太も、極力箕輪との関係の悪さを悟られないように努めていた。だがキングガンは、いたるところでコンビ仲の悪さを吹聴《ふいちょう》している。

「いやそれみんなから言われるんですけど、嫌いなもんはしゃあないですやん。俺そこで嘘《うそ》つきたくないですもん」

「嘘つけとは言わんけど、自分からは喋んなよ」

「だって腹立ちますもん。鹿田にむかつくのを隠してたら自分自身に嘘ついてることになりますやん。俺、ピュアなんですよ」

こいつにアドバイスなど意味がなかった……ふとそこである人物の顔が脳裏をよぎった。

「おまえラリーさん知ってるか？」

「ナンゲキの人間で『死神』知らんやつおらんでしょ」

マルコが不快そうに眉根を寄せる。

「俺あの人最初見たとき、ホラーハウス入ったんかと思いましたわ。俺だけに見えている幽霊かと思いましたもん」

「俺もそう思った」

そこでマルコが目を見開いた。

「まさか凜太さん、死神に話しかけられたとか？」

ラリーと接触した芸人は、その直後に芸人を辞める。その噂を知らぬ芸人はいない。

「うわっ、ご愁傷様です。凜太さんは天国は絶対無理だと思うんで、地獄で鬼と漫才しとってください。ツッコミの青鬼と」

手を合わせるマルコに凜太は唇を尖《とが》らせる。

「アホ言え。そんなんやないわ。おまえがあの人どう思ってんのかちょっと知りたかっただけや」

「どう思ってあんな不気味な人おらんでしょ。全身黒ずくめやのに髪の毛だけがまっ白で、しかも頬にあんな傷跡あるんですよ。あんなもん以前殺し屋で、敵対組織に拷問にかけられたとしか思いませんやん。で、あの人口を裂かれて血だらけになりながらも眉一つ動かさなかったんですって。幼少の頃から殺し屋の訓練学校で、感情と痛みを消す訓練されてたんですよ」

「それはありそうやな」

「でしょ。殺し屋が放送作家に転身するって、お笑いの世界はどうなってるんですか？　経歴不問にもほどがあるでしょ。だいたいあの人舞台袖でずっとネタ見てるのに、アドバイスも何もないんっすからね。なんで死神が劇場出禁にならんのかようわかりませんわ」

やはりラリーの印象は全員一致のようだ。

「……舞台袖に聖書でも置いとくか」

「それめっちゃええアイデアですね。キリスト似のやつバイトで雇いましょ」

マルコが喜んだが、すぐに訂正するように言った。

「まあ死神がアドバイスしてきても、作家のアドバイスなんか全無視ですけど。俺は」

「えらい作家嫌いやな」

「当たり前でしょ。なんで舞台上がってもないやつとか、芸人で売れんくて作家に鞍替《くらが》えしたやつに口出しされなあかんのですか。あのシステムおかしすぎますよ」

元芸人の放送作家というのは数多い。売れなかった芸人が放送作家へと転身し、活躍しているのだ。

そんな人間が劇場の芸人のネタを審査したり、ダメ出しをしたりする。彼らの一言が芸人の運命を決めるときもある。何せ劇場のライブや、賞レースの審査員を放送作家が務めるからだ。彼らが若手芸人の生殺与奪の権利を握っている。

そこそこ売れっ子の芸人よりも稼いでいる作家もいて、芸人の中では快く思わないものもいる。マルコも凜太もそっち側だ。

「それにしても死神のこと聞くって凜太さん、作家になるんですか？」

「アホ言え。作家なんか死んでもごめんや。俺は一生漫才師や」

「さすがKOM馬鹿ですね」

一部の芸人は、凜太を『修行僧』『KOM馬鹿』と揶揄している。

「なんやおまえも馬鹿にしとんのか」

「とんでもないっすわ。漫才師でKOMに命賭けんやつの方がおかしいでしょ」

意外なマルコの発言に、凜太が思わず眉を上げた。

「じゃあおまえも本気でKOM優勝狙っとんのか？」

「そりゃそうでしょ」

なんの躊躇もなくマルコが言い切る。

改めて思うと、凜太とマルコは共通点が多い。お互い口が悪いのも似ているし、先輩付き合いや女遊び、ギャンブルもせずにひたすらネタばかり作っていた。芸風はまるで異なるが、芸人としての芯が同じだ。漫才を、KOMを第一に置いている点には好感が持てる。

「なんでKOM優勝したいんや？」

「もちろん一千万円のためですよ。それにKOMチャンピオンになったら仕事バンバン入って、お金もたんまり入りますやん。舞台の下には金が埋まってるんですぜ、兄さん」

指で輪っかを作るマルコを見て、凛太は失望した。

マルコを見直したのも束《つか》の間、根本のところで大きく異なる。

ＫＯＭチャンピオンを目指すことが金のためなど言語道断だ。少しでもマルコを認めかけていた自分を恥じた。

「あっ、そうだ。なんか吹石《ふきいし》さんが凛太さんと話したいって言ってましたよ。今日ネットカフェ行くって言ったら凛太さんに伝えといてくれって」

吹石小鳥《ことり》は、トップロのマネージャーだ。リンゴサーカスとキングガンを含め、若手芸人何組かを担当している。

「いやほんと吹石さんが担当で俺良かったですわ。前のマネージャーなんか最悪でしたから」

マルコがずいぶん上機嫌なので、凛太は指摘した。

「なんや、おまえ小鳥ファンか」

吹石小鳥は若い女性で、その容姿も可愛らしい。アイドルメンバーの一員だと紹介されても、素直に聞き入れてしまうほどだ。

しかもただ可愛いだけではなく、仕事も一生懸命にやる。マネージャー業務は激務だが、疲れた表情一つ見せることなく、いつも笑顔でこなしている。

普通売れていない芸人はゴミクズのような扱いを受けるが、小鳥はわけへだてなく扱ってくれる。だから芸人の中でも小鳥の評判は高く、小鳥ファンが大勢いる。トップロに咲く一輪の花、それが吹石小鳥だ。

「いやいや、ファンとかそんなんやないですって。ただマネージャーとして優秀な人やなって思ってるだけです」

顔を上気させたマルコが、高速で手を横に振っている。なにげなく発した言葉が、図星をついたようだ。

「……おまえ、わかってると思うけど、マネージャーには手を出すなよ」

芸人といえば大半が女好きだ。女性にモテるためだけに芸人を志すものも数多い。芸人というだけで興味を示す女性が多いからだ。

だから芸人の中には、ネタよりも女とやることしか考えないものもいる。性欲の塊が舞台に上がっているようなものだ。

現に客席に可愛い女性がいれば、舞台終わりの楽屋ではその話で持ちきりになる。あいつらの瞬時に美女を見抜く目は、鍛えに鍛え抜かれている。

そういう芸人を、凜太は支持もしなければ軽蔑もしない。

どれだけ女好きでも、どれだけ貧乏でも、どれだけ馬鹿でも、どれだけクズでも、誰よりも面白かったらすべてが許される。それが芸人の世界だ。

ただそんなセックスしか頭にない連中でも、事務所の女マネージャーに手を出すことだけは絶対にしない。そのタブーを犯せば、事務所からどんなひどい目に遭わせられるかわからないだろう。

だからトップロの人事部は、小鳥のような可愛い女性を社員に採用できるのだ。飢えたライオンの目の前に肉を投げても、ここのライオンはそれを必死で見て見ぬふりをする。事務所は芸人をそこまで徹底的に躾《しつ》けているのだ。なんて恐ろしいサーカス団だろうか……。

マルコが必死にまくしたてる。

「なっ、何言ってるんですか。俺がそんなんするわけないでしょ。ファンに手出すやつも俺嫌いなんっすよ。生粋《きっすい》のプラトニック芸人ですよ、俺は。クスリと痴漢と女性マネージャーとの恋愛はダメ、絶対！」

「……まあ、それやったらええけど」

凛太はぼそりと返した。

5

二日後、凛太は喫茶店に向かった。

劇場のある難波ではなく、ちょっと離れた本町《ほんまち》にある喫茶店だ。小鳥にここに来るように言われていた。

扉を開けて中に入る。カウンターとテーブル席が三つほどある狭い店だ。いたるところに観葉植物が置かれている。

「こっちです。こっち」

奥の席で小鳥が手を振っている。いつも通りのスーツ姿で、いつも通りの笑顔だ。マルコが惚《ほ》れるのも無理はない可愛さだ。その一角だけが輝いて見える。

凛太が向かいの席に座ると、小鳥がすまなそうに言う。

「申し訳ありません。こんな遠いところに呼び出して。お店わかりましたか？」

「それはすぐにわかったんですけど、なんでこんなとこに？」

劇場近くにも打ち合わせができる喫茶店はいくらでもある。

「加瀬さんにここのホットケーキ食べて欲しくて。すっごいおいしいんですよ。嫌いですか？ホットケーキ？」

「今ってホットケーキじゃなくて、パンケーキって言うんやないですか？」

「何言ってんですか。ホットケーキはホットケーキですよ。そんな言い方しても私は騙《だま》されませんし」

「騙すってなんなんっすか」

凛太が思わず苦笑する。

ここまで言われて食べないわけにはいかない。凛太は、その小鳥おすすめのホットケーキを頼んだ。

すぐに件《くだん》のホットケーキが運ばれてきた。口の中に入れると、香ばしさとスポンジの食感がたまらない。生クリームを載せて食べると、また違った味わいがある。そういえばホットケーキなど食べたのは久しぶりだ。

肩の力を抜き、凛太は安堵の息を漏らした。

「なんかこの味落ち着きますね」

「そうでしょ。ホットケーキだけに『ほっと』するんですよ」

「駄洒落《だじゃれ》ですけど、本当にそうですよね」

「でしょ。だから私パンケーキって呼び方大嫌いなんですよ」

そこで凛太はぴんときた。

「もしかして俺がコンビ解散して落ち込んでるからここに連れてきてくれたんですか？」

「ええ、私も落ち込んだときにここのホットケーキ食べて元気出すんですよ」

屈託のない笑みで小鳥が応じる。彼女が芸人から人気がある理由がわかる。こういう細やかな心配りができるからだ。

凛太が抑えた声で切り出した。

「……吹石さん、俺の担当外れることになったんですか？」

おそらく言いたいことはそれだろう。リンゴサーカスを解散したのだから、必然的に小鳥も凛太のマネージャーを外れることになる。

「いいえ、それは大丈夫です」

「どういうことですか？」

「設楽さんにそう言われたんですけど、私が加瀬さんのマネージャーを続けたいって言ったら、了承してくれたんですよ」

「そうなんですか」

驚いた。小鳥が自分をそこまで評価してくれているとは予想外だった。それにあの設楽が、そんな特例を認めてくれたのか。

「ええ、だから一緒に頑張りましょう」

「ありがとうございます」

箕輪にも設楽にも、他の芸人からも自分は見限られた。そう落ち込んでいたが、ただ一人の理解者が残っていた。まさに捨てる神あれば拾う神ありだ。

「相方探しの方はどうですか？」

「……ぜんぜんダメです」

「そうですか……サイコロチャーハンの轟さんとか加瀬さんと合うかなとか思ってたんですけ

ど」

「おととい断られたばかりです。一熊と組むそうです」

「ああ、一熊さんかあ」

失望したように小鳥が肩を落とした。いくら小鳥の尽力があっても、そうそう簡単に相方が見つかるわけではない。

凛太の気分が沈んだのを察したのか、小鳥が陽気な声を上げる。

「でも絶対見つかりますよ。新しい相方。私も協力します」

「助かります」

凛太は深々と頭を下げた。

6

マルコは宗右衛門《そうえもん》町を、台車を押して歩いていた。

ここは難波でも夜の街として有名で、派手で下品な看板ばかりが目立つ。台車には20リットルのビールの樽《たる》が八個置かれていた。ちょっとでも力を抜くと前に進まない。だから全力を込めて押し続けた。

マルコは酒屋で配達のバイトをしている。バイトといっても芸人の収入よりこちらの方が稼ぎが多い。若手芸人の大半がそうだ。売れなければ、ただ一般人より少し面白いだけのフリーターで人生が終わる。

今はまだいいが、夏場のこの仕事は最悪だ。炎天下で汗だくになり、喉が砂漠みたいに渇いた状態で、すぐにでも一気呑みしたいキンキンに冷えたビールを大量に運ぶ……どんな拷問やねん。わしゃピラミッド作らされてる奴隷よりひどい扱いやないか。そう自虐でもしないとやっていられない。それが若手芸人のバイト生活だ。

雑居ビルのエレベーターに乗り、四階へと上がる。セレブなら絶対足を踏み入れないような、安いスナックが軒を連ねている。

その中の一軒の店に入ると、暗い店内に二人の若者がいた。どちらもソファーに座ってスマホを触っている。派手な髪をして、開襟シャツに下品なスーツを着ていた。

ここはホストクラブだ。ただホストとはいっても雑居ビルのホストクラブなので、ホストの質も悪い。マルコには、二人が狐《きつね》と河馬《かば》にしか見えない。どうしてこんな動物マスクでホストと名乗れるのか不思議でならない。

一重で吊り目の狐男が命じる。

「おう、遅えぞ」

「すみません」

ぺこりと頭を下げてマルコが進もうとすると、河馬男が立ちふさがった。

「おう、おまえちょっと待てや。暇やねん。相手しろや」

最悪だ。どうせ売り上げ成績が悪かったのだろう。機嫌がすこぶる悪い。そういうときはこの二人は、マルコを相手に憂さを晴らすのだ。

「いや、次の配達が……」

「おまえ芸人らしいな」

にやりと河馬が言い、マルコは胸をつかれた。

「いえ、まさか。あっしはしがない酒屋です」

「嘘つけや。俺のダチがTS行っとってよ。おまえ知っとるらしいわ」

くそっ、なぜ関西の人間は揃《そろ》いも揃って芸人になりたがるんだ。難波は芸人の街なので、石を投げれば必ずTS出身者にあたる。

狐が興味深そうに言った。

「ほんまか。ぜんぜん芸人に見えんけどな」

「らしいですよ。おい、ちょっとネタせえや」

河馬がそう命じ、マルコは絶望的な気分になった。この手の連中に芸人だとバレると、バカの一つ覚えみたいに『ネタをしろ』と迫ってくる。理不尽極まりない命令だが、何かやらないと見逃してはくれない。

「わかりました」

姿勢を正してマルコが前を向くと、狐と河馬がこちらに注目した。

「バラヴィー！」

指を二本立て、顔を極限まで歪ませる。いつもこのギャグをやると顎が軋《きし》む音がする。顎がぶっ壊れたら労災は下りるのだろうか？

すると河馬が激昂《げっこう》した。

「なめてんのか、おまえ。何ファックユーしてくれとんねん！」

「違います。ファックユーは指一本ですけど、バラヴィーは指二本です。なんじに幸あれという意味が込められた、万物すべてを祝福しているありがたいギャグです」

あたふたとマルコが弁明するが、河馬の怒りは収まらない。

「おまえなめてんのか」

拳を固めた河馬が、マルコの腹を殴った。腹部に衝撃が走り、息が止まる。我慢できずにマルコはそのままうずくまった。

狐の笑い声が聞こえる。

「リアクションは芸人やんけ」

腹の痛みを凌駕《りょうが》するような憤怒が、マルコの脳天を直撃する。今すぐ立ち上がり、こいつらに延髄蹴《えんずいげ》りを食らわせる。そして運んできた樽のビールを全部呑んで歓喜のヒップホップダンスを踊る……。

そう膝を起こそうとした直後、脳裏にお札《さつ》がよぎった。このままこいつらと喧嘩になれば、確実にバイトはクビになる。芸人の収入では生活ができない……。

のたうち回る屈辱を必死に押さえつけ、マルコは顔を上げた。

「面白かったですか？」

持ちうるすべての我慢で、情けない表情を作る。

狐男が快活に答える。

「リアクションだけな。ギャグはぜんぜんやったから、次来るときまでに新しいギャグ考えろ。俺らがおまえを鍛えたる」

「それええですね。暇つぶしにもなりますし」

嬉々《きき》として河馬が手を叩く。また蹴り飛ばしたい衝動に駆られたが、それを堪《こら》え、マルコはへらりと笑った。

「ありがとうございます。助かります」

7

「ごめん、待ったあ」

梓があらわれた瞬間、文吾は胸が高鳴った。いつもは素っ気ない服装だが、今日はずいぶんお洒落をしている。メイクもしていた。

今日は約束していた劇場に一緒に行く日だ。この日が来るのを今か今かと待ちあぐねていたが、そんな想《おも》いはおくびにも出さないように努める。

「絶好の劇場デート日和だね」

何気なく梓が言い、文吾は声を上ずらせる。

「でっ、デート。これデートなの？」

「ブンブン、彼女いないから別にいいでしょ」

「……なんで、それ知ってるの？」

梓が鼻で笑う。

「そりゃクリスマスイブに一人用のケーキ買いに来るんだからわかるよ」

がっちりバレていたみたいだ……。

「まあかくいううちも彼氏なんてござんせん。フリーのうら若き男女が二人で行動するんだからデートでいいでしょ。嫌？」

きらきらと光る瞳で文吾を見つめるので、文吾の心臓が激しく音を立てる。このまま心臓が胸をつき破り、どこかに駆け出していきそうだ。

「さっ、いざ出陣じゃ」

勇ましく梓がそう言うと、文吾の手に柔らかな感触がした。何が起こったかわからなかったがそれが判明した瞬間、文吾はどきりとした。

梓が文吾の手を握ったのだ……心臓が横断歩道を走っていくのが、文吾には見えた気がした。手を繋《つな》いで劇場に到着する。

もう梓の手の感触でのぼせあがり、文吾は足がふらふらだ。

梓が大げさに腕を広げる。

「さあ、目をかっ開いてご覧あれ。これが難波グランド劇場、通称『NGG』だあ」

目の前には巨大な建物がそびえ立っていた。上の方には芸人の名前が書かれた札が掲げられている。何かそこから風格のようなものが漂っていた。文吾の知っている芸人もいる。

着ぐるみを着た人が客と一緒に写真を撮っている。それに目を奪われていると、梓が耳打ちで教えてくれる。

「あの中は若手芸人さんなんだよ」

「そうなの？」

「うん。アルバイトしてる。あの人も、そこの人も芸人だね」

梓が他のスタッフを指さすが、文吾は一切見たことがない。

「芸人さんってこんなにいるの？」

「そだよ。テレビに出る芸人さんはほんの一握りだからね。ほぼ大半が劇場でしか見られない芸人さんだよ」

「そうなんだ」

文吾の知らないことばかりだ。ふと横を見ると、『難波漫才劇場』という看板があった。

「ねえ、あっちにも劇場があるの？」

「うん。ここにはＮＧＧと『難波漫才劇場』の二つがあるんだ。難波漫才劇場は『ナンゲキ』って呼ぶんだよ」

劇場なんて二つも必要なのか？　意味がわからない。

「そのナンゲキの方が値段安いみたいだよ」

ＮＧＧに比べてナンゲキは半額ほどだ。

「ナンゲキは若手芸人が出る劇場だからね」

「じゃあそっちでもいいんじゃない」

正直ＮＧＧの入場料金は文吾には高すぎる。

「駄目駄目。絶対に駄目！」

勢いよく梓が首を横に振る。

「だってブンブンはじめて劇場に行くんでしょ」

「うん」

「じゃあＮＧＧで漫才見ないと」

「なんで？」

「ナンゲキはまだ芸が完成されてない若手が主体なの。もちろんその魅力もあるんだけど、最初はＮＧＧで完成された芸をブンブンには見て欲しいの。ほんと何事も最初って大事だと思うんだ」

「わかった。ＮＧＧにしよう」

梓がそこまで考えてくれたことに、文吾の胸は喜びで満たされる。

チケットも梓がすでに購入してくれていた。文吾が料金を払おうとすると「ここは私が払う。私が誘ったんだから」と梓は譲らない。文吾がこの後のご飯代を払うことで折り合いがついた。

劇場に入って席に座る。館内は想像以上に広い。映画館と造りは似ているが、なんだか雰囲気が違う。休日なので人でいっぱいだ。二階席までもが全部客で埋まっている。

「どうどう、初劇場の印象は？」

うきうきと梓が尋ね、文吾は辺りを見回した。

「……不思議だね。なんだか温かく感じる」

突然梓が嬉々として叫んだ。

「そう、そうなのよ！」

「ちょっと梓、声が……」

そう文吾が注意すると、梓が慌てて声を潜めた。

「ここってなんだかあったかいんだよね。たぶんこの劇場はたくさんの人の笑い声を聞いているから、こんなにポカポカしてるんだよ」

「日本で一番笑い声が響いている場所なんだね」

もう一度文吾が館内を見渡す。

ああ、俺、ここ好きだ……。

なんだか自然とそう思うことができた。体験した瞬間何かを好きになるなんてはじめての経験だ。

緞帳《どんちょう》の前に二人の若い男があらわれた。その風貌から漫才コンビに見えるが、まだ幕は下りたままだ。

「開演してないよね」

「前説っていうんだよ。注意事項とかを説明してくれるの」

「ああなるほどね」

「まあ役割は説明だけじゃないんだけどね」

前説の二人が喋りはじめると、客席から少し笑いが起きた。なるほど。開演前の客の緊張を解きほぐす役割らしい。

「こんなのはじめて見たよ」

「それだけ笑いって空気が大事なんだよ。芸人さんとお客さんが一体にならないと笑いは生まれないからね。芸人さんもお客さんの空気を読みながら、ネタの内容や喋りのテンポを調整するんだよ」

「へえ、映画とはまた違うんだね」

「うん。演芸は一方通行じゃなくて双方向なんだ。それに寄席って映画よりも歴史が古いからね」

「そうかあ……」

故郷の新潟には寄席なんて文化はなかったし、大阪に来てからも誰も演芸場に誘ってくれなかった。

こんなに身近に最高の演芸場がある——大阪の人がこれほどお笑いが好きな理由がわかった。

前説の二人が去り、ブザーが鳴る。緞帳が開き出すと、次第に気分が高揚していく。わくわく感が止まらない。

「来るよ」

待ちきれない様子で梓が言うと音楽が鳴り、モニターに『花山家』と表示される。その途端、客席がどよめいた。

「どうも」

若者二人が舞台に登場した瞬間、客席から噴火するような歓声が起きた。大量の黄色い声で、劇場が壊れるんじゃないかと危ぶむほどだ。

「さすがKOMチャンピオン」

そう梓が感嘆の声を漏らし、文吾はあっと声を上げそうになる。

そうか、梓とコンビニではじめて出会ったのは、今目の前にいる花山家がKOMで優勝した瞬間だった。

客があまりに騒ぐので、二人が話しはじめられない。けれどあまりの騒々しさに、逆に文吾は冷めてしまった。いくらチャンピオンといえど大げさすぎる。

花山家とさっきの前説の芸人と何が違うんだろうか。文吾はお笑いには一切興味はないが、さすがにテレビで漫才ぐらいは見たことがある。正直梓には悪いが、別段そこまで面白いとは思わなかった。

だがその直後、それは文吾の思い違いだと痛感させられた。

客が少し静まったのを見計らい、花山家が漫才をはじめる。

まず文吾が感じたのはテレビとはまるで違うということだ。画面を通して見るのとでは迫力がまるで異なる。

第一に声の大きさだ。二人の腹から出す声が、文吾の胸を強く揺さぶってくる。大声を張り上げてはいないのに、声が直《じか》に届いてくる。声が大きいというよりは、声が太いのだ。それが劇場だとよくわかる。

これが舞台というものなのだろうか。テレビを見て漫才を味わった気になっていた自分を文吾は恥じた。これだ。これこそが漫才を、お笑いを味わうということなのだ。

花山家のかけ合いで客席が笑い弾《はじ》ける。床の下で笑いの波がうねっているようだ。しかもその波の大きさはどんどん増幅している。

我知らず文吾も笑っていた。おかしくておかしくて仕方がない。

でも一方頭の隅で、なぜこんなに面白いのかを考えていた。二人の漫才は文字に起こしてみると、まるで面白くない。

けれどこの花山家の二人が演じると、爆発的な笑いを生む。不思議だ。まるで意味がわからない。でももうそんな疑問を思うゆとりはない。文吾は笑いの洪水に呑み込まれ、笑みが止まらなくなっていた。

隣では梓が涙を流して笑っている。

好きな人と一緒に笑い合える……。

これほどの幸せがあるだろうか。そう感じた瞬間、文吾はふと気づいた。ああ、そうか。やっぱり俺は梓が心から好きなんだと。

あのとき、クリスマスイブの夜にコンビニで出会った瞬間、文吾は梓に惚れていたのだ。バイトをしたいとつい言ってしまったのも、彼女にこれからも会いたかったからだ。文吾の本心が口をついて出たのだ。

最愛の人と最高の漫才を楽しむ……その幸福の海に、文吾はしばし浸っていた。

8

「どうですか、加瀬さん。相方探しの方は？」

前と同じ喫茶店で小鳥が尋ねると、凛太が力なく首を振る。

「ダメです……」

小鳥が候補として挙げてくれた芸人にあたってみたのだが、すべて断られてしまった。

「……そうですか」

がっくりと小鳥がうなだれる。激務のマネージャー業の中、自分みたいな売れない芸人に時間を割いてくれている。それが凛太には心苦しくてならなかった。

小鳥と別れ、喫茶店を出た。自転車に乗ろうとしたがそれがなく、代わりに白い張り紙が貼られていた。警察からのものだ。

自転車が撤去されたのだ……大阪市内は放置されている自転車が多いため、こんなわずかな隙でも油断できない。

凛太は、もううなだれる気力もなかった。弱り目に祟《たた》り目とはこれだ。ツキがないときは何をやってもうまくいかない。

するとスマホが震えた。電話だ。画面に『スマイリー瀬名《せな》』と表示されているので、凛太は急いで応答した。

「もしもし」

「おう、おまえ今日夜暇か？」

「暇です」

「俺大阪の局で特番あるからそれ終わりに飯行かへんか」

「ありがとうございます。ぜひ」

「じゃあ終わったら連絡するわ」

電話が切れると、凛太はぐっと拳を握りしめた。どうやらちょっとツキが戻ってきたみたいだ。今日はご馳走《ちそう》が食べられる。


夜になり、凛太はテレビ局のそばにあるフグ料理店に向かった。

看板の文字を見ただけで、生唾が込み上げてくる。個室に入ると、瀬名がもうすでに席についていた。

最近ゴールデン番組のＭＣに抜擢《ばってき》されたので、以前よりも風格のようなものが備わっている。頬にはわずかに拭い残しのドーランがあった。

瀬名は、『スマイリー』というコンビのツッコミだ。全国クラスの知名度のある芸人で、今は東京を拠点に活躍している。

瀬名は後輩芸人とつるまないタイプだが、なぜか凛太だけは目をかけてくれている。凛太もほぼ先輩付き合いをしないが、瀬名の誘いだけは絶対に断らない。先輩芸人の中で唯一心を許しているのが、この瀬名だ。

なぜなら瀬名は、ＫＯＭのチャンピオンだからだ。

十年前にスマイリーはＫＯＭで優勝した。凛太にとってＫＯＭチャンピオンは、崇高で偉大な存在である。ＫＯＭで頂点を極めた。それだけで無条件で尊敬できる。

スマイリーの優勝の瞬間は、今でも鮮烈に思い出せる。全国区ではほぼ無名の存在だったスマイリーが爆笑の嵐を巻き起こし、そのまま優勝をもぎとったのだ。

その後スマイリーは順調に活躍し、今では誰も知らぬものがいない売れっ子芸人になった。まさにシンデレラストーリーだ。瀬名は凛太の憧れであり、目標だった。

二人でビールを頼み、てっさを食べる。フグの旨味《うまみ》とポン酢の酸味で舌がとろけそうだ。瀬名が食べる枚数よりも少なくしよう。そう心がけていたが、ついつい箸が進んでしまう。

瀬名がそれに気づいた。

「おう食べろ、食べろ。普段どうせ玉出《たまで》の売れ残りの値引きもんしか食べてへんやろ」

玉出とは、大阪のスーパーチェーンの名称だ。格安スーパーとして知られており、売れない芸人御用達《ごようたし》のスーパーでもある。玉出がなくなったら若手芸人は飢え死にする。そう言われているほど全員が世話になっている。

ある程度腹が満たされたところで、瀬名が切り出した。

「解散後はどんな感じや？」

解散が決まった直後、凛太はまっ先に瀬名に連絡していた。

「……相方探しは続けてるんですが」

「なんやまだ漫才やるんか」

からかうように瀬名が言い、凛太がむっと眉間を寄せた。

「やるに決まってるでしょ」

「箕輪おらんようになったら、もう準決勝もいけんのやないか。おまえ劇場の作家に嫌われてるんやから」

ＫＯＭの準々決勝より下は、ナンゲキの作家が審査員をしている。箕輪は人付き合いがよく、作家からも好かれていた。そういう点において箕輪はありがたい存在だった。

凛太が鋭い声で宣言する。

「俺はＫＯＭで優勝するまで一生漫才やります」

「おまえやったら相方見つからんでもロボット相手にやりそうやな」

瀬名が豪快に笑う。

「おまえみたいなんを『ワラグル』言うんやろうな」

「ワラグルってどういう意味ですか？」

そういえば設楽も、「このワラグルが……」と凛太に向かってこぼしていた。

「『笑いに狂う』っていう意味や。まあ昔の芸人用語やな。誰が言い出したかは知らんけどな」

「なるほど。それで笑狂《ワラグル》ですか」

別段悪い気はしない。その自覚はある。狂わなければＫＯＭで優勝はできない。

「瀬名さん、瀬名さんの頃からラリーさんっていたんですか？」

ワラグルと聞いてラリーの顔が浮かんだ。

すると、なぜか瀬名が意表をつかれたような顔をした。

「なんや。死神がどないしてん？」

瀬名の頃からあだ名は死神みたいだ。

「ラリーさんってどう思われますか？」

「確かにあの人もワラグルやな。ずっと舞台袖でネタ見てはるからな」

「瀬名さんが劇場にいた頃からですか？」

そうなるとあのネタ狂いは筋金入りだ。

「そうや。俺よりも前の世代からそうらしいぞ。たぶん日本で一番芸人のネタ見てるんが死神ちゃうか」

「一番……」

そう考えるとラリーを馬鹿にはできない。目が肥えていなければ、笑いの良《よ》し悪《あ》しなどわかるわけがない。それが凛太の哲学だ。だから凛太も時間を惜しんでネタを見ているが、ラリーには敵わないだろう。何せ年季が違う。

「なんやおまえ、死神に声でもかけられたんか？」

「何言ってるんですか。そんなわけないでしょ」

図星をつかれたので声が裏返ってしまう。瀬名が笑いながら手を合わせる。

「御愁傷様。葬式には列席したるからな」

マルコと同じボケだ。

「やめてくださいよ。縁起でもない……」

瀬名は真面目にアドバイスをしたり、説教をこぼしたりしない。そういう点は凛太にとってはありがたいが、今は芸人人生の瀬戸際だ。何かアドバイスが欲しい。

その凛太の内心が伝わったように、瀬名が膝を叩いた。

「そうや、じゃあワラグルのおまえにこれをやろう」

瀬名が自分のかばんから何やら取り出し、凛太に手渡した。ＤＶＤだ。

「なんですか、これ？」

「めちゃくちゃエロいやつや。これぞまさにザ・芸能界。流出にはくれぐれも気をつけろよ」

「……なんですか、それ」

貴重なお笑いのDVDかと思った。

「なんやいらんのか」

瀬名が取り戻そうとしたので、凜太はさっとかわした。

「……いや、一応もらっときます」

9

「ブンブンどうだった。初劇場の感想を聞かせてくれたまえ」

勢い込んで、梓が尋ねてくる。

舞台が終わったので、二人でそのままカフェに来た。感想はここで言い合おうと口にするのを控えていた。

「ほんと凄《すご》かった。もう衝撃だった」

嘘偽りのない言葉を述べる。

花山家以外の漫才や落語も圧巻の一言だった。至極の芸とはあのことを言うのだろう。笑いすぎて腹筋がちぎれそうになった。こんなに身近にこれほど素晴らしい世界があったのか。文吾は信じられない気持ちになった。大阪に来て劇場に足を運ばなかった自分が悔やまれる。

梓が大げさに安堵の声を上げる。

「よかったあ、喜んでもらえて。もう今日は私がお勧めの最強芸人しかいなかったからね。どうしてもブンブンに見て欲しかったんだあ」

「ありがとう。本当に嬉《うれ》しいよ」

そこで文吾はポケットから手のひらサイズの紙袋を取り出し、梓に手渡した。

「何これ？」

「今日劇場に連れてきてくれたお礼」

「開けていい？」

「うん」

梓が大急ぎでシールを剝がし、中の物を取り出すと、あっと両眉を上げる。

「指輪だ！」

「サイズいけると思うんだけど」

さっき手を繫いだときの感触で、なんとなくのサイズを推し量っていた。

文吾の意図を探るように、梓がちらちらと文吾を見る。

「……これってどっちの手かな」

「もちろん左手の薬指」

梓が大きく目を見開き、文吾を正面から見据える。

「……それって」

「うん。梓、俺と付き合って欲しい」

心を込めて文吾は頼み込んだ。

さっき花山家の漫才を見た時点で、舞台が終わったら告白することに決めていた。この熱を、この想いを、梓に伝えたかった。

梓がうつむいたので、文吾は青ざめた。駄目か。あまりに早かったか。

「ごめん。さっき劇場の売店で買った安物をプレゼントしちゃって。後でちゃんといいのを買い直すつもりだったんだけど、どうしても今告白したくて……」

「……ずるい。ずるいよ」

そう梓が声をこぼし、文吾は思わず訊き返す。

「……ずるいって何が」

梓が顔を上げると、その目の縁は涙でいっぱいになっていた。

「ずるいよ。私も今日ブンブンに告白しようと思ってたのに……」

「えっ、嘘……」

衝撃で文吾は固まってしまった。

「そうだよ。私、好きな人ができたら絶対に一緒に劇場行くって決めてて。だからはじめてブンブン連れて行って……」

「好きって……いつ俺のことを好きになったの？」

「はじめて会ったときから。クリスマスイブのあの日、偶然ブンブンがお店に訪ねて来てくれたあの日。私ブンブンに一目惚《ひとめぼ》れしたの。もう完璧に恋に落ちちゃったの」

わんわんと豪快に嬉し泣きをしながらも梓が続ける。

「応援していた花山家も優勝するし、突然こんな素敵な人があらわれるし。しかも一人用のケーキ持ってるから彼女なしだし。サンタさん大サービスしすぎだぞって思ってたの。なのにさらにブンブンが告白してきてくれるなんて、一体どうなってるのお」

「梓、ほらっ泣き止んで」

何事かと周りの人がこちらを盗み見ている。慌てて文吾が梓にハンカチを渡すと、梓が涙を拭いた。それから赤い目でぺこりと頭を下げる。

「ごめんね。あんまりにも嬉しくって」

「梓、もう一つ言っておきたいことがあるんだ」

「何？」

ぐすんと梓が洟《はな》を啜る。

「俺も一緒だったんだ。最初に、あのクリマスイブのあの日に、俺も梓に一目惚れしたんだ」

「そうなの」

梓が泣き顔から晴れやかな顔になる。

「うん」

そう満面の笑みで文吾は頷《うなず》く。二人の心が通い合うのがわかる。こうしていつまでも見つめ合っていられる。このカフェだけ時間が止まったみたいだ。

そこで梓が我に返ったように目を瞬かせた。

「はめてみるね」

急いで薬指に指輪をはめる。

ピッタリだ！　嬉しそうに指輪を見せる梓の笑顔が、文吾にそう教えてくれる。

今日というこの日を、この瞬間を、二人は一生忘れることはない。

10

凛太はフグ屋で瀬名と別れ、自宅に戻った。

大国町にあるボロアパートだ。コンクリート造りの建物なのだが、壁に黒ずみが呪いのようにこびりついている。どんな清掃業者でも綺麗《きれい》にできないだろう。中に入ろうとすると、お疲れ様ですと声をかけられた。ここに住んでいるのは後輩芸人ばかりだ。凛太が軽く手を上げて応じる。ここでは自分は古参になる。

ここは別名『芸人アパート』と呼ばれている。住人のほとんどが芸人だからだ。

理由は至極明快。家賃が驚異的に安く、劇場にも近いからだ。貧乏な芸人にとって安さほど優先すべき事項はない。物件探しは安いかどうかの一択のみだ。

自分の部屋の扉を開けると、狭い四畳間が出迎えてくれる。日当たりも悪く湿気も凄いので不愉快極まりない。さっきまでいたフグ屋と比べると天国と地獄だ。

マルコのようにルームシェアをすれば、もう少しましな部屋に住めるだろうが、他人と住むなど凛太は性格的にできない。

お酒も呑んだのでずいぶんと眠い。このまま布団に入って寝てしまおうと思ったが、瀬名がくれたDVDが気になった。

どうしても見たいというわけではないが、せっかく瀬名さんがくれたものだからな。凛太はそう自分に言い訳して、DVDをデッキにセットした。

再生ボタンを押すと、映像がはじまった。

するといきなり瀬名とよし太《た》が映った。よし太はスマイリーのボケだ。二人が真剣にネタをやっている。

エロいDVDというのは嘘みたいだ。騙されたと凛太が唇を噛んだが、この映像自体は気になる。

二人とも若い。おそらく十年ぐらい前の映像だろう。つまりKOMで優勝したぐらいの頃だ。二人がネタを終えると、

「ダメだ。テンポが狂ってる。このネタはリズムとテンポが命だ。四分間の漫才でコンマ一秒たりともテンポを乱すことは許さん。わかったな！」

低い声が轟《とどろ》いた。その声の主は、カメラに映っていない。四分というフレーズで、これがKOMに向けての稽古だというのはわかる。KOMのネタの制限時間が四分だからだ。

だがそれよりも、凛太はその声が気になった。どこかで、どこかで耳にした声なのだ……。

画面の瀬名が真顔で応じた。

「わかりました。ラリーさん」

凛太は耳を疑った。

ラリー……確かに瀬名はそう口にした。どういうことだ？

そしてラリーが、スマイリーにアドバイスをしている。ラリーが芸人のネタについてあれこれ意見をするなんて姿は見たことがない。しかも死神と忌み嫌われているラリーのアドバイスに、瀬名もよし太も神妙な様子で聞き入っている。

このスマイリーのネタは、天然ボケでアホキャラのよし太が瀬名にものを教えようとするのだが、それがことごとく間違っているという内容だ。このシステムの長所は、マシンガンを連射するようにボケを放り込めることだ。その圧倒的なボケの手数と瀬名の流暢なツッコミで、KOM史に残る優勝劇を成し遂げた。

ただこの前年のスマイリーは、いたってオーソドックスなネタをやっていた。つまりこのラリーのアドバイスで、スマイリーは優勝したということになる。

凛太はあたふたとポケットからスマホを取り出し、瀬名に電話をかけた。

「おう、早速DVD見たんか。エロガッパ」

からかうような瀬名の声がすぐに返ってくる。

「ちょっと待ってください。あれなんなんですか？　ラリーってあのラリーさんですか？」

「おう、死神ラリーや」

「どういうことですか？　じゃあスマイリーはラリーさんに付いてもらってKOMのチャンピオンになったってことですか？」

構成作家が芸人のネタを見たりアドバイスをすることを、『付く』と表現する。座付き作家という言葉からきた表現だろう。

「そうや。俺らはラリーさんに付いてもらって優勝した」

瀬名がそう言い切り、凛太はぞくりとした。死神が名チャンピオンを産み出した？　とても信じがたい話だ。

「でもラリーさんって、死神ですよ。話しかけられたら芸人引退に追い込まれるって……」

「もちろん俺らもその噂は知ってた」

「じゃあなんでラリーさんに付いてもらったんですか？」

「『フットバス』の味園《あじぞの》さんが教えてくれたんや」

「あの味園さんですか」

フットバスもKOMのチャンピオンで、今はKOM決勝の審査員を務めるほどの芸人だ。

「スマイリーが伸び悩んでるときに、味園さんが言うてくれたんや。ラリーさんに付いてもらえってな」

「味園さんが死神を頼れって言いはったんですか？」

瀬名が笑い声を上げる。

「あのときの俺もおまえと同じ反応やったわ。死神に付いてもらうなんてとんでもないってな。でもな、そのとき味園さんが教えてくれはったんや」

「何をですか？」

「フットバスはラリーさんに付いてもらって優勝したってな」

「嘘でしょ」

つい頓狂な声を上げる。ならばラリーは、フットバスとスマイリーの二組のチャンピオンを育てたことになる。そんな凄腕《すごうで》の構成作家なんて聞いたことがない。

「今のおまえと一言一句同じことを、俺も味園さんに言うたわ」

「それでどうされたんですか？」

「半信半疑やったけど、味園さんが言うたことやからな。崖から飛び降りる気持ちで、よし太と一緒にラリーさんに付いてくれないかって頼みに行った。よし太はめちゃくちゃ嫌がってたけどな」

「まあそうでしょうね」

「それで漫才の猛特訓を重ねてKOM優勝したんや。ラリーさんがおらんかったら、俺らはまだ大阪でくすぶってたか、芸人辞めてたな」

瀬名にしては珍しく実感がこもった言葉だった。

死神がまさかそんな凄腕の作家だったとは……もしそれが本当ならば、ラリーは死神ではなく神様ではないか。

「……でもどうしてラリーさんのことを芸人は誰も知らないんですか？」

「俺が教えたということを誰にも言うな。それがラリーさんの条件やったからな」

「じゃあ今瀬名さんが俺に教えていいんですか？」

「ラリーさんはこう付け加えた。ＫＯＭで優勝したなら一組だけには教えてええってな。だから味園さんは、俺らにだけその権利を使った。そして俺はおまえにだけ教えてやる」

「ええんですか？　そんな貴重な権利を俺なんかに使って」

「そやな、確かにもったいないないな」

瀬名がからからと笑う。

「けど相方もおらんのにＫＯＭ優勝目指すいう馬鹿にラリーさんが付いたらどうなるか？　それを見たいいうのもある」

「……それやったらもっと前に言うてくれはったら」

「アホか。リンゴサーカスなんかでどう逆立ちしても優勝できるか。たとえラリーさんでもな。箕輪とでは準決勝が限界や」

瀬名の本音が聞けた。

リンゴサーカスの最高到達点は準決勝だったのだ。もしかするとこの解散は不運ではなく、幸運だったのだろうか。そう気づけただけでも胸のつかえがとれた気がした。

「でもまさかおまえの方からラリーさんの話を切り出すとは思ってなかったけどな。これも何かの縁か」

「……はい」

「俺は後輩に真面目な話とか嫌いやけどな。最初で最後のアドバイスをおまえにやる」

瀬名が一旦そこで言葉を切り、張りのある声を吐いた。

「死神に取り憑かれてみろ」

「ありがとうございます」

電話を切ると、凛太は一人考え込んでいた。

今自分の芸人人生は絶体絶命の状況だ。それを見るに見かねて、瀬名は最高の助け舟を出してくれた。そのありがたさが胸に染み渡る。

「死神か……」

そうつぶやくと、凛太はスマホを握りしめた。

11

マルコは事務所の会議室にいた。

隣にはぶすっとした相方の鹿田がいる。舞台中につかみ合いの喧嘩になったので、鹿田の衣装も髪もぐちゃぐちゃだ。

もちろんマルコも似たようなありさまだ。鹿田に殴られた頰がひりひりしている。

目の前には、設楽と小鳥がいた。設楽は眉間に深いしわを寄せ、小鳥は悲しそうにしょんぼりしている。そんな小鳥を見てマルコは胸を痛めたが、落ち込む小鳥もまた可愛い。恋とはなんて複雑なんだろうか。

設楽が口火を切った。

「おまえらやってくれたな……」

その揺れる声でマルコは震え上がった。これは相当なご立腹だ。

「ちゃうんですよ。マルコがめちゃくちゃ言うから」

咄嗟に鹿田が弁明する。鹿田も設楽の怒り具合を感じ取ったようだ。

さっき舞台で、芸人何組かが集まってトークライブをした。最後のトークテーマは、『相方のここが腹が立つ』だった。最初はライブを盛り上げる演出としてお互い罵り合っていたのだが、次第にヒートアップして、舞台上で殴り合いの大喧嘩に発展した。そのときは客前だということなど頭の片隅にもなかった。

周りの芸人やスタッフに制止され、そのまま二人は舞台から強制退場させられた。ライブが終わり、そのままここに連行されたのだ。

マルコが責め立てる。

「いや、おまえのせいやろが。ネタ作ってへんやつがネタ作ってるやつに何文句言うとんのじゃ」

「またそれや。おまえのそのネタ作ってへんやつがネタ作ってるやつに文句言うなっていう態度が腹立つ言うてんねんやろ！」

反論する鹿田が、マルコにはむかついてならない。

お笑いコンビは平等ではない。歴然とした優劣がある。それは『ネタを書く方』と『ネタを書かない方』だ。

ネタを書くとは、0から1を産み出す行為だ。世の中でこれほど過酷で困難な作業はない。だからネタを書かないくせに不満を垂れる鹿田をマルコは許せないのだ。

「当然やろが。おまえがギャンブルで遊んどる間に俺は必死でネタ考えとんねん！」

マルコがまた鹿田に摑みかかろうとすると、

「いい加減にせえ！」

設楽が一喝した。その怒声にマルコと鹿田が飛び上がる。

語気を荒くして、設楽が説教を述べる。

「おまえらのコンビ仲が悪いんは勝手や。けど舞台上で喧嘩するってどういうことや。おまえらはライブを台無しにしたんやぞ」

マルコは言葉に詰まった。トップロほど舞台を大切にする事務所はない。だからマルコ達が舞台を壊したことが、設楽は我慢ならないのだ。さすがの鹿田も押し黙っている。

「すみません。私の責任です」

そこで小鳥が頭を下げる。その姿を見て、マルコはやっと反省した。そうだ。キングガンが問題を起こせば、それはマネージャーである小鳥の落ち度になる。

小鳥を無視して、設楽が冷ややかに命じる。

「おまえらは罰として四ヶ月間謹慎や」

「ちょっと待ってください。四ヶ月って……」

マルコは凍りついた。謹慎ならば劇場の出番どころか他の営業などの仕事もなくなる。あの地獄のバイトを増やさなければ生活ができない。

さらに四ヶ月も舞台に立てなければ、ＫＯＭのネタが仕上げられない。それは今年のＫＯＭをあきらめろというのと同義だ。

「かんにんしてください、庄屋様。その種もみまで持って行かれたら、来年は米が作れまへん。お上はわてらに飢え死にせえ言うんでっか！」

江戸時代の農民のように、鹿田が設楽の足にすがりついた。なんて虐げられた農民の演技がうまいやつなんだ。マルコは場もわきまえずに感心する。

設楽がそれを振りほどく。

「ボケたらなんとかなるいうおまえの精神があかんのや。舞台上で派手に喧嘩やってなんのお咎めもなしやったら他の芸人に示しがつかん。おまえらは謹慎や」

とりつくしまがない……マルコは観念した。

意気消沈して鹿田と会議室を出ようとすると、「マルコさんは残ってください」と小鳥に呼び止められた。設楽が自分だけに説教をするつもりか、とげんなりしたが、その設楽も部屋から出て行った。小鳥と二人きりになる。

まさか告白……マルコは胸が高鳴った。ピンチの後にチャンスありだ。けれど小鳥の浮かない表情を見て、告白でないことが一目でわかる。

マルコが慎重に尋ねた。

「……あの何かまだ問題が」

小鳥が真顔で答える。

「言いにくいんですが、マルコさん。このままではキングガンはお終《しま》いです」

普段は優しい小鳥の発言とは思えない。マルコは息を呑み込んだ。

「……謹慎が明けてもですか？」

「はい。このコンビ仲の悪さではまたいつかこんなことをすると思うんです。マネージメントする立場としてもこれを見過ごすことはできません。こういう状況になるまで看過していたのも、マネージャーである私の責任です」

そういえばここ最近、鹿田との喧嘩の回数が増えていた。以前から小鳥はやんわり諫《いさ》めてくれていたが、マルコも鹿田も聞く耳を持っていなかった。女性だからもめごとが嫌いなのだろう。そう気楽に捉えていた。

「そこで私は考えました」

「……何をですか？」

「キングガンには上の作家さんに付いてもらいます」

「上ですか？」

ナンゲキクラスの若手芸人では同世代か後輩の作家、もしくは芸人時代から仲がいい元芸人の作家に付いてもらうことが多い。しかも付くというよりは、ライブやネタ作りを手伝ってもらうぐらいの感覚だ。自分よりもキャリアのある作家に付いてもらうケースはほとんどない。上の作家に付いてもらうなど面倒な話だが、それぐらいの条件ならば呑んでもいい。付けたとしても適当に聞き流せばいいだけのことだ。

「誰ですか？　二階堂《にかいどう》さんですか？」

この劇場の中でもベテランの作家だ。面倒見もよく他の芸人からの評判も高い。二階堂だったら適当に扱っても許してくれるだろう。好都合だ。

「違います」

きっぱりと否定する小鳥に、マルコは片っ端から作家の名前を挙げるが、すべて外れてしまった。もうマルコが知っている作家はいない。

「ぜんぜんわからないです。教えてください」

小鳥がずばりと言った。

「ラリーさんです」

「しっ、死神ですか」

仰天するマルコを、小鳥がたしなめる。

「マルコさん、失礼ですよ。ラリーさんはベテランの作家さんですよ」

「すみません。でっ、でも、死にが、じゃなかった。ラリーさんを俺たちに付けるんですか？」

死神が付く……いや、『付く』ではない。『憑く』だ。

この前ネットカフェで凛太とラリーの話をしたが、まさか自分が死神に取り憑かれるなんて。

他人の不幸を笑っていたら、自分に降りかかってきた。よくある寓話《ぐうわ》が現実になったみたいだ。

「そうです」

「でもラリーさんが芸人に付いてくださるんですか」

そんな話は聞いたことがない。ラリーとはただ舞台袖でネタを見る幽霊のような存在ではないのか。

「特別に頼んで引き受けていただきました」

「特別……」

小鳥は特別の意味がわかっているのか？

「マルコさん、ラリーさんは凄腕の放送作家なんです。私が知る限り、あの人が日本一です」

どうやらマルコの心情が顔に出ていたらしい。

「ラリーさんのどこが日本一なんですか？」

きょろきょろと小鳥が辺りを見回し、声を潜めた。

「……絶対に誰にも言わないでください。約束してくれますか」

その唇に指を押し当てた可愛らしい姿に、マルコはときめいた。まさか、もしや、ここで告白か……。

「……はい」

固唾《かたず》を呑んでマルコが頷くと、小鳥が神妙な顔で言う。

「ラリーさんに付いてもらってKOMチャンピオンになったコンビがいるんです」

「嘘でしょ」

マルコは目を丸くした。

「嘘じゃありません。それも一組だけじゃありません」

あの死神が、複数のKOMチャンピオンを育てた……にわかには信じがたい。

「それ本当なんですか？」

「本当です。でも絶対に他の方には言わないでください」

「……わかりました」

眉唾ものの話だがとりあえず頷く。

「じゃあラリーさんに付いてもらいます」

どう考えてもうさんくさい話だが、小鳥は信じ切っている。その好意をむげにして小鳥に嫌われたくはない。小鳥がマルチ商法の勧誘員で高額の浄水器を売りつけてきても、マルコは財布の紐《ひも》をゆるめるだろう。恋とは本当に厄介なものだ。

するると、小鳥が言いにくそうに眉を寄せた。

「ですが、ラリーさんが付くには条件があるそうなんです。この条件が呑めないのならば、キングガンには付かないそうです」

「条件？　なんですか、それは」

「それは……」

小鳥がその条件を口にした。

12

凛太は劇場のビルの入口にいた。

入口前には、若い女性が群がっている。劇場にいる人気芸人が出てくるのを待ち構えているファンの集まりだ。通称『出待ち』というやつだ。劇場の前にいれば、確実にお目当ての芸人に会えるからだ。

もちろん凛太にはそんなファンは一人もいない。誰にも声をかけられないことにも慣れてしまった。

するとその女性の群れに変化があった。何人かがまるで見てはいけないものを見たような表情になったのだ。

そこで凛太は勘付き、歩きはじめた。ちょうど女性の群れから出てきた一人の男に声をかける。

「ラリーさん」

その男とは、死神だった。

なんて不気味な姿をしているんだ……陽《ひ》の下で見ると、その異様さが改めてわかる。

全身黒ずくめなのに、頭だけまっ白なのだ。明るい外で見ると、よりそのコントラストが際立っている。ここだと頬の古傷も痛々しく見えてならない。

本当にこの人がＫＯＭチャンピオンを二組も産んだのか？　瀬名にからかわれているだけではないのか？　そんな疑念が頭の中を埋め尽くす。

「なんだ」

ラリーがぼそりと応じる。声も薄気味悪い。

「俺のことわかりますか？」

緊張気味に凛太が言うと、ラリーがこちらに向き直った。

「ダンボールだ」

凛太がダンボール箱を机がわりにネタを書いていることまで知っている。

「お話があるんですが」

「俺に付いて欲しいのか」

先読みするようにラリーが言い、凛太はぎくりとした。

「そっ、そうです」

「誰からその話を聞いた」

「スマイリーの瀬名さんです」

「瀬名？」

ラリーがほんの少し首を傾《かし》げたが、すぐに頷いた。

「馬鹿なやつだ。おまえにあの権利を使ったのか」

それを聞いて凛太は震え上がった。瀬名の話は本当だったのだ。

「相方もいないおまえに俺が付くのか」

「……ダメでしょうか」

「おまえの目標はなんだ」

「ＫＯＭの優勝です」

凜太が即答すると、ラリーがひび割れた声で返した。

「満足に相方も見つけられないやつがＫＯＭ優勝か」

「ええ、そうです」

迷いなく言い切る。ＫＯＭで優勝する。その信念だけで自分は生きてきた。どれだけ馬鹿にされようがこれだけは譲れない。

ラリーの薄い唇がわずかに上がった。

「……いいだろう。付いてやる」

「ありがとうございます」

凜太がすぐさま頭を下げたが、ラリーが間を空けずに付け足した。

「ただし、条件がある」

「……なんでしょうか？」

「もし俺が教えて今年ＫＯＭの決勝に進出ができなければ、この世界を辞めろ」

「やっ、辞める」

そんな条件は瀬名から聞いていない。

ＫＯＭの応募総数は五千組で、決勝進出できるのは敗者復活で勝ち上がった組を含めてたった十組だ。

確率は五百分の一……しかも現状凜太は相方もいない。たとえ見つけられたとしても、即席コンビが決勝になどいけるわけがない。

「言っておくが今ここで断ったら俺はおまえには付かない。二度とな」

凜太の退路を塞ぐように、ラリーが切っ先鋭く言った。相方を見つけ、コンビの息が合いはじめた二年後か三年後にラリーにもう一度お願いする。その考えを読まれた。ならばもう断る以外にない。こんな無茶な条件が呑めるはずがなかった。

凜太が黙っているので、ラリーが踵を返した。

「待ってください……」

そう呼び止めると、ラリーがもう一度凜太の方に向いた。

間を置かずに、凜太は言い切った。

「わかりました。その条件を呑みます。俺に漫才を教えてください」

その決心を探るように、ラリーの視線が凜太の目を射貫《いぬ》いてくる。その瞳孔は微動だにしない。まるでガラス玉のような目だ。

やがてラリーが静かに頷いた。

「いいだろう。明日からレッスンをはじめる」

「ありがとうございます」

もう一度深々と頭を下げてから姿勢を戻すと、ラリーの姿はもうなかった。まさに死神という異名にふさわしい消え方だった。

もしこれで決勝にいけなかったら芸人人生は終わる……後悔が覆い被《かぶ》さりそうになるが、凜太は必死でそれを振り払った。

これはチャンスだ。チャンスが来たら迷わず摑む。売れっ子芸人は必ずそう口にする。瀬名がくれたチャンスを、絶対に逃したくはない。

死神と二人三脚でＫＯＭを目指す。自分に残された道はそれしかない。凜太はそう腹を決めた。

二章

相方

1

「そうですか。ラリーさんが付いてくれたんですか」

小鳥が無邪気に大喜びする。ナンゲキの若手芸人を魅了する笑顔が目の前にあった。

前回の喫茶店でラリーの件を小鳥に報告した。ラリーの方からマネージャーに話しておけと言ったのだ。

「吹石さんは、ラリーさんのことはご存じなんですか」

「はい。凄いですよね。ラリーさんはKOMチャンピオンを育てていますし、何組も決勝に進出させてますから」

「そうなんですか」

凛太の想像以上にラリーは敏腕のようだが、その事実が一切広まっていないことに空恐ろしさを覚える。絶対に公言できない。

ラリーの真の姿を知っているのは、瀬名のようにラリーが直接教えた芸人と事務所のごく一部の社員のみだろう。

小鳥が朗らかに言う。

「でもよかったです。私の方からラリーさんに加瀬さんに付いてもらえないかって頼もうとしてたところだったんで」

「えっ、そうだったんですか？」

「はい」

にこにこと小鳥が頷く。

マネージャーが頼んだぐらいでは、ラリーは断るだろう。何せＫＯＭチャンピオンの瀬名ですら、ラリーは一組しか教える権利を与えなかったのだから。ただ小鳥の心遣いは嬉しかった。

「……問題は相方探しです。相方が見つからないとラリーさんに教えてもらうこともできません」

「そうですよね……」

正直もう凛太にも小鳥にも新しい相方のあてはない。いくらラリーでも、芸人一人に漫才のやり方を教えることはできないだろう。

凛太の憂慮を察したのか、小鳥が励ます。

「でも大丈夫ですよ。ラリーさんが付いていてくれたんですから百人力ですよ」

「そうですね」

作り笑いを浮かべたが、凛太の胸の不安は消えなかった。

2

マルコは本社の屋上にある稽古場にいた。

全面鏡張りで広々として、隅には椅子が積まれている。ホワイトボードもナンゲキにある物よりも大きかった。屋上にこんな場所があったことをマルコは知らなかった。若手芸人には使えない稽古場なのだろう。

隣の鹿田が不満そうに言う。

「おまえ、マジで死神に付いてもらうんか。頭イカレてんのか」

「うるさい、しゃあないやろ。吹石さんの命令なんやから」

ラリーに付いてもらう。小鳥がそう言い出したとき、マルコは耳を疑った。喧嘩をした罰にしてもひどすぎる。死神が取り憑いた芸人はいつしか芸人を辞めるはめになる……その噂を小鳥は知らないのだろうか。

「だいたい死神がKOMチャンピオンを育てたってほんまか。都市伝説よりも信憑性《しんぴょうせい》ないぞ」

「やかましい。吹石さんがそう言ったんや」

もちろん鹿田同様、マルコも信じているわけではない。小鳥はラリーに騙されているのだろう。芸能界ではよくいる、有名タレントと一緒にエレベーターに乗っただけで、「あいつは俺が育てた」と吹聴する馬鹿と同じ類いだ。

天使のように可憐《かれん》な小鳥をたぶらかしやがって……だんだんラリーに腹が立ってきたが、すぐにマルコはかぶりを振って釘《くぎ》を刺した。

「それよりおまえ誰にもそのこと言ってないやろうな」

あきらかなでたらめだが、絶対に公言するなと小鳥にきつく言われている。もしマルコと鹿田の口からこの事実が出たことが判明したら謹慎どころでは済まなくなる。そう強く注意され、マルコは背筋が冷たくなった。

「言うか。俺まで頭イカレたと思われるわ」

ふんと鹿田がふくれっ面になる。

その直後、扉ががらがらと開いた。

ラリーが入ってきたのだ。黒ずくめの服、白髪頭、冗談のように無残な頬の傷跡……あいかわらず不気味極まりない。表情にも動きにも生気がないので死神そのものだ。

死神というあだ名をつけたやつのネーミングセンスは抜群だ。マルコに子供が産まれたらそいつに名付け親になってもらいたい。

ラリーがマルコと鹿田を順番に眺める。その感情の欠けた視線に射すくめられ、マルコは悪寒がした。こんな目をして人を楽しませるお笑いの仕事をしていること自体が信じられない。

「ネタをやれ」

パイプ椅子に座ったラリーが偉そうに命じると、マルコが我に返って言った。

「ちょっと待ってください。ラリーさん」

「なんだ」

「ラリーさんが付いて今年のＫＯＭの決勝に行けなかったら芸人を辞めさせるという条件はほんまなんですか」

それがラリーが付く条件だと小鳥に教わった。そんな無茶苦茶な条件呑めるわけがないが、小鳥にそれは言い出せなかった。なぜなら自信がないと思われるからだ。好きな人には弱みを見せたくはない。恋の厄介さが、マルコの口を封じていた。

「芸人辞めるってどういうことや」

ぎょっとした鹿田が、ラリーとマルコを交互に見る。面倒なのでこの件は鹿田には黙っていた。

「言葉通りや。ラリーさんに教えてもらって決勝行けへんかったら俺らは芸人辞めなあかんのや」

「なんや、それ。聞いてへんぞ」

投げやりにマルコが答えると、鹿田がマルコを乱暴に揺さぶる。とり乱すその姿があまりに滑稽で、なんだか場違いな雰囲気ができあがる。

　気を取り直してマルコが問うた。

「ほんまですか。ラリーさん」

「そうだ」

　ラリーが首を縦に振る。

「決勝進出せな芸人辞めろって無茶苦茶やないですか」

　マルコ達キングガンは準々決勝止まりだ。決勝進出するには、準々決勝、準決勝を乗り越えなければならない。

「俺が教えて決勝に行けない。それは無能だということだ。そんなゴミはこの世界に必要ない」

　ペテン師のくせに何を偉そうに……マルコは癪《しゃく》に障ったが、それを堪えて続ける。

「それでもあんまりやないですか、せめて準決勝とか」

「なんだ。おまえ自信がないのか」

　侮蔑するようにラリーが言うと、マルコはかちんときた。

「誰に言うてるんですか。鹿田はちゃいますが、俺は天才ですよ」

　そこで鹿田がむきになる。

「アホか。天才は俺やろが」

「ネタ作ってへんやつが何言うとんのじゃ」

「あっ、またそれ言うたな」

　二人がもみ合いになると、ラリーが立ち上がった。扉を開いて出て行こうとする。

「ちょっと待ってください。まだ話、終わってませんよ」

慌ててマルコが引き止めると、ラリーが酷薄な声で言った。

「もう終わった。おまえ達はクビだ」

マルコが青ざめる。

「なんでいきなりクビなんですか」

「おまえらは舞台で喧嘩して謹慎になったんだろうが。反省の色が一切見えん。だから今ここで事務所をクビにする」

「なんの権限があってそんなことするんですか。ラリーさん社員やないでしょ」

鹿田が目を剝くと、ラリーが殺気立った。

「なんだと」

マルコの脳天を悪寒が貫く。声に変わりはないのだが、一気に空気がはりつめた。外見の不気味さもあって、一瞬殺されるかと思う。

鹿田が血相を変えて謝る。

「すみません。今のはなしです。嘘です。フェイクニュースです」

ラリーがつき放すように言った。

「俺は吹石がどうしてもと頭を下げて頼むから引き受けただけだ。おまえ達みたいなクズがどうなろうが知ったことか」

そこでマルコは息を詰めた。まさか小鳥が自分たちのためにそこまでしてくれていたなんて……。

正直ラリーのうさんくささには辟易《へきえき》するが、小鳥はラリーを信頼しきっている。ならば小鳥のためにも、ラリーに教えてもらう他に道はない。

マルコが丁重に謝る。

「……ラリーさん、すみませんでした。俺らに教えてください」

小鳥のためだ。惚れた女のために謝るのだと自分に言い含める。

ラリーが椅子に座り直し、厳格な声で命じた。

「ネタを見せろ」

「はい」

マルコはしぶしぶ頷いた。

3

「ブンブン、おはよ」

まぶたを開けると、目の前に梓の顔が迫っていた。文吾がたまげて起き上がる。

「驚かさないでよ」

「ごめん、ごめん。あんまりかっこいいから見とれてたの」

笑みを崩さず梓が言い、文吾は頬が熱くなる。どこをどう見たら自分の顔がかっこいいのかわからないが、梓にはそう見えるらしい。

「でもその気持ちわかる」

「えっ、自分で鏡見てそう思うの？」

「違うよ。俺も梓が可愛すぎるからいっつも見とれる」

「じゃあ一緒だね」

そう言って梓が抱きついてくる。この頬に触れる柔らかな髪の感触も匂いもたまらなく好きだ。

「さっ、写真撮るよ」

いつの間にか手にしていたデジタルカメラで、梓が写真を撮る。付き合ってからというもの、こうして毎日のように一緒に写真を撮っていた。

傍から見れば馬鹿な恋人同士にしか見えない。文吾もそんなカップルを見て以前はうんざりしていた。

でも梓と出会ってからそんなことは一切思わない。本当に好きな人と出会えば、人はそうなるのが自然なのだと気づいた。今までの自分はただ単にひがんでいただけだ。

付き合うことになってからすぐに同棲《どうせい》をはじめた。家賃がもったいないし、何より二人の時間をもっと増やしたかったからだ。梓と片時も離れたくない。

梓が作ってくれたベーコンエッグとトーストの朝食を食べる。トーストを片手に梓が言った。

「昨日の『三羽烏《さんばがらす》』面白かったね」

「うん。大ボケの人が面白い」

笑顔で文吾が賛同する。三羽烏はナンゲキに出演するお笑いトリオだ。

文吾は完全にお笑いにはまった。

梓に劇場に連れていってもらって以来、暇さえあれば二人で劇場でネタを見ている。生の舞台を体感したことで、お笑いの魅力に気づいたのだ。

さらに家に帰っても、梓と一緒にネタを見続けている。梓コレクションのお笑いのＤＶＤだ。

梓の解説も面白いので、いくら見ても飽きることがない。

お笑いとはこれほど素晴らしいものなのか、と呆気《あっけ》にとられるほどだ。

ただの幼稚でくだらないものだと思っていたが、見れば見るほどその奥深さに唸《うな》らされる。芸人の台詞《せりふ》一つ一つ、一挙手一投足に知恵と経験が凝縮されていた。

「……芸人さんって凄いよね」

実感を込めて文吾が言うと、梓が声をはね上げる。

「そう。そうなんだよ。芸人さんは超絶凄いんだよ！」

出会った当初、梓が文吾に熱弁を振るっていたときには何もわからなかったが、今なら文吾も理解できる。

「あらゆるエンタメの中で笑わせるのが一番難しいからね」

「なるほど」

「なのに映画とか小説とかでも、笑わせるものは軽く扱われるし評価も低いでしょ。それがおいどんには我慢ならんのですたい」

鼻から熱い息をふき出す梓に、文吾が笑って言った。

「いつから鹿児島出身になったの」

梓が指を鳴らす。

「おっ、ブンブン、ツッコミ覚えてきたね」

「梓のお笑い英才教育のおかげだよ」

ボケとツッコミはワンセット。これも梓と出会ってから覚えたことだ。

「でもそう考えると、ＫＯＭってほんと凄いね」

文吾はこれまでのすべてのＫＯＭを見た。

若手漫才師の頂点を決める大会……ただそれだけの認識だったのだが、お笑いを知ってから見ると、その技術と発想の凄さにうなり、その熱量の凄《すさ》まじさに圧倒された。

うんうんと梓が頷く。

「そうだよね。ＫＯＭの凄さって漫才を競技化したことなんだよね」

「競技化って？」

「まあスポーツにしたってことだよ。だってＫＯＭってスポーツ見てるみたいじゃない。甲子園とかワールドカップとかオリンピックの試合みたいに白熱するでしょ」

「確かに」

「この競技化のおかげで、スポーツ観戦するようにみんな漫才を見るようになったんだ。そこからドラマも産まれるでしょ。ＫＯＭを見て漫才師を志す人が増えて、さらに漫才が進化して面白くなる。相乗効果ってやつだね」

文吾が思わず感心する。

「梓って賢いね」

「でしょ。まあお笑い限定ですが」

照れくさそうに梓が頭を掻く。

梓のお笑いの知識量は破格だ。小さな頃からお笑いに触れていて、古今東西あらゆる漫才やバラエティー番組を見ている。

笑えることや面白いことがあったらノートに書き留めて分析している。お笑いマニアの中でもこれほど熱心なマニアはなかなかいないだろう。

さらにお笑いをきちんと歴史や文化的な側面からも捉えている。学術的な視点も持っているので、勉強が得意な文吾はより理解しやすい。

しみじみと梓が続ける。

「ほんと今の若手芸人さんは幸せだよ。ＫＯＭのある時代に漫才師になったんだからさ」

明確な目標がある。それが幸せであることは文吾には痛いほどよくわかる。なぜなら文吾にはそれがないからだ。

気を取り直して文吾は目を細める。

「じゃあ梓も幸せだね」

「なんで？」

「だって放送作家になるって目標があるじゃない」

「ほんとだ」

思わず梓の顔が輝きかけるが、それは明かりが点《つ》くまでには至らない。

「どうしたの？」

「……ねえ、ブンブン、私のネタって面白い？」

「面白いよ」

即答する。お笑いを学ぶようになって知ったもう一つの事実は、梓の才能だ。

梓のネタからはとてつもないセンスが感じられる。ナンゲキで若手芸人の漫才を見ていても、梓がこのネタを書いたらもっと面白くなるのにと感じることが多々あった。

放送作家という仕事をまだよくは知らないが、梓の才能と情熱があってなれない職業だとは到底思えない。

「ほんとに？　放送作家になれると思う？」

確認するように、梓が文吾の目を覗き込む。

う思う」

「思う」

心の底から断言する。その強烈な確信を可能な限り声に込める。

「俺みたいなお笑いの素人が言っても信憑性ないかもしれないけど、梓は才能あるよ。本当にそう思う」

梓は立ち上がって文吾に抱きついた。その勢いに椅子ごと倒されそうになる。

「ありがとう。ブンブン。自信出た」

そう文吾にキスをすると、梓はかばんを手にした。

「じゃあ大学行ってくるね」

そのまま跳びはねるように出て行ってしまった。まるで台風だな、と文吾は苦笑した。

ふと梓のネタ帳が目に留まった。開いてみると、昨日のラジオのお題に対するネタが書き込まれている。

花山家のラジオに投稿するネタだ。梓はこのラジオのヘビーリスナーで、常連投稿者としてよくネタを読まれている。

このハガキ職人は面白い。そう芸人やスタッフに認めてもらえれば、スタッフからラジオ収録の見学に来ないかなどの誘いの声がかかるらしい。

ただ花山家のラジオは人気番組だ。彼らがKOMチャンピオンになってからさらに人気に火がつき、ハガキ職人のレベルは若手芸人の番組で随一だと言われている。梓のような放送作家志望者も多いようだ。

文吾はびっしり書き込まれたネタ帳に目を通した。どのネタも抜群に面白い。梓ならきっと放送作家になれると文吾は信じて疑わない。

俺も頑張ろう。文吾は頰を叩いて気合いを入れると、本棚からパンフレットを取り出した。企業の会社案内だ。

来年の就職活動に向けて準備をはじめる。給料の高い一流企業に入る。梓と付き合ってすぐに、文吾はそう決めた。

放送作家について調べてみると、最初のうちは収入が低いようだった。さらに収入の浮き沈みも激しく経済的に不安定と聞く。

ならば自分が余計に稼がなければならない。安定した収入を得て、梓の夢を支える。それが文吾の目標となった。

「さあ、まずは業種を絞って傾向と対策を練らないとな」

文吾は袖をまくり上げた。

4

「相方は見つかったのか？」

静かにラリーが問いかけてくる。声に抑揚がなく無表情なので、石像と話しているような気分になる。

本社の屋上にある稽古場にいた。こんな場所があることを凛太は知らなかった。この一点だけでも、ラリーが会社の人間から信頼されているのがわかる。

あれから毎日相方を探しているが、一向に見つからない。相方を探すという行為は、彼女を探すようなものだ。毎日毎日振られ続けていると、いい加減心が折れてくる。

「……すみません。まだです」

恐縮する凛太に、ラリーが尖った声をぶつける。

「おまえは一人で漫才をやるつもりか」

「いえ」

「なぜ相方が見つからないのかわかるか？」

「……わかりません」

ラリーが凛太を見据えて言った。

「それは自分のことが見えてないからだ」

自分のこと？　それと相方探しになんの関係があるのだ。

「どういう意味ですか？」

「言葉通りだ。自分のことが見えていない。だから先ばかりを見て後ろを振り返らない。そのせいでクソみたいなネタしか作れない」

クソみたいなネタだと……凛太は憤然とした。それは芸人に向かって絶対に言ってはいけない台詞だ。

反省が足りないという意味だろうが、凛太はウケなければその問題点を改善する努力はしている。ラリーの指摘は見当違いだ。

「帰れ。時間の無駄だ」

手で追い払うラリーに凛太はさらに怒気が込み上げたが、口端から息を漏らし、どうにかそれを逃がした。

「失礼しました」

稽古場から出ようとすると、「待て」とラリーが呼び止めた。

凛太が体の向きを戻す。

「なんですか？」

「今日の夜、ここに行け」

ラリーがメモ帳を取り出すと、何やら書いていた。そのメモを引きちぎり、凛太に手渡す。

そこには味園ビルの名前と、店の場所と時間が書かれていた。味園ビルは小さなスナックや酒場が軒を連ねている雑居ビルだ。

時折芸人がそこでネタをする。小規模のトークライブや、劇場に所属できないような若手芸人がインディーズのライブを開くのだ。

そこで凛太は察した。ここで相方を探せということなのだろう。プロの芸人で見つからなければ、アマチュアを当たるしかない。ラリーは暗にそう言っているのだ。

「わかりました」

そう凛太は了承した。

ビルを出ると人だかりができていた。大半が若い女性だ。さっき香盤表を見たので、彼女たちの目的はわかっている。

花山家の出待ちだ。元々実力のあったコンビだがKOMチャンピオンになったことで一気に人気が開花した。何せ花山家の二人には華がある。

自分の後輩が人気ミュージシャン並みの出待ちを集めている一方、凛太は相方すら見つけられないでいる。

芸人を続けることは、この格差に耐えることでもある。同期や後輩が売れるのを見るのは何より辛い。嫉妬と無力さの炎で骨までもが焦がされる。だが灰と化しても芸人を辞めたくはない……その業の深さに凛太は慄然としてしまう。

夜になり、凛太は味園ビルに向かった。

狭い廊下に隙間なく店が並んでいる。店の扉にはライブの告知やステッカーが呪符のようにびっしりと貼られている。まるで魔窟に迷い込んだ気分だ。

フロアを三周ほどして、どうにか目当ての店を見つけた。中に入ると、バーカウンターの奥に酒瓶がずらっと並んでいる。部屋の中央にパイプ椅子が並べられ、すでに何人かの客が座っている。こんなライブに足を運ぶのは相当なお笑いマニアか、出演する芸人の関係者のどっちかしかいないはずだ。

ステージはない。ただわずかにスペースがあるだけだ。マイクも安物で、三八マイクではない。三八マイクとは漫才で使われるマイクだ。高価なマイクで値段も二十万円するため、こんな小規模のライブでは使われない。

立派な劇場と三八マイクがあるというだけで、トップロの若手芸人は恵まれている。凛太はその二つと相方さえいれば他に何もいらない。だがその一番必要とする相方が今はいない。

凛太は席に座ると、吐息を漏らした。ＫＯＭの準決勝進出者がこんな手作り感満載のライブで相方を探すのか。堕《お》ちるところまで堕ちたと気分が沈み込んだ。

だがあきらめてはならない。ダイヤの原石がいるかもしれない。その一縷《いちる》の望みに凛太は賭けた。

ライブが進むにつれ、失望が胃をしめつけてくる。

つまらない……感想はそれしかない。素人に毛が生えた程度の芸人が、人気芸人をまねたようなネタを披露している。これでは養成所レベルだ。一縷の望みは粉々に砕け、その粉塵《ふんじん》は風と共に去っていった。

数少ない客は一切笑わず、芸人は終始焦りの表情を浮かべていた。一人は今にも泣きそうな顔をしている。隣の店から酔った客の騒ぎ声が聞こえてきた。まるで地獄絵図だ。

これほどの時間の無駄はないが、客席が少なすぎて帰ると目立つ。早く時間が過ぎてくれと凛太が祈っていると、次のコンビが登場した。

その一人を見て、凛太は激しい衝撃を受けた。予期せぬ場所で思わぬ人物があらわれる。まぶたはまばたきの機能を忘れ、首の筋が石化したように、凛太はステージから目を離せなくなった。

そこに、今城優《いましろゆう》がいた。

ひょろっと背の高い優が、昼寝中の猫のような面持ちで立っている。その姿はあの頃とちっとも変わらない。何か時計の針が逆回転し、過去に戻ったような錯覚すら覚えてしまう。

今城優は、凛太の元相方だった。

小学校の同級生だった二人は漫才師を目指し、芸人養成所のＴＳに入所した。コンビ名は『アカネゾラ』だった。

アカネゾラの評価は高かった。ＴＳでは面白さごとにクラスが振り分けられるが、凛太達はトップのＡクラスだった。

それもそのはずだ。アカネゾラは他の芸人達とはキャリアが違う。何せ凛太と優は小学生の頃から長年コンビを組んでいたのだ。

漫才の極意とはどれだけ二人の息が合っているかだ。だから有名な漫才師は、幼なじみや兄弟が多い。小さな頃から一緒にいないと獲得できない漫才の呼吸があるのだ。スポーツや芸術の分野のように、幼少の頃から着手しなければ身につかない。

アカネゾラは幸いにもその技術を会得することができた。ＴＳ時代に出場したＫＯＭではいきなり準々決勝まで進出した。それは快挙だった。

子供の頃から培ってきた阿吽《あうん》の呼吸に、凛太の漫才への造詣の深さが加わった。凛太ほどお笑いの知識のある芸人は同世代では誰もいなかった。

アカネゾラはゆくゆくはＫＯＭチャンピオンになる。周囲からそんな声も上がりはじめたし、凛太も当然そのつもりだった。

二人の芸人人生は順風満帆に見えたのに……。

はっと現実に揺り戻されるとネタが進んでいる。凛太の目は優に釘付けになった。

うまい……聞き取りやすい声質、喋りのテンポ、間の取り方、表情の作り方、手の使い方、どれもこれもさっきまでの芸人達と比較にならない。卓越したプロの技術だ。

相方のボケの方はほぼ素人だが、それを優がうまくフォローしている。つたないボケをツッコミで笑いに変換する。小銭を万札に替えるマジシャンのように。

水を打ったように静まっていた客がくすくすと笑い出した。客の空気に合わせて喋りの間やテンポを調整するのもプロの漫才師にしかできない芸当だ。

凛太は驚きを隠せなかった。漫才の腕は舞台数で決まる。舞台に出ることを板を踏むと表現するが、板を踏む回数と漫才の技術力は比例する。

トップロは自前の劇場をいくつも持っている。だから他の芸能事務所と比べて、板を踏める数が段違いに多い。

だからこそトップロの芸人がＫＯＭを席巻する。凜太がトップロを選んだ最大の理由がそれだった。芸人とは板の上に立たせてなんぼだと、この事務所は骨に染みるほど熟知している。劇場経営は決して儲《もう》かるものではないが、赤字を出してもトップロは頑《かたく》なに劇場を大切にし続ける。舞台に立たせること以外に芸人を育てる術《すべ》はない。まるでそう断言するかのようだ。

ただ逆の見方をすれば、漫才の技術は板を踏まなければ落ち続ける。プロのピアニストも一日でも練習を欠くと、取り戻すのに三日かかるという。漫才もそれに似ている。

優は芸人を辞めたはずだ。ブランクは凜太がリンゴサーカスを組んでいた期間なので、四年はある。

四年も経《た》った今、現役時代と遜色のない漫才の腕を保っている。なぜだ？　どういうことだ？

凜太は困惑した。


ライブが終わると、凜太は上の階にある部屋に向かった。

その扉を開けると、さっきのライブの芸人達が着替えをしていた。ここが控え室となっている。

一番奥に優がいた。

「凜太、久しぶりやな」

柔和な笑みを凜太に向ける。舞台上から凜太の存在にすでに気づいていたようだ。

その優のくしゃっとした笑顔が、時計の針を一瞬にして巻き戻す。それに抗《あらが》うように凜太は腹から声を出した。

「優、なんでおまえが漫才やっとんねん」

そう問うが、優はそれには答えない。逆にこう尋ね返してきた。

「どうやった。さっきの漫才？」

アカネゾラは最初は順調だったが、次第に行き詰まっていった。まるでじわじわとカビが浸食するようにウケなくなっていった。

ＫＯＭも一度準決勝まで行けたものの、そこで無残に敗退。その翌年は準々決勝止まりだった。その頃には次のＫＯＭチャンピオンとは誰も口にしなくなった。

その原因を、凛太は優のせいにした。

優のツッコミは技術に優れているが、いかんせん弱すぎるのだ。ＫＯＭで優勝を目指すには爆発力が求められる。弱いツッコミでは通用しない。鋭い切れ味のツッコミが必要だ。

そこで凛太は箕輪に目をつけた。箕輪の声は張りがあり、端的な短いフレーズが特徴的だった。優勝のためには優を切り捨て、箕輪を相方にする。凛太はそう心を決めた。

非情だとは一切思わなかった。凛太の目的は、ＫＯＭで優勝することだ。友達ごっこをするつもりは毛頭ない。芸人になった時点で、優は友達ではなくビジネスパートナーになっていた。

そこで優に解散を告げた。優の何がダメなのかを遠慮せずにすべて告げて……優は怒ることも反論することもなく、「そうか。それはしゃあないな」と寂しそうに笑うだけだった。そのとき浮かべた切なそうな表情を、凛太は今鮮明に思い出していた。

凛太が無言でいると、優が笑顔のままで言った。

「凛太、この後予定あるか？」

「……いや、あらへん」

「じゃあ付き合ってくれ。久々に呑みに行こう」

優が連れてきたのは、イタリア料理屋だった。ドアノブに『定休日』と書かれた札がかけられている。

「おい、休みやぞ」

凜太がそう声をかけると、優が鍵を取り出した。

「今日使うってオーナーに許可取ってるから」

そう鍵をひねり、扉を開けた。おそらくここで働いているのだろう。

子供の頃から優は料理がうまかった。優の父親はホテルでコック長をしていたので、その血を受け継いでいるのだ。

テーブル席が四つと、カウンターという小さな店だ。気取った雰囲気はなく、家庭的といった感じだろうか。年季の入ったテーブルと椅子からぬくもりが漂っている。

「いい店やな」

凜太が椅子に座って言うと、優がエプロンを着けながら応じる。

「ここなんでもうまいんや」

キッチンに向かうと、優がワインボトルとグラスを持ってきた。コルクを抜いて、グラスにワインを注《つ》ぐ。

「それでも呑んでてくれ」

優がキッチンに戻ると、凜太はワインを一口呑んだ。ほどよい酸味と甘みが舌の上に広がる。

ワインなんて久しぶりに口にした。

ジュッという音が聞こえ、いい匂いが漂ってくる。その香りを嗅いで記憶の蓋が自然と開いた。

あれだ。優はあれを作っているのだ。

「お待たせ」

優がテーブルに置いたのは、ただの炒《いた》めた米だ。それはステーキソースをかけて炒めたものだった。

これは優の父親のレストランのまかない飯だったものだ。たまに優の家に行くと、優の父親が昼ご飯にこれを出してくれた。ただソースで炒めただけのそのご飯の旨さに、凛太は虜《とりこ》になった。ステーキソース飯が目当てで、用もなく優の家に遊びに行ったほどだ。

その秘伝のレシピを優が引き継ぎ、凛太によく作ってくれた。貧乏な芸人生活の中で唯一のご馳走だった。二人にとっては思い出の味だ。

匂いを嗅いだだけで生唾が込み上げてくる。早く食べたいと胃が急《せ》かすせいで、スプーンを持つ手もおぼつかない。

どうにか口に運び、咀嚼《そしゃく》した瞬間懐かしの味が舌に広がった。ステーキソースの甘味と米の感触で思わず唸りそうになる。むしゃぶりつくように食べ続け、あっという間に皿が空になった。

「おいおい、早すぎや。どんだけ腹減ってたんや」

キッチンで優がフライパンを動かしている。

ナプキンで口元を拭くと、凛太は満足げな息を漏らした。そうか。このステーキソース飯にありつくのも四年ぶりなのか。アカネゾラを解散するということは、この味とも決別することでもあった。

親友も好物も捨てて、自分が手にいれたものは一体なんだったのだろう？　ＫＯＭのトロフィーどころか、芸人を続けられる瀬戸際まで追い込まれている。この四年間、一体自分は何をやっていたんだ？

そう自問自答していると、優がテーブルの上にグラスを一つ置いた。

「なんや、優、おまえも呑むんか？」

「俺が呑んだら誰が料理作んねん。お客さん用や」

「客って、今日は定休日ちゃうんか……」

そう口にした途端、扉が開く音がした。反射的に振り向くと、一人の男が入ってきた。勝手知ったる様子で中に入り、凛太の向かいの席に座る。そこで凛太が驚きの声を漏らした。

「……ラリーさん」

ラリーが着席するや否や、優がワインをラリーのグラスに注ぐ。軽くグラスを回すと、旨そうに口に運んだ。

「今城、ライブどうだった？」

そう優に問いかけると、優が苦笑いで肩をすくめる。

「あきません。こんなお笑いにうるさいやつに見られてたからぜんぜんでした」

優が顎で凛太をしゃくると、ラリーの口角がわずかに上がった。

「そうか」

ほんのかすかな笑みだが、ラリーの笑顔などはじめて見た。

優が料理を作りにキッチンに戻ると、凛太は低い声で尋ねた。

「……ラリーさん、どういうことですか？」

「何がだ。俺はここに飯を食べに来ただけだ」

優が作る料理を、ラリーは黙々と食べ続けた。小食そうに見えて、意外なほどの大食漢《たいしょくかん》だ。

話す気はなさそうだが見当はついた。ラリーは優がここで働き、ライブに出ていることを知っていたのだ。

すべての料理を食べ終えると、ラリーが無造作に席を立つ。

「今城、旨かった」

テーブルに一万円札を置き、おもむろにこちらを見た。

「加瀬」

「はっ、はい」

急に呼びかけられたので頓狂な声になる。

「相方探しは明日までだ。明日までに見つけてこい」

そう言い放つと、ラリーは店を出て行った。

やはりそういうことか。凛太は合点した。

アカネゾラを復活しろ。ラリーはそう言っているのだろう。だから優が出演しているあのライブに行くように凛太に命じた。

これから新しく組む相方と今年中にKOM決勝に行く。ラリーのその無茶な条件を突破するための唯一の手段。それは元相方の優と組むことだった。

優のことならすべて知っているし、さっき見た通り優の漫才の腕は衰えていない。再結成してもすぐに形になるはずだ。

だが自分からあれだけひどい別れ方をしておいて、また組もうなんて言えるか。いくら人のいい優でも許してくれるのか……。

そう悩んでいると、エプロンを外した優が席に座った。新しいグラスをテーブルに置いたので、凛太はそれにワインを注ぐ。

優はそれを呑むと、ふうと息を吐いた。

「どうや。料理の腕上がったやろ」

「そやな。旨かった」

そう凜太が頷くと、優の顔がくしゃっと歪む。昔からこいつはこんな笑い方をする。

慎重に凜太が付け足した。

「……料理の他に漫才もなかなかやった」

「そうか」

優の笑みが消えて真顔になる。

「相方は誰や」

「ここのバイトや。まあ遊びでやってるだけの漫才や」

わずかに安堵する。優と組み直したくても、優がそのコンビでプロを目指すのならば誘えない。

ここで凜太の腹は決まった。頭を下げて心の底から頼んだ。

「優、俺と組み直してくれへんか。アカネゾラを復活させたいんや」

しばしの沈黙が訪れる。蛇口からこぼれ落ちる水滴がシンクを遠慮がちに叩く。

「……凜太、頭を上げろ」

そう優が促し、凜太はその指示に従う。優がぽつりと口にした。

「凜太、なんで俺が漫才続けてたかわかるか」

凜太は首を横に振る。

「ラリーさんにどんな舞台でもええから漫才だけは絶対に続けろと言われたからや」

思わず耳を疑った。

「ラリーさんがか。おまえがラリーさんと接点あったなんて知らんぞ」

「そりゃそうやろ。何せ死神ラリーやからな」

優がおかしそうにまぜ返す。

「ラリーさんが俺に話しかけてくれたのは、アカネゾラを解散してからや」

辞めた芸人になぜ放送作家が接触するのだ？　意味がわからない。

「正直俺は漫才なんてもうやる気なかった。何せあんなひどい別れ方されたからな」

「……すまん」

声を絞り出す凛太に、優はかまわず続けた。

「ただラリーさんがたびたびここを訪ねてきて、何度も何度も言うんや。アマチュアの趣味でいいから漫才だけは続けろってな。それでも適当にあしらってたら、あの人勝手にライブ出演決めてきはったんや」

「えらい強引やな」

困ったような顔をして、優は口元をゆるめた。

「そやろ。だからしぶしぶ今の相方に頼んで即席でコンビを作った。そうやって舞台だけは続けてたけどやる気はぜんぜん起きんかった。なんでラリーさんがこんなことさせるのか意味がわからんかった。でもある漫才を見てそれがわかった」

「漫才？　誰の漫才や？」

「おまえや。リンゴサーカスや」

自分を捨てた相方が組んだ新しいコンビの漫才を見る。その気持ちは凛太には想像すらできない。

「……俺の漫才見て何がわかったんや」

優が微妙に口角を上げた。その笑みには確信が含まれている。

「いつか凛太はまた俺と組みたいって頼んでくるってな」

喉の渇きを感じながらも凛太が重ねる。

「……なんでや」

「あんなもんおまえの漫才やないからな」

凛太の漫才じゃない……どういうことだ？

「そこでラリーさんの意図がわかった。漫才の腕を錆《さ》びつかせるな。だから俺に漫才を続けさせてるんやってな」

それは凛太も気づいていた。まさかラリーはアカネゾラが解散してからこうなることを、四年前の時点で予期していたのか。信じがたい洞察力だ。

優が弾けたような笑い声を上げた。

「ただ四年は待たせすぎや」

今度は瞳から涙がこぼれ落ち、テーブルが淡くにじんだ。

そうだ。あのライブで見せた優の漫才は、アマチュアが遊び程度でやるようなものじゃない。研ぎ澄まされた漫才だった。

いつ来るかわからない凛太のために、優はずっと刀を研ぎ続けてくれていた。

こいつは、あんなひどいことをした俺のために……申し訳なさとありがたさで、思わず熱いものが込み上げてくる。それが涙となってあふれ落ちた。

蛇口の水滴の音と、二人のすすり泣きが静かに混じり合う。

漫才師における相方ってなんだろう。よく男女関係にたとえられるが、それは少し違う。相方は恋人でも、親友でも、そしてビジネスパートナーでもない。

ただ一つ言えるのは、相方とは特別な存在だということだけだ。漫才師にとって欠かせない存在――二人の涙声だけが、凛太にそのことを教えてくれる。

やがて、二人同時に泣き止んだ。洟を啜り、凛太が大事なことを告げる。

「ただラリーさんに付いてもらうには条件がある」

鼻の頭を赤くした優が尋ねる。

「どんな条件や」

「今年のKOMの決勝に進出すること。できなかったら芸人は辞めなあかん」

優は驚いたような顔をしたが、すぐに肩を揺すって返した。

「無茶苦茶な条件やな。じゃあ俺が芸人復活しても、決勝行けんかったらすぐ辞めることになるやないか」

「……そうやな」

改めてその困難さが身に染みてくる。

「じゃあ早速ネタ合わせするか」

優の言葉に凛太がへらりと笑う。

「その前におまえに頼みたいことがある」

優が不思議そうな顔をする。

「……なんや」

「ステーキソース飯もう一つ作ってくれ」

弾けるように優が笑った。

5

「くそったれ、なんやこの脱ぎ散らかしは」

マルコが床に落ちた服を蹴飛ばすと、鹿田が怒声を上げた。

「何しとんのじゃ。それラテ兄さんにもろたやつやぞ」

ラテとは鹿田を可愛がっている先輩の大島《おおしま》ラテだ。鹿田は先輩から可愛がられるタイプの芸人なので、何かと呑みに誘ってもらっている。

「そんな大事なもんやったらちゃんとハンガーにかけとけ」

「アホか。どうせ着るんやからそんなもんカロリーの無駄やろ。頭使え」

馬鹿のくせに何が頭を使えだ、とマルコの怒りは加速する。

二人で同居しろ。ラリーにそう命じられていたのだ。

マルコと鹿田はそれぞれ別の芸人とルームシェアをしていたのだが、そこを出た。このアパートはラリーが用意してくれたものだ。

お笑いコンビは仕事中はずっと一緒にいるため、プライベートはできるだけ離れることが多い。普通の相方でもそうなのだから、鹿田ならばなおさらだ。

謹慎期間中なので、ナンゲキに寄る用事もない。他の芸人と話して気晴らしすることもできない。

できるだけ部屋にいないようにしたいが、それをラリーは許さない。GPSで二人が一緒にいるか常に監視しているのだ。おかげで二十四時間鹿田といなければならなかった。ラリーは放送作家ではなく、刑務所の看守ではないのか。

コンビ仲の悪さを克服するための同居だが、これでは逆効果だ。ここに住みだしてからもう何度喧嘩しているかわからない。

だいたいこの部屋も不気味でならない。壁一面が本棚になっていて、本とＤＶＤでぎっしり埋まっている。半分がお笑い関連のものばかりで、お笑い雑誌のバックナンバーがずらっと揃っている。

もう半分は小説や漫画や、ビジネス書だ。経済や哲学、言語学などの難解そうな本もある。硬軟ぐちゃぐちゃで統一感がまるでない。

ここはラリーの荷物部屋だそうだ。マルコは本など読まないので、こんな部屋にいるだけで頭が割れそうだ。

だいたいラリーが荷物部屋を借りているのが気にくわない。自宅とここの家賃を払えるほど稼いでいるのだ。

天才の俺より、才能のない放送作家がなぜこんな優雅な暮らしを送っているのだ。この世界はねじ曲がっている。

鹿田との同居のストレスとこの理不尽さで、マルコは終始むかむかしていた。

ジャージを着て、二人で大阪城公園に向かう。足の疲れが取れないので、太ももが張っている。マルコが足を揉《も》もうとすると、鹿田も同じ行動を取っていた。二人ともそれに気づき、ふんと顔を逸《そ》らした。

到着するとラリーが待っていた。ラリーと一緒にいると、周囲の人に怪訝な目で見られないかが気になってしまう。何せ死神と一緒にいるのだ。あの子達もうすぐ死ぬのね、と気の毒がられないだろうか。

「さあ、走れ」

なんの前置きもなくラリーが命じると、マルコが反論した。

「ラリーさん、俺らマラソン大会に出るんとちゃいますよ。KOMに出るんですよ」

大阪城公園はジョギングの練習場所としてよく使われている。ここのところ、マルコ達はずっと走らされていた。

「そうっすよ。漫才とマラソンなんの関係があるんですか」

鹿田も加勢する。ラリーに対する不満だけは、二人とも一致していた。

「走れ」

有無を言わさないラリーの口ぶりに、マルコは震え上がった。なんておっかないんだ。こっちがジャージ姿なので、傍からは死神とヤクザの舎弟にしか見えないはずだ。あの子達もうすぐ鉄砲玉にされるのね、と道行く人に同情されているに違いない。

仕方なく二人で並んで駆け出す。無言で走っていると、イヤホンからラリーの声が響いた。

「おい、話せ」

くそっ。マルコは舌打ちした。走るときは二人で会話をしろとラリーに指示されている。コンビ仲を深める狙いがあるのだろうが、走るときまで鹿田と話すのは苦痛でならない。

だいたいラリーは中年男性のくせに、GPSだなんだとハイテク機器を使いこなすのも気にくわなかった。

忌々《いまいま》しそうにマルコが促す。

「……おい、鹿田。なんか話せや」

鹿田がご機嫌斜めで返してくる。

「なんでやねん。おまえが話せ」

「ずっと一緒におるんやぞ。話すことなんかあるかい」

「おいっ、なめてるのか。なんでもいいからとにかく話せ」

怒気混じりのラリーの声が耳朶《じだ》を打つ。この監視システムはどうにかならないものか。わしゃ囚人か……。

「……今日は天気がええなあ」

しぶしぶマルコが話すと、鹿田が応じる。

「そやなあ。前のお姉ちゃんのスタイルもええなあ」

前を走る女性の尻に、鹿田の視線が固定されている。呑みもギャンブルも女遊びも禁じられているので、欲求がたまりにたまっているのだ。ラリーが付いて唯一よかったことは、鹿田の遊びを止められていることぐらいだ。

「なんでワンターンで天気から女に話がいくねん」

「別にええやん。いいっすよね。ラリーさん」

鹿田がそう問いかけると、ラリーの感情を伴わない声が即座に返ってくる。

「かまわん」

「ラリーさん、こいつ勃起してますよ。これはいいんすか」

いつの間にか鹿田の股間にテントが設営されていた。格安のしょぼくれたテントだ。

「好きにしろ」

興味がなさそうにラリーが応じる。

コンビ仲を良くする狙いがあるはずだったが、喧嘩をしてもラリーは制止しない。そのくせ歩いたり、黙っていると怒り出す。まるで意味がわからない。

たっぷり走らされると、難波の稽古場に戻る。そこからひたすら漫才の映像を見させられる。古い漫才だ。エンタツ・アチャコ、中田ダイマル・ラケットなど見たことも聞いたこともない芸人が漫才をしている。

正直時代が違いすぎて面白くもなんともないが、ラリーは強制的に見ることを課してくる。そこからさらに古いコメディー映画へと続く。チャップリンやバスター・キートンという喜劇役者の白黒映画を見せられるのだ。色どころか音声すらない。映画に音がない時代があったことを、マルコはこれではじめて知った。

我慢できずにマルコが不満を口にする。

「ラリーさん、お笑いの勉強するなら最新のもの見せてくださいよ。こんなもん古すぎて参考にならないっすわ」

ラリーが一蹴した。

「ダメだ」

「なんでなんっすか。俺ら老人相手に漫才するんちゃいますよ。あの世に営業行かせるつもりなんですか」

死神だけにいやにリアリティーのあるボケを発してしまった。

「やかましい。黙って見てろ」

変わらぬ抑えた声だが、怒気がこもっている。マルコは慌てて口を閉ざした。

ラリーはセンスが古いままで止まっているのだ。新時代の笑いなど一切無視する懐古主義の放送作家だ。ＴＳの講師の中にも同じような輩《やから》はいた。こんな人間に教えられてＫＯＭの決勝に行けるのか不安になってくる。

地獄の鑑賞時間がようやく終わると、二人でネタをさせられる。ラリーはストップウォッチを片手に、メモを取りながら厳しい眼《め》を向けて言う。

「間が悪い。そこはもっとテンポを速くしろ」

コンマ単位の修正に次ぐ修正。なんて窮屈な漫才だろうか。それがエンドレスに続いていく。しかも発声に関してもやかましい。

「もっと声を出せ。まだ体が楽器になっていない」

何を意味不明なことを言っているのだ。口をラッパの形にしてやろうか。

「よしっ、ボケとツッコミを入れ替えろ」

ラリーがなんでもないことのように命じる。理解不能な練習の最大のものがこれだ。普段は鹿田がボケでマルコがツッコミだが、その役割を逆転させられるのだ。

つまり鹿田がツッコミで、マルコがボケになる。当然目も当てられないほど無残な漫才だった。特に鹿田のボケは動きや顔芸が多いので、マルコではうまくできない。そんなことをくり返していれば、いつもの漫才すらうまくいかなくなる。

今度は鹿田が音を上げた。

「ラリーさん、これは俺ら向きやないですわ」

ラリーが乾いた声で言った。

「どういうことだ」

「こんながんじがらめでやられたら俺らの良さでませんよ。もっと伸び伸び自由に漫才やるのがキングガンの漫才なんですよ」

それはマルコも同感だった。

「そうです。こんな漫才でKOM決勝は行けません」

ラリーが不快そうに舌打ちした。

「馬鹿が。だからおまえらは万年準々決勝止まりなんだ」

なんて残酷に急所を突いてくるんだろうか。ぐうの音も出ないどころか、息すらできなくなる。

ラリーが断言した。

「いいか、KOMは競技だ。スポーツだ。だからそのための戦略と戦術が必要となる」

「……なんですか。戦略って」

「徹底的にシステムでやることだ」

そう言うとラリーがホワイトボードに波のグラフを描きはじめた。1、2、3、4と番号の振った縦線を引き、そこに波を描く。

「四分間の中で笑いの波をどう作るかを設計しろ」

そこに書かれたものは、苦手だった数学の授業で見たものにしか見えない。

「ツカミで取った笑いを徐々に大きくし、波を作っていく。波の振幅を大きくさせるイメージだ。前半で大きな盛り上がりを作り、そして三分目あたりで爆発させる。さらに展開をつけてラストまでたたみかける。最初に張った伏線を、客の予想外の形で回収するのもいいだろう」

そうボードをバンバンと叩く。

「いいか、漫才とは数式のように計算尽くでやるものだ。特にＫＯＭでは、無駄なものは一切必要ない。極限にまでボケとツッコミを研ぎ澄ませ、精密機械のような漫才をしろ。完璧な戦略とシステムで挑め」

マルコは唖然《あぜん》とした。漫才とはここまで綿密に練り上げるべきものなのか？　それはマルコのネタの作り方にはない思考だった。

そこでふと気がついた。これは凛太の漫才に似ている。凛太の計算され尽くしたリンゴサーカスのネタにそっくりだった。

そしてリンゴサーカスのネタは、マルコが大嫌いなものだった。あの計算に乗って笑うのがどうにも癪に障る。まるで凛太の手の中で転がされている気分になってしまう。

現に芸人はリンゴサーカスのネタでは笑わない。そんなものをラリーは押しつけている。

ぞんざいにペンを置くと、ラリーが椅子に座った。

「わかったら黙ってやれ」

「はあ、ラリーさんって賢いんっすね」

鹿田が馬鹿面で感心している。こいつはすぐに騙される。マルコがしっかりしないといけない。

「こんなガチガチの漫才の何がおもろいんですか」

そうマルコが本音を漏らすと、ラリーの眉がわずかに動いた。

「なんだと」

まずい、ラリーを怒らせた……そう思うものの、マルコの口は止まらない。

「だいたいラリーさんほんまにおもろいんっすか？」

「どういう意味だ」

「おもんないやつに限ってこんなシステムがとか戦略がとか言うんですよ。よう見るでしょ。仕事できなそうなサラリーマンが、本屋で熱心にビジネス書読んでるの。あれと同じですわ。勉強してKOM優勝できるんなら、KOMチャンピオンはみんな高学歴でしょ」

「おまえは何が言いたい」

ラリーの額に青筋が浮かんでいたが、マルコは開き直ったように続けた。溜まったストレスが声帯を一気に震わせる。

「俺、やっぱりおもんないやつにぐちゃぐちゃ言われたないんですわ。放送作家なんか芸人で尻割ったやつでも成功できるもんでしょ。それでも元芸人の作家はまだ板の上に立った経験があるだけましですわ。ラリーさん、芸人やったことあるんですか」

「ないな」

簡単にラリーが応じると、マルコが鼻で笑った。

「そんな人間がなんで芸人に偉そうに指図できるんですか。おかしないですか」

小鳥のために耐え忍んできたが、ラリーにここまで強制されて忍耐の限界を超えていた。

青ざめた鹿田が止めに入る。

「おい、おまえ言い過ぎやぞ」

「やかましい。おまえはネタ作ってへんからわからんのじゃ」

「おまえ、またそれ言うんか」

鹿田が色をなすと、ラリーが変わらぬ抑えた声で言った。

「……ネタを書けるのがそんなに偉いことなのか」

「そりゃそうでしょ。0から1を作ってるんですよ、俺は」

そうマルコが胸を張ると、ラリーは席を立ち、扉に向かった。

「なんっすか、ラリーさん。逃げるんですか。俺の勝ちですね。圧倒的勝利。我、覇者なり！」

もうやぶれかぶれだ。ここで芸人人生が終わろうが知ったことか。

「ここで三十分待っておけ」

そう言い捨てると、ラリーは部屋を出て行った。

ぴしゃりと扉が閉まると、鹿田が顔を強張《こわば》らせたまま言った。

「おまえ、どうするつもりや。ラリーさん、たぶん事務所の上の人間連れてくるぞ。俺ら確実にクビやぞ。布団です巻きにされて大阪湾に沈められるぞ」

「……うるさい」

後悔を押し殺し、マルコは憤然とした表情のまま答えた。

約束通り三十分後、ラリーが戻ってきた。だがチーフマネージャーの設楽や小鳥はいない。一人だけだ。

ラリーが手に用紙を持っている。それをマルコと鹿田に配った。最初に『キングガン　漫才』と書かれている。

マルコが呆然として訊いた。

「これは？」

「俺が書いたおまえ達のネタだ。読んでみろ」

ラリーが書いたキングガンのネタ……それを理解するのに時間がかかった。ネタは自分が書くものという観念しかなかったからだ。

すぐさま正気に戻ると、マルコは目を通した。読み進めるうちに衝撃が胸を圧迫してくる。面白い……一瞬自分が書いたネタではないかと錯覚したが、こんなネタを書いた覚えはない。マルコは周りの芸人から唯一無二と呼ばれている。キングガンのネタはセオリーのない、常識外れのネタだからだ。

だからキングガンの漫才は誰にも作れないし、まねできない。自分の発想力は異次元だ。国境を越えて大気圏すらもつき抜け、宇宙人が爆笑する。他の芸人をはるかに凌駕しているのだ。いずれ時代がキングガンに追いつく日がやってくる。そんな自負がマルコにはあった。

なのにラリーは、まるでマルコの思考を読んだようなネタを書いている。なぜこのボケが、ツッコミのフレーズが他人に書けるのだ？　この語彙《ごい》は自分の頭の中にしか存在しないはずなのに。マルコにとってそれは驚異的なものだった。

しかもこのネタは、マルコの書くものよりも洗練されている。無駄が一切なく、読むだけで客がウケる姿がイメージできた。ネタの運びとラリーがボードに書いた波グラフが重なって見える。

こんな完成された台本を、たった三十分で書き上げてしまう……。

放送作家の才能は芸人の足元にも及ばない。その片寄った思いに亀裂が入る音が聞こえた。ラリーがＫＯＭチャンピオンを育てた。その小鳥の話は真実だったのだ。死神の実力は本物だった。

鹿田が興奮して叫んでいる。

「ラリーさん、これおもろいやないですか。これでＫＯＭの決勝行けますよ」

その賞賛の声に、マルコの腸《はらわた》は煮えくり返った。

鹿田はマルコが台本を渡しても、礼も言わないどころかくすりともしない。そのくせネタの粗探しはするわ、こんなボケはやりたくないなどと不満をぶちまけてくる。いまだかつてこれほど褒め称えたことなど一切ない。

挑発するように鹿田が唇をつき出している。

「おい、マルコ。ラリーさんは俺らのネタ書けるぞ。じゃあおまえは用なしやな」

このくそ野郎。マルコがかっとなって叫んだ。

「ふざけんな。ネタあっても俺がおらんかったら漫才できんやろが」

「それは俺も同じじゃ、ボケ」

食ってかかる鹿田を、マルコはつき飛ばした。

「解散じゃ。芸人なんか辞めたるわ」

ちらりとラリーが目に入る。じっとこちらを見つめていた。その視線に耐えきれず、マルコは稽古場を飛び出した。

6

文吾が目を覚ますと、隣で寝ていた梓がいない。

ふすまを開けると、梓がテーブルに向かっていた。鬼気迫る表情でパソコンのキーを叩いていた。

梓が文吾に気づいた。

「あっ、ごめん。ブンブン起こしちゃった」

その目が充血している。

「まだネタ書いてるの？」

ここ最近、梓は寝る間を惜しんでネタ作りに励んでいる。ちょっと尋常じゃないほどの熱の入り様だ。

「うん。トリモチトレヘンに負けたくないからね」

トリモチトレヘンは花山家のラジオの常連ハガキ職人だ。その他にもライバルが多く、梓と鎬《しのぎ》を削っている。

「ちょっと根を詰めすぎじゃないの」

文吾が椅子に座ると、梓は大きく息を吐いて肩の力をゆるめた。そしてひと呼吸置いてから、顔をこちらに向けた。

「……ブンブンちょっと話があるの」

いつになく神妙な表情に、文吾の心はざわついてしまう。

「話って……？」

「私はどうしても今年のうちに放送作家にならないとダメなの」

「なんで？」

「それがお父さんとお母さんとの約束だから。大学の間は放送作家を目指してもいいけど、在学中になれなかったらあきらめて就職しなさいって」

梓の両親の意見は至極まっとうなものだ。就職をせずに、なれるかどうかわからない放送作家の道を追い求めるのはあまりに無謀すぎる。

「そうか。だから最近必死なんだね」

「うん。そうなんだ」

梓が硬い顔で頷くと、文吾は笑顔で受け止めた。

「俺、梓を応援するよ」

「ありがとう、ブンブン。私、ブンブンがいるから頑張れる」

「一人で夢を追うより二人で追った方がいいよ。だって辛いときはお互いを支え合えるからね。漫才師もそうでしょ」

梓が芝居がかった感じで膝を打つ。

「おおっ、ブンブンいいこと言った。詩人になるべきだよぉ、きみぃ」

「ありがとう」

「じゃあ我々は恋人であり、相方だ。さあキスをしようではないか」

そう唇をすぼめる梓に、文吾は大笑いしながら応じた。


一週間後、二人でお昼を食べていた。この日は文吾が作った担々麺《たんたんめん》だ。二人での節約生活も板に付いてきた。文吾は梓と付き合って以来、好きだったパチンコも止めている。

「満腹、満腹。さあ昨日作ったネタを投稿しますか。ブンブン選ぶの手伝ってよ」

梓がノートパソコンを開き、文吾が頷いた。

やみくもにネタを出すよりも、厳選されたものを投稿する方がスタッフの心証はいいはずだ。二人で考えた作戦だった。

「えっ、嘘……」

口元を手で押さえた梓が、声にならない声を漏らした。その目は大きく見開かれ、驚きの色が溢《あふ》れている。

「どうしたの？」

「これっ」

梓がパソコンの画面を指さしている。メールのようだ。件名は『花山家ラジオ部スタッフ』となっている。

あたふたと文面を読む。梓の投稿への感謝と、そのネタの面白さを称えるものだった。さらに末尾には、一度スタジオに遊びに来てくださいとまで添えられていた。

「梓！」

思わず大きな声が出てしまう。梓が抱きついてきた。

「やった、やったよ！　スタッフさんが連絡くれた」

それは梓と文吾が待望していたものだ。多くのハガキ職人たちがこれまで同じようにして放送作家になるチャンスを摑んでいった。

体を離すと、梓の目は涙でにじんでいた。梓は文吾に出会う前からずっと努力を続けてきた。それが今実ったのかと思うと、文吾も泣きそうになる。

梓は首を横に振り、目を瞬かせて涙を止めた。

「喜ぶのはまだ早いよ。放送作家になれたわけじゃないんだから」

「そうだね」

文吾も気を引きしめ直そうとする。胸から込み上げる熱いものはどうすることもできない。思わずボタボタと涙をこぼしてしまう。

「……でも、でも、よかったね。梓。おめでとう」

その涙を見て、今度は梓が泣きはじめた。

「あーん、せっかく油断しないかっこいい彼女を演じたのに。ブンブン泣いたら、私も泣いちゃうじゃない」

「ごめん。でも、俺、本当に、本当に嬉しかったんだ」

しゃくり上げながら文吾が本音を漏らす。狭い部屋で空になったどんぶりの前で、二人の涙はしばらく止まらなかった。

7

「そうですか。アカネゾラさん再結成されたんですね」

小鳥が朗らかに言う。凜太はいつもの喫茶店で小鳥と話すのが恒例となっていた。

凜太がおそるおそる尋ねる。

「吹石さんはどう思われますか？」

「いいと思います。なんで私、それを思いつかなかったんでしょう。というかそれしかないじゃないですか。ラリーさんに負けたあ」

悔しがる小鳥の姿が可愛すぎる。一瞬心を奪われかけたが、なんとか正気を取り戻す。マネージャーに見とれるなど言語道断だ。マルコに注意しておきながら、自分がその愚を犯してどうする。事務所で極秘に雇われている死刑執行人にロックオンされるぞ。

「問題は舞台ですよね」

すぐさま小鳥が顎に手をやって考えはじめる。さすが優秀だ。凜太の懸念を先回りして考えてくれている。

コンビを組み直せば一からのスタートとなり、またナンゲキのオーディションからはじめなければならない。だがそれでは立てる舞台数が少なすぎる。

「ナンゲキの舞台は難しいと思いますが、その他のライブでアカネゾラが出演できないかいろいろあたってみます」

「すみません」

上の先輩に可愛がられている芸人であれば、先輩のライブに出させてもらえることもあるが、凛太が仲がいいのは瀬名ぐらいだ。

「四年もブランクがあるんで、それを取り戻せるかが心配で……」

「大丈夫ですよ。加瀬さんと今城さんって子供の頃から漫才やってたんでしょ」

「ええ」

「じゃあ息もすぐに合わせられますよ」

そのまぶしい笑みにまたどきどきしてしまう。それを紛らわせるように、凛太は別の質問をぶつけた。

「キングガンの様子はどうですか?」

さっきマルコのことを思い出したせいか、その名が口をついて出る。

二人が舞台で喧嘩をして謹慎になったことは知っている。それから二人とも音信不通となっている。またコンビを解散するのではないか、とナンゲキの芸人達も心配していた。

マルコは生意気な後輩だが、自分のことを慕ってくれている。そのせいもあってか、凛太はマルコの動向が気になっていた。

「それは大丈夫です。私は居場所を把握しているので」

「そうですか」

マネージャーの小鳥が言うなら、まずは一安心だ。

小鳥と別れ、凜太は稽古場に向かった。

中に入ると優が先に待っていた。バイトの時間以外は、このところ二人はずっと一緒にいる。優が凜太のアパートの空いている部屋に引っ越しすることも決まっていた。

四年間も離れていたのだから、二人でいる時間をできるだけ長くした方がいい。その方がネタ合わせもやりやすいだろ——優の方から提案してきたことだ。

こいつも本気でKOM優勝を狙っているな。そんな想いが伝わってきて、凜太はわくわくした。リンゴサーカス時代の箕輪ではこんな気持ちにはなれない。あいつはどこか他人事のような雰囲気を醸し出していた。

二人の目線を同じにする。そうだ。そんな漫才コンビとして当たり前のことが、リンゴサーカスではできていなかった。準決勝止まりで終わるわけだと凜太は妙に得心する。

そんなことを考えているうちにラリーがあらわれた。

アカネゾラを復活させたことはすでに報告している。ラリーは言葉少なに頷いただけだった。ラリーがコンビ復活の立役者だが、それをおくびにも出さない。

「ネタです」

凜太はラリーに漫才台本を手渡した。

KOMの予選まで時間がない。一分一秒が惜しかった。

ラリーはその場で目を通すと、凜太を物問いたげに見つめた。あの心の奥底を淩《さら》うようなまなざしだ。

「加瀬、おまえはリンゴサーカスを解散して、アカネゾラを組み直した。そうじゃないのか？」

「そうです」

「これはリンゴサーカスのネタだ」

ラリーが乱暴に台本を投げ捨て、凜太はかちんときた。そんな凜太に頓着せず、ラリーがいつもの調子で尋ねた。

「加瀬、おまえKOMで優勝するネタとはどんなネタだと考えている？」

一瞬躊躇したが、凜太は思ったことを口にする。

「四分間の中でどれだけ笑いの波を作れるかです。前半で一回跳ねる部分を作り、最後でそれを上回る。展開をつけて伏線回収で笑いを爆発させる。そんな完璧にシステム化されたネタです」

KOMは漫才をスポーツのように競技化したものだ。過去のデータも蓄積されているので、そこから攻略法も構築できる。KOMを研究しつくした結果、凜太が見出《みいだ》した必勝の戦略がこれだった。

「だからおまえはダメなんだ」

ばっさりとラリーが切り捨て、凜太はさらに苛立つ。

「何がダメなんですか」

「漫才に設計だ、システムだと言い出す輩に限ってつまらんネタばかりだ。伏線を張って綺麗に回収して何が面白い？　おまえは客に笑って欲しいんじゃなくて感心して欲しいのか？　おおっと手を叩いて拍手でもしてもらいたいのか？　そんなもの芸人の独りよがりだ」

「KOMは漫才競技です。戦略と戦術が重要なはずです」

「おまえは本当に芸人か？　素人のくせに知ったようなことを語るお笑いマニアじゃないのか。

ネットで芸人のネタに点数を付けて、上から目線で得意がる馬鹿と同じだな」

屈辱のあまり、凛太は言葉を失った。それは凛太がもっとも唾棄する連中だ。

「そのご立派な理論でなぜリンゴサーカスは準決勝止まりなんだ。あれはおまえが完璧に設計したネタだろうが。なぜそれで決勝に行けない」

鋭角に突く指摘に、射貫かれた気分になる。それは凛太自身が知りたいことだ。

ラリーが台本を拾い、ビリビリに引き裂いた。

「こんなゴミクズのようなネタは一切必要ない。加瀬、二度と台本を書くな」

凛太は耳を疑った。

「台本を書くな？　どういうことですか。新ネタを作るなってことですか」

「そうだ。ネタは一切作るな」

一体ラリーは何を言っているのだ？　これから新ネタを山ほど作らなければ、ＫＯＭ本番までとても間に合わない。

「それに加瀬、スマホを出せ。ロックを解いてな」

戸惑いながらも凛太は指示通りにする。スマホを渡すと、ラリーが何やら操作をはじめた。

「……何されてるんですか」

「これでいい」

ラリーがスマホをつっ返す。凛太は中身を確認するや我が目を疑った。

「漫才のデータが消えてる」

いつも凛太が聞いている古今東西の漫才だ。

「そんな無駄なもの一切聴くな。芸人が勉強や努力をするなど恥だと思え」

逆上して頭がふらついた。血が煮えてごぼっと音を立てる。子供の頃から凛太は、これらの漫才を子守歌のように聞いてきた。まるで自分の人生を否定された気分だった。

ラリーが険しい顔で重ねる。

「他の芸人のネタを見ることも禁ずる。いいか、おまえは一切漫才に携わるな。今城、加瀬を見張っとけ」

「わっ、わかりました」

急に命じられ、優がどぎまぎと反応する。凛太はたまらず叫んだ。

「ちょっと待ってください。新ネタ作るな、漫才に触れるなって一体何考えてるんですか。もうKOMまで間がないんですよ」

「それがどうした」

「どうしたって……次のKOMの決勝に行けなかったら俺たちは芸人辞めることになるんですよ。ラリーさんがそう言ったんでしょうが」

「そうだな。そこに嘘はない。確実に辞めさせるつもりだ」

にべもなくラリーが言い、凛太は不安で吐き気がした。

死神ラリー……その言葉が脳髄を乱打してくる。もしかするとラリーは、凛太に引導を渡すために自分たちに付いてくれたのか。KOM決勝に行かせる気など、ラリーには毛頭ないのではないか。じゃあなぜアカネゾラを復活させるようなお膳立てをしたのだ？　それも遊びなのか？

凛太が混乱している中、優が緊迫した声で尋ねた。

「じゃあラリーさん、俺らは何をしたらいいんですか」

「実家に帰ってパパとママに訊け」

ラリーが吐き捨てるように答える。

この野郎……耐えに耐えていた怒りが頂点に達し、思わず拳を握りしめると、優がラリーと凛太の間に割って入った。

「ありがとうございます。そうさせてもらいます」

優は何度も頭を下げた。

8

稽古場を飛び出すとマルコはそのまま電車に乗った。滋賀の実家に向かう。鹿田が帰ってくるアパートになど絶対に戻りたくはなかった。

ボロボロの実家の扉の鍵を開ける。鍵なんてなくても、この家に盗られるようなものは何もない。

狭い玄関に小さな靴が置かれていた。雑巾よりも使い古された靴だ。それは妹の知花《ちか》のものだった。

あいつ、こんなもの履いているのか……。

それを見て、マルコはつい泣きそうになってしまう。

この家には新しい靴を買う金もない。学生時代マルコも靴を買ってもらえず、同級生にからかわれた。知花もそんな不憫《ふびん》な目に遭っているのだろうか。その姿を想像すると、また目の奥が熱くなる。

だから実家に帰るのは嫌なんだ。母親や知花に会うと、二人が気の毒でならない。自分たちが貧乏だという現実をまざまざと見せつけられる。そんな状態で面白いことは考えられない。そのためマルコは実家から足が遠のいていた。

家に上がると、中は物であふれていた。昔からこんな感じだった。貧乏な家ほど物でいっぱいになることをマルコは知っている。

知花は中学校に、母はスーパーのパートに行っているので誰もいない。

すり切れた畳の上にかばんを下ろし、色あせた座布団に座る。ふうと息を吐き、これからのことを思案する。

芸人を辞めようか……電車に揺られながら、マルコはそんなことを考えていた。ラリーにあれほどの暴言を吐き、鹿田にもほとほと愛想を尽かした。もうあいつとコンビを続けることなどできない。

だが芸人を辞めてどうするのだ。今やっている酒屋のバイトみたいな肉体労働を続けるのか？一生クソみたいなホストにいびられるのか？

芸人で売れて大金持ちになるための辛抱だと思っていたから耐えられたのだ。この先明るい未来が待っている。その希望があったから、歯を食いしばって耐え抜いてきた。

その未来が消えた今、あの仕事を続ける気にはとてもなれない。ただ高卒で芸人以外の経験がないマルコにできる仕事など低賃金のものばかりだ。貧乏のまま人生が終わるのかと思うと、マルコは目の前がまっ暗になった。

スマホを取り出し、メールを打つ。相手は地元の友人の羽田《はた》だ。

高校時代、マルコは羽田とコンビを組んでいた。プロの漫才師になろうと羽田と一緒にTSに入った。

だが羽田は在所中に、「芸人は窮屈や。性に合わん」と言い出し、途中で辞めてしまった。芸人の世界は体育会系だ。上下関係や礼儀作法にうるさい。それが羽田は気にくわなかった。

一人残されたマルコはTSで鹿田と出会い、キングガンが誕生した。言い方は悪いが、鹿田とはやむをえずに組んだのだ。もしそのまま羽田と芸人を続けていられたら、今頃すでに売れていただろう。

すぐに羽田から返信が返ってくる。二時間後に近くのファミレスで会うことになった。

まだ時間がある。マルコは家を出ると、ぶらぶらと歩きはじめた。子供の頃通った駄菓子屋がコンビニになっている。置物のような店主の婆《ばあ》さんが、気だるそうなギャルのバイトに様変わりしている。

ふと神社の階段を上る。かなり段数があるのだが、一向に息が切れない。ラリーに散々走らされていたせいで体力がついたのか。それが忌々しくてならない。

てっぺんに上がるが神社を素通りし、そのまま広場のようなところに出る。そこから街が見下ろせた。なんだかこの景色を眺めたくなった。昔から嫌なことがあると、ここでぼうっとしていた。

ふとあのときのことを思い出す。

それは高校の卒業式のことだ。式が終わり、卒業証書の入った筒で肩を叩きながら校門を出ると、

「洋輔《ようすけ》」

そう声をかけられて、マルコは足を止めた。洋輔はマルコの本名だ。

一瞬誰だかわからなかった。くたびれたスーツを着た中年の男がそこにいた。だがその顔を見

て、マルコの体に電流が走った。

「おっ、オトンか……」

それは、マルコの父親・寛司《かんじ》だった。

寛司と最後に会ったのは、マルコが中学生の頃だ。事業の失敗で寛司は家からも地元からも逃げだし、そこから音信不通になっていた。その寛司が、五年ぶりに姿をあらわした。

「なっ、何してんねん」

「ここじゃあかん。神社行くぞ」

寛司がマルコの腕を強引にひっぱる。誰かに目撃される可能性を考えたのだろう。

寛司は、マルコをこの場所に連れて来た。よくここで一緒に並んで、街の景色を眺めていた。

改めて寛司に目をやる。ずいぶん老けていた。顔が土色で、肌もかさついている。しわもしみも増えている。唇もひび割れていて、髪の毛のつやもない。手を見るとまっ黒で、爪も変色していた。

それだけで、寛司の今の生活ぶりが窺《うかが》える。胸が痛むのと同時に、金がないとこんな目に遭うのだという恐怖が、腹の底からせり上がってくる。

「……オトン、なんで来たんや」

「今日おまえの学校の卒業式やろ。これやろうと思ってな」

そう言ってポケットから何かを取り出した。

それは時計だった。

「俺のお古やけど上等やぞ。何せロレックスやからな」

思い出した。寛司が若い頃に金を貯《た》めて買ったものだった。ずっと大切にしていた宝物のような時計だ。

マルコはよくちょうだいといっては寛司にねだった。大人になったらおまえにやる。寛司は笑って答えていた。あんな昔の約束を寛司は覚えていたのか。

「ええんか。これ」

「ええ、高校卒業したらおまえにやろうと思ってたからな」

寛司は笑顔になり、汚い歯が剝き出しになった。金目の物なのに売らずに、この日のために取っておいてくれた——マルコは胸が詰まり、言葉が出せなかった。

早速時計をつけてみると、あつらえたようにそれはぴったりだった。

「やっぱり親子やな」

嬉しそうに寛司が頷き、マルコは思わずはにかんだ。身長はマルコの方が高いが、手首の太さは同じだった。マルコもそこに親子の証《あかし》を感じた。

寛司に問われるまま、母親と知花の近況を伝える。

「そうか、二人とも元気か」

寛司は目を細め、質問を重ねた。

「……洋輔は高校卒業した後どうするんや」

思わず即答した。

「芸人になる。大阪に出てTSいう芸人の養成所に行く」

その間の短さに、自分なりの決意を込めたつもりだった。

マルコがお笑い好きになったのは、寛司の影響だ。年末にKOMの決勝を家族で見る。それがマルコの家の恒例行事だった。

「芸人か……」

寛司がそっと言葉を呑み込んだ。その表情には複雑な色が浮かんでいるように思えた。

「オトンは反対か……」

普通の親ならばそうだろう。芸人などまっとうな人間のやる仕事ではない。現に母親は大反対したが、マルコはそれを押し切った。

「……俺はそんなん言える立場やない」

悲しそうな笑みと共に、寛司が首を横に振る。自分に親の資格はない。そう言いたいのだろう。

「ただな……」

寛司がさりげなく街の方を見た。

「夢を追うぃうのは大変やぞ」

その横顔に、マルコは胸をつかれた。寛司は夢を追って会社を作り、それで失敗した。その負の遺産が自分のみならず、マルコ達家族にも降りかかっている。

夢を追って破れるとはそういうことなのだ。だからこそ、その言葉には重みと深みがあった。

俺はオトンのようにはならん……喉元まで出かけたその台詞を、マルコは急いで呑み込んだ。

おそらく直接会わずに電話で連絡してこられていたら、躊躇なくそう言っていただろう。だが目の前の疲れ果てた寛司の姿を見て、とてもそんな残酷な言葉はぶつけることができなかった。

「じゃあもう行くわ」

顔を再びこちらに向けた寛司が、煙草《たばこ》でも買うように言った。

「もうか」

五年ぶりに会ったのに、まだ一時間も経っていない。誰かの目に触れないためだろう。それだけの危険を冒して、マルコの卒業を祝いに来てくれたのだ。

その去りゆく背中を見て、マルコはどこか焦るようにして声をかけた。

「オトン、また会えるよな」

寛司が振り向き、頬を緩めた。

「ああ」

寛司の儚《はかな》い笑顔を、以来マルコは忘れたことがない。

後悔。あきらめ。罪悪感。犠牲。そしてこれから待ち受ける未来への不安——あの笑顔にはそのすべてが込められていた。

そしてマルコは悟った。寛司はもう自分たちに会うつもりはないのだと……。

過去からふと現実へと呼び戻される。あのときの決意が、胸の中で再び火を灯《とも》したのを感じた。

芸人として売れて金を稼ぐ。そしてまた寛司に会う。

売れっ子芸人になれば寛司の借金も返せる。マルコがテレビで活躍する姿を見れば、寛司も大手を振って家族の元に戻ってきてくれるだろう。

それを考えると、やはり芸人しかないのか。だがラリーにあれだけ喧嘩を売って、今さら戻れるわけがない……マルコは葛藤の沼でもがいていた。

9

「ねえ、変じゃないかな。変じゃないかな」

梓が目を大きく、背筋をしゃんと伸ばして尋ねてくる。今日何度目の質問だろうか。

「変じゃないよ。いつも通り可愛いよ」

「もうブンブンってどんな格好しても可愛いしか言わないじゃない」

そう頬を膨らませる顔もまた可愛い。

いよいよ花山家のラジオの見学に行く日がやってきた。友達も連れて行っていいかと梓がスタッフに訊き、了承をもらったので文吾も同行することになった。

これほど緊張している梓を見たことはなかった。それはそうだろう。うまくことが運べば、念願の放送作家になれるかもしれないのだ。文吾も胸が苦しくなってくる。

ビルに入り受付で名前を名乗ると、紐付きのネームプレートを渡してもらう。それを二人で首から下げる。

プレートを手にして、梓が白い歯を見せる。

「なんだか業界人みたいだね」

文吾も倣ってプレートに手をやる。

「そうだね」

エレベーターに乗って目的の階に到着した。廊下には番組のポスターや知らない演歌歌手のサイン入りのポスターが貼られている。花山家のラジオのものもあった。聴取率トップと書かれている。やはり相当な人気番組だ。

ガラス越しのラジオブースを見て、さらに興奮する。中では誰かわからないパーソナリティーが話していた。本当にここでラジオ番組が収録されているのだ。

受付で指定された場所に向かうと、スタッフが忙しそうに働いている。テーブルの上には台本が広がっていた。

「あっ、もしかしてマジカルナイフさん？」

ちょっと太り気味の中年男性が文吾に声をかけてくる。

「僕じゃなくて、こっちです」

慌てて梓の方を向くと、男性が驚いた。

「えっ、マジカルナイフさんって女性なん？」

他のスタッフもざわついている。女性のハガキ職人というのはよほど珍しい存在のようだ。

男性の名は上野《うえの》で、花山家のラジオ番組のプロデューサーだった。

テーブルの台本を片付け、上野がスペースを作ってくれる。三人で座ると、ADらしき男性がコーヒーを持ってきてくれた。

改めて上野が目を丸くした。

「それにしても女性とは思わんかったなあ。君は？」

そう文吾の方に顔を向けると、梓が即答する。

「彼氏です。恋人です」

「彼氏なんかあ」

上野がスタッフの方を向き、からかうように言う。

「おまえら残念やな。マジカルナイフさん彼氏持ちやってよ」

彼らがわかりやすくうなだれる。付いてきて良かったと文吾は安堵の息を漏らした。梓を狙われたらたまったものではない。

上野が笑みを浮かべて褒める。

「いやあ、マジカルさんのネタ面白いよ」

「ありがとうございます」

顔を輝かせて梓が礼を言う。プロが見ても梓のネタは優れている。そう思うと文吾も胸が熱くなった。

そのときだった。「おはようございます」とADが声を上げた。こういう業界は夜でもおはようございますと挨拶をするそうだ。一応業界の情報はネットで仕入れてきた。

扉の方を見て、文吾はどきりとする。

そこに花山家の花山与一《よいち》がいたからだ。

テレビや舞台で見る与一が今目の前にいる……何か現実かどうかもわからない。

太い眉で目鼻立ちがくっきりしている。何より印象的なのがその目だ。まるで野生の獣のように猛々《たけだけ》しくぎらついている。

高級ブランドの服を着て、最新の型のスニーカーを履いていた。いつもは髪を丁寧にセットしているが、ラジオだからか今日は何もしていない。

こんな強面《こわもて》なのに、この口から発せられる一言一言で、客を爆笑の渦に叩き込む。文吾も何度笑わせられたかわからない。

売れっ子芸人とはいざ会うとこれほど迫力があるものなのか……KOMチャンピオンの威厳と風格に、文吾は圧倒されていた。

上野が顔を上げて言った。

「与一、この人誰だかわかるか」

与一が即答する。

「上野さんのタレか」

タレとは芸人用語で女性を意味する。あまりいい使われ方ではない。

「アホ、誰が現場にタレ連れてくるか。驚けよ。マジカルナイフさんや」

与一がそこで目を丸くする。

「マジカルナイフって女やったんか」

あの花山与一が梓を知っている……改めてハガキ職人の力を思い知らされる。ラジオとは芸人と素人が直接繋がれるメディアなのだ。

「そうです。千波梓と言います」

そう梓が名乗ると、与一が乱暴に椅子に座った。対面の文吾を見つめている。

「で、おまえはなんや」

「梓の彼氏です。付き添いです」

「彼氏？　おもんなさそうな顔してるのお」

面と向かって面白くないと告げる。それは芸人や大阪の人間にとって侮蔑的な行為なのだろうが、そのどちらでもない文吾は気にもならない。

梓がだしぬけに言った。

「与一さん、私、花山家の座付き作家になりたいんです」

確かに今日訪れた最終目的はそれだが、あまりに唐突すぎやしないか。上野や他のスタッフも目を白黒させていた。

だがその中で、与一だけが表情を崩さない。テーブルに肘を置き、じっと梓を見据える。力量を測るような視線だ。

「座付き作家？　若いくせに何を古くさいこと言うとんねん」

「古いかもしれないですけど、私は花山家の座付きになりたいんです」

「おまえなめてんのか。俺らの座付きやるいぅ意味わかっとんのか」

「なめてませんし、その意味もわかってます。花山家の座付きになるんだったら、放送作家でもトップレベルの才能が求められます」

与一の迫力に梓も負けていない。梓にこんな度胸があったのか。

もちろんその話は梓から聞いている。花山家はKOMチャンピオンになったことで次世代を担う存在となった。いずれは天下を取る逸材だと言われている。座付き作家とは、その芸人の懐刀になるということだ。その芸人が頼りたくなるほどの才能とセンスが求められる。花山家の座付きともなれば、生半可な力ではなれない。

「おまえは女やろうが。女に俺らの座付きが務まるか」

「なぜですか。性別は関係ありません」

二人の視線が交錯し、火花が散っている。はらはらと文吾は交互に二人を見る。もう寿命が縮まりそうだ。

「……与一さん、そろそろネタ選んでもらえませんか」

ADにそう促され、与一は舌打ちした。

苛々《いらいら》としたまま与一が立ち上がり、部屋から出て行く。殺していた息を、文吾はそっと吐き出した。

その去りゆく与一の姿を、梓はじっと見つめていた。

10

部屋に戻ると、凛太と優は今後を相談することにした。

凛太が急《せ》き込むように口火を切る。

「とにかくネタや。ネタ数がいる」

ＫＯＭまでにネタを舞台にかけ、錬磨しなければとても決勝にいけるわけがない。勝負ネタを作るにはそれほど時間と労力がかかる。

「おい、ラリーさんにネタを作るなって止められたやろ」

優が返す刀で反対した。

「アホか、おまえは。ネタも作るな、漫才に触れるなって言われてるんやぞ。そんなんでどうやってＫＯＭ決勝なんかいけるんや」

思い出すだけで怒りで息が乱れる。ただ優は顎に手をやり、何やら考えている。その無言の間が凛太を次第に落ちつかせていった。

「……何考えとるんや」

「ラリーさん、なんであんなこと言い出したんかって思って」

「俺に引導を渡すためやろ。芸人辞めさせる気なんや」

憤然とした面持ちで凛太が返すと、優が一蹴した。

「そんなわけあるか。なんでそんな人がわざわざ手間暇かけてアカネゾラの復活に手を貸してくれたんや」

「それは……」

そこは凛太も疑問だった。

「それにいろんなコンビを優勝に導いた人やろ。おまえは吹石さんや瀬名さんがでたらめ言ってると思うんか」

瀬名にラリーを紹介してもらったことは、優には伝えていた。

「……思わん」

「じゃあラリーさんの指示に従うべきやろ」

「ラリーさんの指示って、じゃあこのまま何もせずにぼうっとしてKOM本番を迎えるんか」

今度は優の方が口ごもる番だった。沈黙が続く。

小鳥と瀬名は信用しているが、ラリーのあの無茶な命令には従えない。新ネタを作り、とにかくそれをかけられる舞台を探す。なんならば自主的に単独ライブを開いてもいい。それしか道はないはずだ。だが本当にそれでいいのか……。

そう凛太が躊躇していると、あっと優が奇妙な声を上げた。

「なんや」

「そういやラリーさんの指示がもう一つあったぞ」

「何？　ネタを作るな、漫才を一切見るなしか聞いてないぞ」

「いや、最後にもう一つだけ言ってはったぞ」

「なんて？」

優が少しの間を空けて答えた。

「実家に帰れって」

凛太は拍子抜けした。そんなものただの侮蔑の言葉ではないか。

「おまえ何言うてんねん」

そう凛太が失笑すると、優が真顔で言った。

「凛太、これからおまえの実家行こうか」

11

「おうっ、洋輔久しぶりやなあ。ちょうど俺もおまえに連絡しようと思うてたところやってん」

羽田があらわれると、マルコは啞然とした。

「なんや、おまえその格好」

時間になり、羽田と約束したファミレスで待っていた。

羽田はハイブランドの服を着て、ド派手なサングラスをしている。わかりやすくブランドのロゴが目につくので、マルコでもだいたいの値段はわかる。売れている先輩芸人でもそんな高価なものは買えない。

羽田がどかりと座り、大げさに脚を組んだ。前からふてぶてしいやつだったが、さらにそれが倍増されている。

マルコが怖々と尋ねる。

「……おまえやっぱり詐欺師になったんか。オレオレ詐欺の首謀者か」

「アホ、やっぱりってなんやねん」

羽田が鼻で笑い飛ばした。

「じゃあなんでそんな高そうな格好しとるんや。素人のくせにサングラスなんかしやがって」

その質問には答えず、羽田がぶしつけに言う。

「おまえはあいかわらず貧乏芸人じゃ。途中で芸人尻割ったやつが言うな」

「誰が貧乏芸人か」

羽田はTSを中退している。いわば敗北者だ。負け犬といっていい。

「尻割ったんちゃう。芸人の将来性のなさを早々に見抜いたって言え」

そういえばあのときもそんな言い訳を吐いていた。

気分を落ちつかせようと、マルコはコーヒーを一口呑んだ。

「で、尻割男は今何やっとんのや」

「ユーチューバーや」

「ユーチューバー？」

もちろんマルコもユーチューバーは知っている。動画投稿サイトのYouTubeに動画を投稿し、それで収益を得ている連中だ。

若手芸人の中でも、その手のネット動画やSNSに熱を入れている輩は多い。だがマルコはそんなやつらを軽蔑していた。それだけの時間と労力があるならば、まずはネタに全力を注ぐべきだ。もしその手のことをやるとしてもKOMのチャンピオンになってからだ。

「しょうもな」

「何がしょうもないねん」

羽田がむっと顔をしかめた。

「ユーチューバーなんか芸人のバッタもんやろが。あいつらの何がおもろいねん」

「だからおまえは頭が悪いんや」

呆れて羽田が首をすくめると、マルコは憤然とした。

「なんでやねん」

「ユーチューバーがおもんないなら逆にチャンスやないか。ライバルが少ないいうことなんやから。芸人が本気でやったらごぼう抜きできるぞ」

「……それはそうかもな」

一理あった。

「現に俺はもう月百万は稼いでるぞ」

「ひゃっ、百万」

驚きすぎて、膝頭をテーブルにぶつけた。コーヒーが激しく波打っている。芸人のギャラで月百万円を稼げたらかなりの売れっ子だ。

マルコの反応に羽田が満足そうに微笑《ほほえ》んだ。

「どや凄いやろ」

「凄い。うらやましい」

マルコが率直な感想を述べると、羽田が愉快そうに笑顔を広げる。

「そやろ。芸人で売れてもたかが知れとるけど、ユーチューバーで売れたらとんでもなく稼げるぞ」

「新時代か」

「そや」羽田が力強く頷く。「これまでみたいに芸能事務所に入ってギャラを搾取されて、テレビ局の偉そうなおっさんに頭下げてテレビ出させてもらう時代やない。ネットいう個人でも活躍できる武器が手に入ったんや」

「なるほど」

昔から羽田は頭が切れる男だった。こういう時代が来るのを見越して、ＴＳを辞めたのかもしれない。

羽田が膝を乗り出した。

「どや、ユーチューバー興味出てきたか」

「まあな」

それだけ稼げるのならば話は別だ。ＹｏｕＴｕｂｅばんざい、ＳＮＳばんざいだ。

「洋輔、トップロ辞めて俺と一緒にユーチューバーやらんか」

「なんやって」

思わず甲高い声が出てしまう。

「どっ、どういうことや」

「俺はおまえの才能を認めてる。確かにおまえはおもろい」

「そりゃ天才やからな」

マルコが鼻を高くする。

「今俺は滋賀で一人で活動しとるけど、そろそろ東京行こうと思うてるんや。おまえも一緒に来て、コンビユーチューバーにならんか。うまくいったら年収億いくぞ」

「億！」

万札が頭の中で乱舞する。

「ＹｏｕＴｕｂｅやったらテレビみたいにスポンサーの顔色見んでええから自由や。おまえがおもろい思うことなんでもできるぞ」

「おもろいことできて億稼げるんか。最高やな……」

なんてことだ。楽園はこんなに身近にあったのか。青い鳥の童話はまやかしだと思っていたが、あれは真実だったのだ。

だがマルコはすぐに冷静になり、慌ててかぶりを振った。

「あかん。ユーチューバーになったら漫才できんようになる」

KOMチャンピオンになること。それがマルコの最大の目標だ。

「ユーチューバーでも漫才できるやろうが」

「アホか。ユーチューバーやったら舞台に立てへんやろが」

板を踏む回数が漫才の腕に直結する。それは漫才師の常識だ。

羽田が大げさに肩をすくめた。

「ほんま関西芸人はネタ至上主義に洗脳されとんな」

「誰が洗脳されとんねん」

「おまえなんのために芸人になってん」

「……そりゃこの天才的な笑いの才能を使って大儲けするためや」

「そやろ。じゃあそれはユーチューバーでもやってええやないか」

一瞬頷きそうになったが、どうにか抵抗する。

「……でもユーチューバーより漫才師の方がかっこいいやろ。同じ稼ぐならKOMでチャンピオンになって人気者になって稼ぎたい」

「それはKOMが漫才師をかっこよく見せてるだけや。おまえみたいなアホはすぐそれに影響される」

ばっさり羽田が切り捨てる。

「もっと歴史を勉強せえ。漫才師が誕生した頃なんて落語家に馬鹿にされとったやろうが」

「そうなんか？」

「そうや。古いものは新しいものを馬鹿にするけど、その価値観は時とともに逆転する。いずれネットからまた漫才みたいな新しいものが生まれる。歴史はくり返すってやつや。おまえみたいな革命児が、なんでいつまでも漫才にとらわれとんねん」

革命児――なんてマルコの心をくすぐるのがうまいやつだ。

もう一度自分が本当に望むものを整理してみる。俺は何が欲しい？　金だ。金が一番だ。金さえあれば知花にも新しい靴を買ってやれるし、母親も少し楽ができる。そして何より父親の寛司が帰ってこられる。億も稼げば借金も返済できるだろう。家族が元通りになるのだ。

「……ユーチューバーで有名になったらテレビにも出られるよな」

「当たり前や」

そう羽田が胸を叩き、マルコの腹は決まった。

12

ラジオブースの中で、与一と和光《わこう》が楽しそうに話している。

和光は花山家のツッコミで与一の実の兄だ。陽気な性格でずいぶん社交的だ。さっき梓と文吾とも気さくに話してくれた。弟の与一とは外見も中身もまるで違う。だからこそコンビとして成立しているのだろう。

　ちらっと隣の梓を見ると、梓は唇を真一文字に結び、真剣な目でブースを見つめている。与一と和光よりも、和光の横にいる放送作家に釘付けのようだ。将来自分があそこにいることを考えて、それを目で盗んでいるのだ。

　だが果たしてその未来は叶《かな》うのだろうか？　与一の機嫌を、梓はいきなり損ねてしまった。あれ以降与一は梓を一瞥することすらなく、ラジオブースに入ってしまった。

　和光が話題を変えた。

「このラジオのリスナーはご存じと思いますが、今日はマジカルナイフが見学に来てくれてます」

　そう言って和光が笑顔でこちらに手を振った。梓が慌てて立ち上がり、手を振り返す。

「いやあ、でもマジカルナイフのイメージぜんぜん違った。みんな見たらびっくりすると思うで」

　朗らかに和光が言うと、与一が煙たそうに返した。

「でもめちゃくちゃ変なやつや。会っていきなり俺らの座付きにしてくれ言うんやからな」

　梓に顔を向けて舌を出す。まるで子供だ。

「座付きっていうのは、座付き作家の略ね。芸人のブレーンみたいなもんかな」

　リスナーのために和光が補足する。

「でもええ人おったらマジで付いて欲しいけどな」

　何気なく和光が言うと、与一が閃いたように手を叩いた。

「よしっ、じゃあ俺らの座付き作家なりたいやつ集めてコンテストするか。マジカルナイフ以外にも常連組やったら作家になりたいやつようさんおるやろ」

「他の見学組もみんな放送作家志望言うてたしな」

そう和光が相槌《あいづち》を打つと、与一が声高らかに宣言する。

「最高におもろい作家志望者ども、今すぐメールで参加の応募してこい。優勝者を俺たちの座付きにする」

梓の表情に喜びがあふれ出す。その目はらんらんと輝き、小さな拳は硬く握りしめられている。

その姿を目にして、文吾はかすかな震えを感じていた。

あの無謀に見えた行為で、梓は花山家の座付き作家になる機会をもぎとったのだ。チャンスとはこうして摑む。その見本を梓が見せてくれた。

凄い。俺の彼女は凄いぞ。文吾はそう叫びたくなった。

13

「懐かしいな」

感慨深そうに優が家を見ている。凛太と優は、凛太の東大阪の実家の前にいた。なんの変哲もないただの木造の一軒家だ。

実家に帰るなど何年ぶりかだ。母親の良枝《よしえ》は帰ってこいとうるさかったが、凛太は一切聞く耳を持たなかった。

凛太は、父親とそりが合わなかった。父の隆造《りゅうぞう》は市役所に勤める公務員だ。人生でもっとも大切なものは、平凡と安定だけだと信じて疑わない男だ。凛太が芸人になると告げたとき隆造は激怒したが、凛太は強引にＴＳ入所を決めてしまった。それ以来ほぼ口を利いていない。

大阪の若手芸人は、ＴＳ入所当初から大きく分別される。大阪に実家がある芸人と、地方から出てきた芸人にだ。

劇場のある難波に通える範囲に実家がある芸人は、裕福な暮らしができる。実家で暮らせば、家賃も食費も光熱費もかからない。バイトをする時間も減らせるので、ネタ作りにも専念しやすい。

一方地方から出てきた芸人は、どこかに部屋を借りなければならない。生活費を稼ぐためにひたすらバイトをするため、必然的にネタ作りの時間も減っていく。育った場所でいきなり格差が生まれるのだ。

貧乏芸人とは実家に住めない芸人のことを指している。

凛太は東大阪なので、十分に難波に通える範囲だ。なのに隆造と仲が悪いので、一人暮らしを余儀なくされていた。

「……やっぱり帰る」

売れない芸人が実家に帰ることほどみじめなものはない。

引き返そうとする凛太を優が強引に止める。

「せっかくここまで来たんやぞ。お母さんに顔ぐらい見せたれよ」

そう言われると弱い……隆造は大嫌いだが、良枝には会っておきたい。

優に促されるまま家に入ると、良枝が驚いた顔で出迎えてくれた。

「どうしたんや、急に。それに優君まで」

「おばさん、ご無沙汰してます」

にこやかに優が挨拶をした。

久しぶりに凛太が帰ってきたので、良枝はずいぶんとはしゃいでいる。

「おばさん、香《かおる》ばあちゃんにお線香あげていいですか？」

優がそう尋ねると、凛太の心はざわついた。「そうしたげて。おばあちゃんも喜ぶわ」と良枝が弾んだ声で了承する。

二人で一番奥の部屋に入ると、なじみのある畳の匂いがした。和室には仏壇と座布団、床の間には木彫りの熊が置かれていた。凛太が中学生の頃、修学旅行のお土産で買ってきたものだ。

欄間に飾られた遺影から香が微笑んでいる。久しぶりに見る祖母の笑顔に、凛太の胸にありがたさと申し訳なさが去来する。

部屋の隅にあるものが目に入った。スタンド付きのおもちゃのマイクだった。懐かしそうに優がそれを手に取る。

「まだこれあるんやな」

「……そやな」

そこの畳一畳分は、他の部分よりも色あせて磨《す》り減って見えた。過去の光景が、凛太の脳裏にすべり込んでくる。

その畳の上で二人の子供が漫才をしている。二人の間には、このおもちゃのマイクが立っていた。子供とは凛太と優だった。

凛太はおばあちゃんっ子だった。父親も母親も働いていたので、祖母の香が凛太の面倒を見てくれた。

香は誰よりも凛太を可愛がってくれた。そんな香が愛してやまなかったのがお笑いだ。

こたつに入ってみかんを食べながら、二人で演芸番組を見て笑う。休みの日には香は劇場にも連れて行ってくれた。香の影響で、凛太はお笑いにはまった。

特に二人の中で、ＫＯＭは最大のイベントだった。テレビの前で手に汗握り、ひいきの漫才師を応援する。それが年末の恒例行事だった。

ただ小学校高学年ぐらいから香は体調を崩して寝込むことが多くなった。それが凛太には辛くてならなかった。どうにか香を元気づけたい。

そこで凛太は、香に漫才を見せることにした。一番好きなお笑いを凛太がやれば、香は喜んでくれるだろう。相方は仲のいい優にやってもらった。彼も香に可愛がってもらっていた。

このおもちゃのマイクを三八マイクに見立て、二人はここで漫才を披露した。正直今から考えると赤面ものの漫才だが、香は大喜びしてくれた。

それ以降、香を楽しませるために二人はここで漫才を続けた。畳が磨り減っているのはその名残だ。

夢は自然と芸人になった。漫才師となってＫＯＭのチャンピオンになる。その勇姿を香に見せてやる。それが凛太の目標となった。

父親の隆造は大反対したが、そこに助け船を出してくれたのも香だった。

「凛太のやりたいようにさせてやり」

そう言って何度も隆造を説得してくれたのだ。隆造は許したわけではなかったが、とりあえず怒りを収めた。香のためになんとしてでも漫才師として成功したかった。その意欲に凛太は燃えていたのだが……。

「凛太、お線香あげるぞ」

優が線香に火をつけ、香炉に刺した。二人で仏壇の前に手を合わせる。香にあれだけ世話になったのに、葬式以来墓参りもしていない。なんて罰《ばち》当たりなんだろうかと凛太は深く反省した。線香の煙が目に染みてならない。

「なあ、優」

「なんや」

「おまえあのネタどう思う？　おもんなかったか？」

ラリーに破り捨てられたネタのことだ。その問いに優の顔色が変わった。

凛太が書いたネタに対して何か意見を述べるとき、優は慎重に言葉を選ぶ。学生時代に一度それで大喧嘩したことがあるからだ。

ネタを書く人間を尊重する。それができないとコンビ間はぎくしゃくする。キングガンがいい例だ。そのコンビ間の礼儀を、優はきちんとわきまえてくれている。

優が無言のままなので、凛太が言葉を重ねる。

「怒らんから正直な意見を聞かせてくれ」

優がようやく、という感じで口を開く。

「おもろくないってことはない。ええネタやと思う。ただあれはリンゴサーカスの漫才や。アカネゾラの、おまえの漫才やない」

凛太の漫才ではない……そういえば優と再会したときも同じことを言っていた。

「アカネゾラの、俺の漫才ってなんや」

「それはここで、俺たちがやってた毒舌漫才や」

ずばりと優が言い、今度は凛太が言葉に詰まる。その凛太の表情を見て、優が意を決したように続けた。

「おまえが解散を俺に言った理由は薄々気づいていた。あの毒舌漫才がウケんようになってたからや。あれではKOMに優勝できん。おまえはそう考えたんやろ」

まさしく優の指摘通りだった。

毒舌漫才——凛太がいろんなものに噛みつき、優がそれをやさしくフォローする。それがアカネゾラのスタイルだった。

デビュー当初はそれが評価された。二人はこの部屋で漫才を続けてきたのだ。経験値は他のコンビと比べるべくもない。劇場でも多くの笑いを生んできた。

だが次第に、その笑いの渦は小さくなっていった。その原因に凛太は即座に気づいた。

時代の変化……毒を含んだ凛太の笑いが客に嫌悪されはじめた。笑うどころか露骨に嫌な顔をする客もいた。

お笑いとは人を傷つけるものではない。時代がそうなりつつあるのを、凛太は敏感に感じとった。

そうした世の流れを、凛太は最初冷笑した。どんなお笑いでも人を傷つけるものなのだ。それがお笑いの構造であり、本質といえる。素人にはそれがわからないだけだ。

けれど流れには逆らえない。芸人とは目の前の客を相手にする。芸術家ではなく職人なのだ。いくら芸人本人が否定しようが、客が笑わなければ方向転換せざるをえなかった。

凛太は毒をいくぶん薄めてマイルドにした。正直ネタとしての印象は薄れ、自分でも面白くないと感じていた。それでも客から笑いは起こらなかった。

人を傷つける笑いを否定する人々に、凛太は傷つけられたのだ。

さらにもう一つ問題点があった。毒舌漫才というのはＫＯＭでは不利なスタイルといえた。凛太が考えるＫＯＭの必勝システムにあてはまらなかった。

スタイルを大幅に変えなければ芸人として終わる……そんな強烈な危機感を凛太は覚えた。

苦渋の決断として、凛太はアカネゾラの解散を決めた。そうでもしなければＫＯＭでは優勝はできない。

思い詰めた顔で、優がこちらを見ている。

「凛太、もう一度俺らの漫才をやらへんか。毒舌漫才を」

なるほど。そういうことか。ラリーのあの言葉をきっかけに、優はそれを凛太に告げたかったのだ。なぜならここが二人の出発点だからだ。

凛太は唇を噛んだ。

「……何言ってんのや。あれは今の時代には通用せえへん。それはおまえも痛いぐらいわかっとるやろ」

「でもあれが俺たちの、いや、おまえの笑いやろ。凛太、おまえは昔っからいろんなもんに文句言ったり、物事を斜めに見たりしてたやないか。それがおまえ本来の姿やろ」

優の言う通りだった。子供の頃はシステムや型のことなど考えていなかった。自分が面白いと思うことをただネタにしていた。それが凛太にとっての自然な形だったのだ。

「原点に戻ってもう一度やらへんか。ここで香ばあちゃんに見せてたあの漫才を」

優がまっすぐマイクを指さした。

「時代とかＫＯＭ向けとかどうでもええやないか。今年で芸人人生が終わるのかもしれんのやぞ。リンゴサーカスみたいな客に合わせた漫才やって、決勝進めんかったら一生後悔するぞ」

その熱を帯びた言葉に、心の芯が強く握りしめられる。優の気持ちが、想いが凛太の胸に直接訴えかけてくる。

そうだ。現にリンゴサーカスでは準決勝止まりだった。凛太の考える必勝法は通用しなかったのだ。ならば一か八かでアカネゾラの原点である毒舌漫才に戻る。優の言う通りではないのか……。

そのとき、遺影の香と目が合った。苦い記憶が、瞬時のうちに甦《よみがえ》る。

それは四年前の香の葬式だ。

久しぶりにかかってきた母親の良枝の電話で、凛太は香が亡くなったことを知った。朝、布団の中で冷たくなっていたという。

その知らせを聞いた途端、凛太はあのときのことを思い出した。

凛太がTSに入所するため、実家を出るときだった。

香が重い体を起こして、わざわざ玄関まで出向いてくれた。

「凛太がKOMで優勝するの楽しみにしとるからな」

「わかった。でも残念やな」

「……何がや」

きょとんとする香に、凛太はこう答えた。

「俺が優勝する瞬間を、こたつに入ってばあちゃんと見たかったから」

「ほんまやな」

香が顔をしわくちゃにして笑った。

その笑顔に、凛太は誓った。必ず優勝してばあちゃんを喜ばせると。凛太にとっての漫才とは、香を励ますことからはじまっていた。その最終目標として、ＫＯＭの優勝以上にふさわしいものはない。

夢はＫＯＭチャンピオンだ。そして自分なら必ずその夢を叶えることができる。そう凛太は無邪気に信じていた。

だが現実は厳しかった。アカネゾラは伸び悩み、凛太はうだつのあがらない芸人のままだった。父親の隆造の顔を見たくないのと、今の自分の状況が香に対して面目がなくて、凛太の足は実家から遠のいていた。

とうとう香がこの世を去ってしまった……。

その後の香の葬式でも、凛太は呆然としていた。

不思議なほど悲しくなかった。ただその代わり、香への申し訳なさと自分の無力さが、胸の中を隈《くま》なく焼いていた。肉が焦がされ、嫌な匂いが鼻孔を襲ってくる。その激痛が凛太に問いかけてくる。おまえは芸人になって何がしたかったんだ、と。

そう煩悶《はんもん》していると、隆造が話しかけてきた。

「凛太、ちょっと来い」

久しぶりに見る隆造の顔はずいぶん老けて見えた。髪が薄くなり、しわも増えている。額の脇には大きなしみができていた。親は年を取るのだという当然のことを、凛太は改めて知った。

人気《ひとけ》のない場所へ隆造に連れてこられた。開口一番、父は言った。

「おまえまだ芸人続ける気か」

香の葬式だというのにそんな話をするのか。凛太は辟易した。

「当たり前やろが」

そうざらついた声でやり返すと、隆造が無表情で諭す。

「今やったらまだ間に合う。芸人辞めて就職せえ。就職先は俺が世話する」

「ふざけんな！　俺は芸人を続ける。ＫＯＭチャンピオンになる。天国のばあちゃんにその姿を見せたるんや」

思った以上に大きな声が出た。隆造への怒りが、凜太の心に再び火を灯す。もう香はこの世にはいないが、あの世で必ず凜太を見てくれている。その香に優勝する姿を見せてやりたい。それを新たな目標にする。

他の芸人への対抗心だろうが嫉妬だろうが、親への憤りだろうがなんでもいい。ＫＯＭチャンピオンになるためならば、どんな感情でも利用してやる。

だが凜太がそう意欲を新たにした直後、隆造が冷酷な声で告げた。

「そんなもんオカンはええ迷惑や」

「……迷惑ってどういうことや」

「オカンはおまえらの人を傷つける漫才は嫌や。そう言うとった」

凜太は二の句が継げなかった。

香が、自分たちの漫才を嫌っていた……その事実が、心の火に再び水をぶっかける。頭と心が感覚を失ったように痺《しび》れて動かない。

嘘だ。子供の頃は香はあれだけ喜んでいたではないか。だが確かにプロの芸人になってからは、毒の度合いが増していた。子供の毒ではなく、大人の毒となっていた。香はそれを嫌悪していたのか？　時代の流れが香の好みまでをも変えてしまったのか？　その疑問は凜太の心の隅々にまで浸食し、漫才師としての自分のすべてを破壊した。

アカネゾラを解散した理由——もちろん時代の変化や、ＫＯＭ向きではないということはあった。だが最大の原因は、香だった。香がアカネゾラの漫才を嫌っていたからだ。

「凜太」

優の声で現実に引き戻される。凜太は歯を食いしばって答えた。

「……あかん。あの漫才は絶対にでけん」

優が切羽詰まった表情で訊いてくる。

「じゃあどうすんねん。どんな漫才でＫＯＭに挑むんや」

凜太は口を閉ざした。その答えは、凜太のどこにもなかった。

14

羽田と別れたあと、マルコはせわしなく頭を働かせながら歩いていた。

トップロを辞めるのはなんの問題もない。これから鹿田とラリーの顔を見なくていいとなるとむしろ清々する。

ただ唯一心残りなのが小鳥のことだ。事務所を去ればもう小鳥には会えない。それがマルコには辛くてならなかった。

だがふと思い直した。見方を変えれば、芸人とマネージャーという関係性ではなくなるのだ。堂々と小鳥に告白してもなんの問題もない。

もちろん告白するのはユーチューバーとして成功してからだ。小鳥と付き合えるぐらいの地位と経済力を手に入れるのだ。それが紳士としての礼儀だろう。

ユーチューバーになれば金も恋も手に入れられる。なんて素晴らしい仕事だろうと胸をふくらませながら、マルコは家に戻った。

玄関には、さっきなかった靴があった。知花のものだろうが、マルコは訝《いぶか》しがった。というのもそれは新品の靴だったからだ。

中に入ると、

「あっ、兄ちゃん」

案の定知花がいた。制服姿なので、ちょうど学校から帰ってきたところなのだろう。

知花が目を吊り上げて仏頂面になる。

「なんで急に帰って来んの。教えてくれたらええのに」

「悪い、悪い」

久しぶりに会う知花はずいぶん大きくなっていた。身長もマルコの肩ぐらいある。

「何やってたん？」

「羽田と会ってきた」

「ああ、羽田か」

知花も羽田のことを知っている。昔時々遊びに来ていた。

「ハネハネTV人気あるもんね」

それは羽田のYouTubeのチャンネル名だ。

「なんや、知花も知ってるんか」

「知ってる。クラスの子でもファンおるよ」

マルコの想像以上に羽田は人気があるようだ。

「知花も好きなんか？」

「ぜんぜん。おもんないもん」

失笑するように、知花が鼻の上にしわを寄せる。思ってもいない返答だった。

「羽田のＹｏｕＴｕｂｅおもんないんか？」

「おもんない。みんなお笑い知らん素人やからな。あんなんでおもろいと思うんやろ」

ちょっと目を離している間に、お笑い評論家みたいになっている。昔から知花はマルコに影響されて、よくお笑い番組を見ていた。身内に芸人がいると見方も厳しくなるのだろうか。

「……羽田も芸人やろ。元やけど」

「ＴＳ中退したら元芸人ちゃうわ。芸人なりたくて挫折した人や」

「……あいつは芸人に未来はないから辞めたって言うとったぞ」

なぜか羽田の肩を持ってしまう。知花は冷ややかに笑い飛ばした。

「ぐちゃぐちゃとしょうもない言い訳すんなや。男やったら素直に、『すみません。俺にお笑いの才能はありませんでした』って負けを認めろっちゅうねん」

ばっさり切り捨てられた。

「それに羽田、ユーチューバーとしても中途半端やし、ＹｏｕＴｕｂｅ自体をなめてんねん。企画も編集もまだまだ粗いし、あいつよりおもろいユーチューバー山ほどおるわ。調子乗るんならせめてユーチューバーのトップ10に入れって思うわ」

なんて辛辣《しんらつ》な意見なんだろうか。羽田が聞いたら卒倒するかもしれない。

知花がわくわくと声を弾ませた。

「羽田のＹｏｕＴｕｂｅなんかより、キングガンの漫才の方が爆裂おもろい。ほんま兄ちゃん、羽田とコンビ組まんで大正解やったわ。鹿田の顔と動きはおもろすぎる」

　そこが鹿田の長所だし、マルコも先輩たちもその点は評価していた。だが今は鹿田を褒められると無性に腹が立つ。

「俺が書いてるネタや。あいつはなんもせえへん」

「それでええやん。役割分担やん」

「ええことあるか。ネタ書かんくせに偉そうにしやがって」

「でも兄ちゃんのネタを一番面白くしてくれるのが鹿田やんか」

　その何気ない一言に、マルコは急所をつかれた。

「兄ちゃんのネタってハチャメチャすぎるから他の人がやってもぜんぜんおもろならんやろ。羽田なんかぜんぜんやったやん。鹿田と組んだからあれだけおもろなるんやんか」

　知花の指摘に、マルコには返す言葉がなかった。

　以前鹿田とコンビ別れをしたあと、別の芸人とコンビを組んだのだがまるでうまくいかなかった。そこで苦渋の決断をして、鹿田とコンビを組み直したのだ。

「それに兄ちゃん、ネタ書いてるやつが一番偉いっていつも言うけど、兄ちゃん他の人が書いたネタとか絶対にやらんやろ。こだわり異常に強いから」

　核心をえぐってきやがった……ラリーの完璧な台本でも、マルコはそれを演じる気になれなかった。中学生の妹に自分のすべてを見抜かれている。

「そうそう兄ちゃん帰ってきたんやったらちょうどええわ」

　そう知花がふすまを開け、押し入れから何やら取り出した。それを見て、マルコは目を大きくして指さした。

「それって……」

プラチナ・カラーで塗られた像だ。そのシルエットを見ただけで、漫才師ならば何かわかる。それは、KOMのチャンピオンに贈られるトロフィーだった。

「どうしたんや、これ」

「うちがダンボールで作ってん」

知花が鼻をふくらませて胸を張る。ダンボールとは思えないくらいよくできている。そういえば知花は手先が器用だった。

「兄ちゃんにやるわ。これ見て自分が優勝する姿イメージしたらええ。強く想像したらそれがいつか現実になるんやって。ネットに書いとった」

こいつ俺のためにそんなことまでしてくれたのか……マルコはにわかに胸が熱くなった。こんなに身近に、これほどキングガンを見てくれている人間がいたのだ。

「……ありがとう。俺、KOM優勝するまで毎日これ見とくわ」

その像を受け取った瞬間、マルコは決心した。

やっぱり俺は芸人を続ける。キングガンでKOMチャンピオンになるしかない。さっきまでの羽田とユーチューバーになるという決意は、はるか彼方《かなた》に消し飛んだ。あれは心の迷いだ。あいつは悪魔の手下だったのだ。さすが詐欺師だけのことはある。

まじまじとマルコは像を見た。

「それにしてもようできてるな」

「そやろ。ラリーのおっちゃんもそう言っとった」

「そやろな。ラリーさんもそう言うやろうな……」

そう頷きかけてマルコの息が止まる。震えた声で知花に尋ねた。

「なっ、なんでおまえがラリーさん知ってんねん」

「だってこの前うちに来たから。お母さんと私にいろいろ聞いてたで」

「なんでラリーさんがそんな探偵みたいなことすんのや」

「キングガンに付くことになったから兄ちゃんのこと知りたいんやって。もうめちゃくちゃ聞いてた」

放送作家がそこまでするのか？　ただそれと同時に納得もした。そこまでマルコを調べていたから、あんな完璧なネタが書けたのだ。いくらラリーに能力があっても、マルコを知らずにあんな台本を作れるわけがない。

「もしかしておまえの靴、ラリーさんが買ってくれたんか」

ピンときてそう尋ねると、知花が屈託なく頷いた。

「そやで。あの人見た目はおっかないけどめっちゃいい人やな。お母さんも喜んでた。兄ちゃんはええ人に付いてもらったって」

あれほど完璧な台本が書ける上に、付いた芸人にこれほどの情熱を傾ける。ラリーは日本一の放送作家だ――あの小鳥の言葉は真実だった。

像を手にしたまま、マルコは玄関へと向かった。

「知花、俺帰るわ」

「えっ、もう？　お母さん会って帰ったら」

「今からネタ作る。知花、今年のＫＯＭ楽しみにしとけ」

軽く像を持ち上げると、知花が笑って頷いた。

「わかった。ほんまもんのチャンピオントロフィー見せてな」

家を出て駅に向かうと、駅前に見慣れた姿があった。なぜか鹿田が滋賀の駅にいる。一般人に混じって見ると、より滑稽さが際立っていた。これほど芸人らしい容姿の芸人はいないと改めて感じる。

マルコに気づき、鹿田がばつの悪そうな顔になる。何か言おうと唇を動かすが、声を出せないでいる。側に近づき、マルコがぼそぼそと尋ねた。

「なんでここにおることがわかったんや」

「ラリーさんが教えてくれたんや」

そうか。ラリーはGPSでマルコ達の行動を把握しているのだ。

迷いを飛ばすように、鹿田が突然深呼吸をはじめる。息を吐ききると、反省した様子で切り出した。

「……すまんかった。おまえの気持ち考えんと、ラリーさんの台本ではしゃいでもうて。いっつもネタ書いてくれて感謝してる」

いつになく殊勝な態度だ。コンビを組んではじめて礼を言われた気がする。

マルコも鼻から大きく息を吸い、吐き出す勢いに混ぜて本音をさらけ出す。

「……俺こそ悪かった。俺のネタはおまえやないとできん。それがようわかった」

鹿田に先を越されたが、マルコも謝るつもりでいた。

マルコが謝罪したことに鹿田が目を丸くしている。お互いの気持ちを素直に伝える。そんな簡単なことすらこれまでやってこなかった。

マルコが呼びかける。

「鹿田」

「なんや」

「ＫＯＭ優勝するぞ。キングガンが一番おもろいいうのを証明するんや」

鹿田が満面の笑みで返した。

「おうっ、わかっとるわ」

15

ラジオが終わり、与一と和光がブースから出てきた。

花山家の座付き作家を選ぶためのコンテストを行う。今日はその話題でひとしきり盛り上がった。

番組中に与一が呼びかけたところ、応募者が殺到した。放送作家になりたい人間が世の中にこれほどいるのかと文吾は目を丸くした。それと同時に花山家の人気の高さを改めて思い知らされた。ＫＯＭチャンピオンの称号はそれほど偉大なのだ。

「お疲れ様でした」周りのスタッフが口々に声をかけると、文吾も急いで立ち上がった。

梓は与一に歩み寄ると、深々と頭を下げた。

「ありがとうございます。チャンスをもらって」

与一が鼻を鳴らした。

「おまえのためやない。自分たちのために優秀な作家を探す。それだけのことや」

素っ気なく応じると、そのまま部屋を出て行った。

するとと和光がしたり顔で肩を叩いた。

「いやあ、梓ちゃんのおかげで盛り上がったわ」

プロデューサーの上野も満悦顔で口を入れる。

「作家ＫＯＭみたいなもんやからな」

和光が笑って否定する。

「上野さん、そりゃ大げさですわ。俺らの座付き選ぶだけですよ」

「何言うてんねん。おまえらはいずれ天下取るやろ。トップ芸人の座付き作家決めるコンテストやからまさしく作家ＫＯＭやろが」

当然という感じで上野が返すと、他のスタッフも同意するように頷いている。

「ほんま最初自分らをレギュラーにしたとき、上の連中からボロクソ言われたけど、ＫＯＭチャンピオンになった途端手のひら返したからな。ざまあみろ」

そうわざとらしく顔をしかめると、上野が和光の肩を叩いた。

「おまえらが芸人の頂点立って、あいつは俺が育てたって言わせてくれ」

若き才能を見抜きそれを育てる。それがスタッフの醍醐味《だいごみ》なのだろう。

和光が破顔する。

「もちろん。うちには与一がいますからね。弟を天才に産んでくれて親に感謝ですわ」

上野やスタッフ、そして和光の声を聞いて、文吾は与一の凄さを痛感する。ＫＯＭチャンピオンは花山与一にとっては通過点なのだ。

もし梓が花山家の座付き作家になったのなら、一緒にどんな景色が見られるのだろうか……その未来を想像して、文吾は少しだけ武者震いがした。

見学の礼を言ってビルを出る。もう終電の時間はとっくに過ぎているので、二人で歩いて帰ることにした。

「わあ、月が綺麗だね」

梓が空を見上げる。ここに来るときも月を見た気がするが、今はまた違って見える。月が梓の未来を祝っているようだ。

「それにしても梓は凄いね。あの与一さんに座付きにしてくださいって直接言うんだから」

感慨深げに文吾が言うと、梓が大きく肩の力を抜いた。

「うん。ただの見学で終わりたくなかったから。一か八かの賭けだったけどね」

とても文吾にはそんな真似《まね》はできそうにない。チャンスを掴むには勇気が必要なのだと梓に教えられた。

「でもブンブンが一緒にいてくれたからあんなことができたんだよ」

梓が目元をゆるめた。月光に照らされる梓の笑顔に文吾は吸い込まれそうになる。可愛すぎて正視できなかった。

お礼だと言わんばかりに文吾も笑みを浮かべた。

「相方だからね。梓の側にずっと一緒にいるよ」

「ありがとう」

差し出された梓の手を、文吾は握りしめる。

月の祝福を浴びながら、二人は手を繋いだまま歩き続けた。

16

「はい。どうぞ」

母親の良枝がテーブルに羽根つきの餃子《ギョーザ》を置いた。香ばしい匂いが鼻腔をくすぐる。この餃子は凜太の好物だ。

その他にも鯛《たい》の刺身、サイコロステーキ、シジミの味噌汁《みそしる》など凜太の好きなものばかりが並んでいる。良枝が張り切ってこしらえてくれたのだ。

香の仏壇を拝んだらすぐに帰るつもりだったが、「今度いつ帰ってくるかわからないのだから今日は泊まっていけ」と良枝が強く命じたのだ。

俺も実家に帰るから、と優も言い出したので断るに断れなかった。

とはいえ久しぶりの実家のご飯はたまらない。子供の頃に慣れ親しんだ味というのはなぜこれほどまでにおいしく感じるのだろう。凜太は不思議でならない。

「お帰り」

良枝がそう声をかけると、父親の隆造があらわれた。市役所から帰ってきたのだ。隆造を一目見た途端、舌の上にあったはずの美味が失われていく。

良枝から聞いていたのか、凜太がいることに驚いた様子はない。不機嫌そうな面持ちで息子を見下ろしている。

またしみとしわが増えたのか、葬式のときよりも一段と老けた印象だ。

隆造が着替えを終えると食卓についた。一分の隙もない姿勢で、黙々と箸を使っている。隆造は礼儀作法にうるさく、子供の頃はよく箸の使い方を叱られた。

まだ芸人を続けることに関して何か苦言を投げつけてくるだろう。そう身構えていたが、隆造は特に何も言わない。

ほっとする反面、なぜ何も言ってこないのかがわからず気味が悪い。

隆造が突然立ち上がったのでびくりとする。冷蔵庫からビールを取り出した。

「凛太、おまえも呑むか？」

そう尋ねられ、一瞬間が空いた。隆造が自分に向けてそんな言葉を投げたことがなかったので意表をつかれた。

「あっ、ああ」

その間を埋めるように反応すると、隆造が缶ビールを手渡した。プルタブを引いてビールを口にすると、なんだか奇妙な味がした。


自室に戻り、ベッドの上に寝転んだ。香の部屋同様、ここも家を出て以来まったく使われていない。

布団を乾燥機にかけてくれたのか温かい。そんな面倒なことを自分の家でしたことはなかった。家を出てから母親のありがたさがよくわかる。

木目がおかしな天井を見つめていると、ふとさっきの優との会話を思い出す。

また毒舌漫才をしたい——優がネタの方向性について意見するなどこれまで一切なかった。原点といえる自分達の漫才で勝負を賭けたい。その意志がひしひしと伝わってきた。

だが凛太は断った。天国の香があれでは喜んでくれない。

とはいえ代案など一切ない。漫才の型などそう簡単に思いつけるものではなかった。どんな凄腕の漫才師でも、漫才の型の発明は一生で一度か二度が限度だろう。特にKOMで通用するものとなればなおさらだ。

ただ熟考する時間などない。KOMの予選がひたひたと迫ってきている。

「凜太、ちょっといいか」

扉を開けて隆造が入ってきたので、凜太は弾けるように跳ね起きた。隆造がこの部屋を訪ねてくることなど一度もなかった。

隆造が勉強用の椅子に座り、凜太がベッドに腰掛ける。またさきほどの沈黙が部屋を支配する。大きくなった子供は父親と二人きりになるのを避けるものだ。特に隆造のような堅物ならばなおさらそうだ。時計が時を刻む音がやけにうるさく感じる。

隆造の横顔に目をやって、凜太は驚いた。その目はせわしなく動き、迷いの色が生じている。隆造らしくない態度だった。

「凜太、おまえに伝えときたいことがある……」

踏ん切りをつけたように隆造が重い口を開く。

「また芸人辞めろっていう話か」

機先を制してみるが、隆造は弱々しく首を振るだけだ。

「そうやない。香ばあちゃんのことや」

「……ばあちゃんがなんや」

「葬式のとき、俺はおまえにこう言ったな。『オカンはおまえたちの漫才を嫌っていた』と」

体に痺れが駆け抜ける。ちょうどそのときのことを考えていた。

「ああ」

重く濁った息を吐くと、隆造が肩を沈ませながら言った。

「……あれは嘘や」

「嘘？」

つい調子外れな声が漏れ出る。

「なんでそんな嘘ついたんや」

「……おまえはオカンの影響で漫才師を目指した。だからオカンがそう言っていたと告げたら芸人を辞める。そう思うたんや」

複雑な表情を浮かべて隆造が答えた。急な話に凜太は戸惑いを隠せない。震える声で慎重に確認する。

「……じゃあ、ばあちゃんは？」

苦さと懺悔《ざんげ》の色を顔ににじませ、隆造が頷く。

「いっつも喜んどった。おもろい言うてな……死ぬ直前までおまえらの漫才見て笑っとった」

「そうなんや……」

全身の力が抜け落ちる。ばあちゃんは、ばあちゃんは俺たちの、アカネゾラの漫才を喜んでくれていたのだ……その真実だけが、凜太の長年の鬱屈を溶かしてくれる。

「……今日おまえが帰ってこんでも、近々おまえにこの話を伝えに難波に行こうと思うとった」

そう隆造が打ち明けると、凜太の脳裏に疑問が浮かぶ。

「なんで、なんで急に、今さらそんなことを話そうと思ったんや」

「ラリーさんがそうした方がいいと言うたんや」

予期せぬ答えに、凛太はどういう訳か笑ってしまった。

「なっ、なんでオトンがラリーさんを知っとるんや」

「作家としておまえに付くことになったから、おまえのことをいろいろ聞かせて欲しいと訪ねてこられたんや」

「そんなことまでしてくれたんか……」

隆造が眉をひそめて吐き捨てる。

「俺はおまえに芸人を辞めて欲しいと思うてるんや。そんなことに協力する気は毛頭ないと断った。けれどラリーさんは何度も何度も家に訪ねてこられたんや。終いには役所まで来はって頼みにきた」

信じられない。付いた芸人の親にわざわざ話を聞きに行くことも考えられないのに、ラリーはそこまでしていたのか。あのひねくれた瀬名が、ラリーに絶大の信頼を寄せるわけだ。あの人は本当にKOM優勝請負人なのだ。

浅く息を吐き、隆造が肩をすくめた。

「そこで根負けしてな。おまえについた嘘もラリーさんに話した。そこでラリーさんにおまえのことを想うのならば、正直に自分の口でおまえに打ち明けてくれと頼まれたんや」

「そうなんか……」

「凛太……」

そう呼びかけると、隆造が目尻にしわを寄せた。

「ええ人に付いてもらったな。KOM頑張れよ」

隆造に、芸人になってはじめてそんな言葉をかけてもらえた。喜びがさざ波のように心を伝っていく。

「わかった。今年は見とってくれ」

凛太がそう意気込んだ。

17

「すみませんでした」

腰が折れそうなほどマルコは頭を下げた。もうなんならこのまま土下座をしたい気分だ。

「もういい。頭を上げろ」

うっとうしそうにラリーが促し、マルコは向き直った。

滋賀から戻ると、鹿田と二人で稽古場に戻ってきた。ラリーにもこちらに来てもらい、開口一番謝った。

「で、どうする」

ラリーが静かに尋ねる。

「はいっ、もう二度とラリーさんに逆らいません。ラリーさんの書いたネタも喜んでやらせてもらいます」

直立不動でマルコが答える。

ラリーは鹿田の鹿児島の実家にも訪れていた。マルコと同じく、家族から鹿田のことを聞いていたらしい。その事実に鹿田は啞然としていた。

ネタを作る力、分析力、そして付いた芸人の家族にまで話を聞き、その芸人を徹底的に知ろうとする熱意……もうラリーの実力に微塵の疑いもない。この人の教えに従えば、必ずＫＯＭで優勝できる。マルコと鹿田はラリーを信じるしかなかった。

「指示に従うのはいいが、台本はやらなくていい」

ラリーがそう返すと、今度は鹿田がきょとんとした。

「なんでですか？」

「あれはこいつを納得させるためだけに書いたものだ」

そうラリーがマルコを顎でしゃくる。

「若手の漫才師の漫才は、自分で作るのが一番だ。作家が一から十まで作るものじゃない。特におまえらのようなタイプはな」

マルコは胸をなで下ろした。本音を言えば漫才は自分のネタでやりたかった。

突然ラリーが声を尖らせた。

「マルコ、おまえは相方が、鹿田が好きなのか？」

好きです。そう反射的に答えそうになるのを、マルコは寸前で止めた。そんな嘘をついても、ラリーには見破られる。

「嫌いです。顔を見るだけでむかむかします」

はきはきとマルコが返すと、ラリーは鹿田を見た。

「鹿田、おまえはどうだ」

「僕も嫌いです。こんな偉そうなやつ口を利くのも嫌です」

叫ぶように鹿田が応じると、マルコが続けざまに言った。

「ただ俺のネタを一番活かせるのはこいつです。鹿田がいなければキングガンは成立しません」

鹿田が追随する。

「俺を面白くできるのはマルコだけです。マルコのネタやないと、キングガンはクソです」

コンビ仲が悪ければそれは客に伝わり笑いが薄れる。それはマルコも重々承知だ。

だがキングガンならばそれを凌駕できる。コンビ仲がどうだとか感じさせないほど爆発的に面白い漫才を作り出す。マルコと鹿田はそう決めたのだ。

ラリーが小さく頷いた。

「わかった。おまえ達はそれでいい」

その表情には、わずかだが満足の色が浮かんでいるように見えた。

18

「で、アカネゾラはどうするつもりだ」

稽古場でラリーがそう問うてきた。凛太の隣には優がいる。

凛太が力を込めて答えた。

「以前やっていた毒舌漫才で行こうと思います」

隆造の告白が終わった直後、凛太は優に連絡を取った。そして今と同じことを告げた。もちろん優は大いに喜んでくれた。

あれで、あの漫才で香ばあちゃんは笑っていたのだ……その事実が凛太の迷いを晴らしてくれた。

ラリーが遠慮なく指摘する。

「あの漫才はＫＯＭでは不利だ」

「わかってます。でも俺たちの、アカネゾラの漫才はあれしかありません」

リンゴサーカスのような時代の風潮や客に合わせた漫才ではない。自分の、香が喜んでくれた漫才で勝負する。そこで負けて芸人を辞めたとしても悔いはない。

「加瀬、以前おまえは言ったな。ＫＯＭで勝つにはシステムだと」

「はい、言いました」

「もちろんそれも重要だ。だがそれ以上に大切なものがある」

「なんですか、それは？」

「それはニンだ」

「ニンですか？」

聞いたことのない言葉だ。

「そうだ。人と書いてニンと読む。一般的な用語で例えるなら個性だな。その漫才師、そのコンビにしかできない漫才は、ニンを最大限に使った漫才だと言える」

一度間を置き、ラリーが続ける。

「加瀬、おまえは昔から皮肉屋で物事を素直に捉えられない。ひねくれた見方をする子供だった。そうだな」

「そうです」

隆造と良枝からそんな話を聞いたのだろう。客観的に見るとなんて嫌な子供だろうか。

「今城、おまえはそんな加瀬をまあまあとなだめる役割だ。そうだな」

「はい」

優が首を縦に振る。おそらく優の家族からも話を聞いているに違いない。

「加瀬の毒を、今城が調理して笑いに変える。それがアカネゾラのニンを生かした漫才だ。その選択でいい。おまえたちはこれで勝負しろ」

「はい」

凛太と優が同時に声を上げる。

そこで自分の失敗に気づいた。凛太はどういう漫才がKOMでウケるかばかりを考えて、ニンのことを失念していた。リンゴサーカスの漫才は凛太のニンを完全に殺していたのだ。

ラリーが釘を刺すように言う。

「ただし改めて言うが、毒舌漫才はKOMでは不利だ。加瀬、おまえがアカネゾラを解散したのはそのためだな」

「……はい」

苦い顔で声を絞り出す凛太に、ラリーが重々しく言った。

「加瀬、ただおまえは一つ大事なことを忘れている」

「なんですか」

「KOMで優勝するための一番の要素だ」

一拍置いてから、凛太が慎重に尋ねた。

「一番重要な要素って」

ラリーが簡潔に答えた。

「どれだけ笑いが取れるかだ」

その自明すぎる回答に、凛太は戦慄した。

ラリーの声が太くなり、熱気を帯びはじめる。

「ＫＯＭで勝つには笑いの量だ。どれだけＫＯＭ向きではなかろうが、今の客にウケにくかろうが、それを凌駕するほど爆笑を取れば必ず勝てる。いいな」

「わかりました」

凛太が力強く頷き、「はい」と優が声高らかに応じる。

長い時間をかけて回り道をしたが、ようやく正しい道に戻れた気がする。このアカネゾラの漫才でＫＯＭに乗り込んでやる。

凛太は爪が食い込むほど、力いっぱい拳を握りしめた。

三章

特訓

1

「加瀬さん、これがライブのスケジュールです」

小鳥がスケジュール表を渡し、凜太はそれを受け取った。今日もまた恒例の喫茶店だ。

それを一目見て目を丸くした。

「こんなに舞台に上がれるんですか」

小さなライブばかりだが、凜太の想像以上に数が多い。

「はい。できるだけ入れてもらいました。KOMの予選までもう間もありませんからね」

ネタの仕上がりは板をどれだけ踏むかにかかっている。小鳥はそれをわかってくれている。

「ありがとうございます。助かります」

心から感謝を述べると、小鳥が思い出したように言った。

「あっ、出るライブ、キングガンも結構一緒になると思います。やっと謹慎が明けるので」

「そうですか」

二人は解散を免れたようだ。人の心配などしている場合ではないが、マルコには芸人を辞めないでいて欲しかった。

それにキングガンは一部に熱狂的なファンがいるので、客を呼んでくれる。インディーズのライブだが、チケット売りをしなくていいのはありがたい。

喫茶店を出てバイトに向かう。漫才に専念したいところだが、生活費を稼がなければ生きていけない。

制服に着替えて店に入ると、店内用の電話が鳴り響いた。お昼の時間なので客が牛丼を注文してきたのだろう。この店ではランチタイムは牛丼を無料で提供している。冷凍庫から凍った袋入りの牛丼の具を取り出し、レンジで解凍する。その間にどんぶりに格安の古米をよそい、そこに温め終えた牛丼の具を載せていく。

正直こんなものうまくもなんともない。だが無料というだけで馬鹿みたいに注文が寄せられる。このランチタイムさえなければ、もっと楽ができるのだが……。

牛丼を運び終える。今がチャンスだとネタ帳を広げようとするが、慌てて手を止める。ネタを書くなとラリーから厳命されていた。しかも他の漫才を聞いたり勉強してもならないのだ。

ラリーのことは信頼しているが、この理由がさっぱりわからない。

ＫＯＭで優勝を目指すには、勝負ネタが必要だ。もし決勝進出すれば、ラスト・トライアル用にもう一本いる。現状は二本どころか、一本も勝負ネタがない。寝る時間を削ってもネタを作るべきなのに……。

そう身悶《みもだ》えしていると再び電話が鳴った。さっき牛丼を運んだばかりの常連客の中年男性だ。頭が薄くて顔が赤らんでいるので、バイトの店員からはハゲタコと呼ばれている。まあ命名者は凜太だが。

「今すぐ来んかい」

ハゲタコが怒鳴り、凜太は吐息をつきそうになる。間違いなくクレームだ。「かしこまりました」と電話を切ると、ハゲタコのブースの扉をノックする。

扉が開くや否や、ハゲタコがどんぶりをつき出してきた。

「おまえ、どうなっとんのじゃ、これ！」

なんの変哲もない牛丼だ。

「何か問題がございましたか」

「なんでわからんのじゃ。おまえの目は節穴か。ショウガや、紅ショウガがないやろうが！」

ハゲタコが叫び、怒気で頭までまっ赤になっている。ハゲタコからゆでダコへと進化してしまった。急いでいたので紅ショウガをつけ忘れたのだが、無料の牛丼でここまで怒鳴られる筋合いはない。

「紅ショウガのない牛丼なんか食えるか。ふざけんな」

このクソボケが……凛太は怒鳴り返そうとするのをどうにか抑えた。バイトをクビになって、また新しい仕事を探す暇など今はない。

「すみません。すぐに作り直してきます」

丁重に頭を下げると、そのどんぶりを受け取った。

2

マルコと鹿田は、今日も大阪城公園を走っていた。

最初は一周するとへとへとに疲れ切っていたが、今は余力がある。酒屋のバイトも肉体労働なので、アスリート並みに体力がついていた。ＫＯＭではなくて芸人運動会ならば一位を確実に狙える。

イヤホンからラリーの指示が飛んでくる。

「おい、黙るな。無駄口を叩《たた》け」

なんて変な指示だろうと思いながらも、マルコと鹿田は会話をはじめる。こうして話しながら走るのにも慣れてしまった。

稽古場に戻ると、マルコが昨日書いたネタをラリーに見てもらう。ここ最近バイトの時間以外はネタしか書いていない。寝る間も惜しんでネタ作りに没頭している。

いつもはネタが完成してから鹿田に見せていたが、今は鹿田にもネタ作りに参加してもらっている。

ギャンブルをやりたい、酒を呑《の》みたい、女遊びをしたいなどの愚痴を鹿田は一切こぼさなくなった。マルコが驚くほどに目の色が違う。これほど真剣な鹿田の姿を見たことがなかった。

今までは互いに異なる方向を向いていた二人の目線が、はじめて揃《そろ》った気がする。もう自分たちにはＫＯＭしかない。

ネタに関するラリーの指示はこうだ。

「もっと設定を単純にしろ。わかりにくい」

「それってベタやないですか」

ベタとはありきたりという意味だ。それでは他のコンビの漫才と差別化ができない。ネタかぶりの危険性もある。

「おまえ達の漫才の設定はベタでいい」

「なんでですか？」

ラリーがホワイトボードに『大喜利』と『漫才』と大きく書く。

「この二つの違いはわかるか」

今までは何を尋ねても一切答えてくれなかったが、最近は訊《き》けばこんな感じで説明してくれる。

「そんなもん見たまんまぜんぜん違うやないですか」

鹿田が口を入れる。大喜利とはお題に対する答えで笑いをとるものだ。同じお笑いでも漫才とは種目が異なる。

「そんなわかりきったことを訊くか。ボケに対する違いはないか」

厳しくラリーが問いを重ねるが、マルコと鹿田は首をひねる。自分たちが漫才優等生でないのがこれでよくわかる。

仕方なくラリーが答える。

「ボケのレベルが違う。大喜利の答えは、ボケだけで成立する面白さが求められる。文字で読んで笑える類いのものだ。一方漫才のボケは、話の本筋に沿ったボケが求められる。だから台本上は面白くても、いざ舞台にかけるとウケないことが多い」

マルコにもその経験がある。想定では面白いのに、本番ではぜんぜんウケないのだ。

「それはなんでおもろなくなるんですか」

「ボケの意味を解釈するのに、客に間が必要なのはわかるな」

「はい」

「大喜利のボケは単発ではいいが、漫才のように話の流れに応じて連発となると脳の処理速度が追いつかない。筋を追い、ボケの意味を解釈する。客の頭に二つの要素を要求するからそれだけ負荷がかかる。

だからそれでも意図がわかるように、漫才ではボケのレベルを抑える作業が必要となる。俺はこれをチューニングと呼んでいる」

マルコの脳裏に音響で使うミキサーがよぎった。

「大喜利ではだじゃれや言い間違いなどの単純なボケではウケないが、漫才でウケるのはそのためだ。ツッコミをうまく使い、そのキーの中でウケるボケを最大限に模索する必要がある」

「なるほど」

まるで大学で漫才の講義を受けているような感覚だ。

「もう少し例えるなら大喜利は詩で、漫才は小説みたいなものだ。詩のような凝ったフレーズや比喩で小説を書いたら読みにくくて仕方がない。これはわかるな」

その手の小説を読んで、マルコはむかついた経験がある。作家の独りよがりがすぎて全部読み切れなかった。それでマルコは本嫌いになった。

「それええたとえですね」

鹿田が膝を打つと、ラリーが補足する。

「もう一つ、シンプルなボケやツッコミの方が感情を乗せて演じられるというメリットもある。客をよりネタに引き込める」

マルコが頭に浮かんだ不安を投げる。

「でも俺らってどっちかというとその大喜利クラスの飛んだボケが得意なタイプなんですけど」

つまり漫才では、自分たちの長所を生かしにくいということなのではないか。

「わかっている。だから設定を単純にしろと言っている。店での店員とのやりとり、デート、彼女の両親への結婚の挨拶、あとは昔話みたいななじみのある設定だと、客はその光景を想像しやすい。つまり脳の負荷が減るということだ。ベタな設定だとボケを飛ばしても客は付いてきてくれるというメリットがある。

おまえらのこれまでの漫才はボケも設定も飛びすぎている。ボケを飛ばすなら設定はベタに。設定を飛ばすならボケはベタにする。これが鉄則だ」

自分たちが準々決勝の壁を突破できない理由がわかったような気がした。

「でも大喜利ボケが漫才では不利になるんなら、俺らもボケの感じを漫才っぽく近づけた方がいいんですかね。設定を飛ばしてボケをベタにする路線もありじゃないですか」

鹿田がそう提案する。話を聞いていてマルコもその方向性があるのではと思っていた。

だがラリーは首を横に振った。

「だめだ。それでは腕のある漫才師には勝てない。おまえ達は、おまえ達の武器で勝負しろ」

「でもその武器が漫才では有効やないんでしょ」

いくら設定をベタにしても、KOMで優勝できるレベルになるのか疑問だ。

「おまえ達にはもう一つ武器があるだろうが」

「なんですか？」

「顔と動きだ」

「俺ですか？」

鹿田が自分を指さした。そこはマルコも他の芸人も、マルコの妹の知花も高く評価している。

ラリーが静かに頷《うなず》いた。

「そうだ。顔と動きで笑いを取るというのは笑いの原点だ。チャップリンやキートンの映画を見ただろ」

そうか。その長所を磨かせるためにあれだけ延々と映画を見させたのだ。

「言葉の笑いとは違い、顔と動きの笑いは瞬時に理解できる。世界中の誰にも面白さが伝わりやすい」

「俺は世界に通用するってことですね」

得意げに鹿田が鼻をふくらませるが、ラリーは無視してマルコを見た。

「マルコ、おまえ特有のツッコミに鹿田の顔と動きのボケを重ねる。そうすれば漫才という形式でも爆発的な笑いが生まれるはずだ。おまえ達の今までのネタは、その長所を生かし切っていない」

漫才とは言葉で、会話で笑わせる芸だ。マルコはそう思い込んでいたので、鹿田の顔と動きのボケは添え物として捉えていた。

「じゃあ鹿田をもっと生かせる方向で考えたらいいってことですか？」

「違う」

否定するラリーに、マルコはがくっと崩れ落ちる。

「なんでですか。そういう流れの話やったじゃないですか」

「鹿田だけじゃない。マルコ、おまえももっと動きの芸を増やせ」

「俺もですか」

「そうだ。おまえは背が高くて細身な上に手足が長い。だからツッコミをするときももっと身振り手振りを大げさにしろ。背が低くて丸い鹿田と対照的だから、より動きが強調される」

自分のそんな長所を意識したことはなかった。

「マイクの前で漫才をするな。舞台を縦横無尽に動き回り、声を張りまくれ。顔がちぎれるぐらい全力で顔芸をしろ」

「……しんどそうな漫才ですね」

想像するだけで息が切れそうだ。

「あれだけ走り込んだんだ。そのための体力は付いただろ」

簡単にラリーが言うと、マルコはあっと飛び上がりそうになった。そのためのランニングだったのか。無意味だと思っていたが、ラリーの指示にはすべてに意図が込められている……。

ただ、鹿田が複雑そうな面持ちで言った。

「……それって漫才ですかね」

正直マルコもやり過ぎな気がしていた。漫才に革命を起こすのがキングガンの流儀だが、さすがにこれは度を超しているのではないか。

ラリーが断言した。

「漫才に定義はない。どれだけ客から爆笑を取れるか。ただそれだけだ。おまえ達はおまえ達の漫才をしろ」

自分たちは面白い——その想《おも》いと信念を疑ったことは一度もない。ただそれが世間に認められるか、ＫＯＭで通用するかという不安には何度も襲われた。その不安がもやとなり、マルコの視界を曇らせていた。俺は天才だとどれだけ声を張っても、もやは晴れるどころか濃くなる一方だった。けれどラリーの言葉が、そのもやを消し去ってくれた。今は目の前にはＫＯＭまでの道筋がはっきり見えている気がする。この道を進めばいいのだ。

鹿田の表情からも迷いが消えている。マルコと同じ気持ちなのだろう。

「はい」

マルコと鹿田がいっせいに頷くと、ラリーが命じた。

「いいか、ワラグルになれ」

マルコが首を傾《かし》げる。

「ワラグル？　なんですかそれ？」

「笑いに狂うと書いてワラグルだ。今からそのワラグルになれ。人生すべてを漫才に、ＫＯＭに捧《ささ》げろ」

ワラグル……望むところだ。妹の知花、オカン、そして何より父親の寛司にまた会えるように俺はワラグルになる。

「わかりました」

大きく響く声でマルコは返事をした。

「ではこれに着替えろ」

ラリーが立ち上がり、テーブルに置いていた紙袋から何やら取り出した。ビニール袋に包まれているのはどうやら服だった。それをマルコと鹿田に手渡す。

「なんですか、これ？」

受け取りながらマルコが首をひねると、ラリーが仏頂面で告げた。

「衣装だ」

「衣装ですか？　俺たち去年新調したばかりですけど」

黒のスーツに、明るい色のネクタイを合わせている。マルコが緑で、鹿田が黄色だ。今風の漫才師らしい格好だ。

「あれではダメだ。これに着替えろ」

意図ははかりかねたが、マルコと鹿田はとりあえずその指示に従う。

サイズはぴったりだ。壁の鏡で自分の姿を確認しながらつぶやく。

「マオカラーですか」

深紅のマオカラースーツだ。タイトでずいぶんと細く見える。まるでアジアの富豪の子息みたいだ。

「なんですか、この変なん？」

鹿田がマルコと同じ感想を述べると、ラリーが説明する。

「いいか、お笑いとはまずは見た目だ。第一印象で自分たちがどういう芸人かを客に認識させ、それをどう笑いにつなげるかを逆算する必要がある。そして一番手っ取り早く見た目を変えられるのが衣装だ」

「まあ顔変えよう思ったら整形するしかないですもんね」

軽口を叩く鹿田を、ラリーが睨《にら》みつける。鹿田が震え上がって姿勢を正すと、ラリーが続ける。

「だから衣装をおろそかにする芸人はダメだ。衣装にコンビとしての狙いと戦略を正確に込めろ。衣装を漫然と考えているコンビが多すぎる」

嘆くようにラリーが言い、今度はマルコが異論を唱える。

「俺たちも結構考えて今の衣装にしてるんですけど」

「ダメだ。まだ自分たちをよく理解していない。いいか、おまえたちの漫才は異質で邪道だ。ならばそういうことをするコンビだと、客に視覚で認識させろ」

「なるほど、それでこんな変な色のマオカラースーツなんですか」

鹿田が鏡で自分を確認する。

「そうだ」

ラリーが首を縦に振る。

「スーツの色を変えるだけならば他と差別化できないが、マオカラースーツは誰も衣装に採用していない。だからオリジナリティーが強く出てくる。それだけタイトにしたのは、おまえ達の体型の違いを強調するためだ」

マルコはより細く、鹿田はよりずんぐりむっくりに見える。

「ただ動きやすいように、素材はストレッチの利くものにしている」

マルコが膝を屈伸させてみるが、確かに伸び縮みして引っかかりがない。体をひねりながら鹿田が問う。

「それやったらもうぴっちり素材のジャージとかでもよかったんじゃないですか」

「それだと漫才師に見えない。スーツというのは今や漫才師のアイコンになっている。キングガンは異質だが漫才師として勝負していると客に把握してもらうためにもスーツでいくべきだ。特にKOMではな」

「はあ、このマオカラースーツって正統派やないけど漫才師だっていうギリギリのライン狙ってるんですね」

鹿田が、感心するようにうなり声を漏らす。

衣装にコンビとしての狙いと戦略を正確に込める……さっきのラリーの言葉だが、まさにその通りだった。衣装とはここまで考えるものなのか。マルコは慄然《りつぜん》とした。

「あと髪型も変える。マルコ、おまえはサイドを刈り上げろ」

「アジアの大富豪っぽい髪型ですね」

嬉々《きき》としてマルコが返す。イメージは香港のタワーマンションに住み、百万ドルの夜景を見下ろしながらワインを呑む貴公子だ。ちなみに子飼いの殺し屋集団も抱えている。青竜刀の白《パク》、ヌンチャク使いの珍《チェン》、そして毒針使いの春麗《チュンリー》だ。その光景を一瞬で想像できた。

ラリーが短く頷く。

「そうだ。鹿田、おまえは髪の毛を逆さにした箒《ほうき》みたいに逆立てろ」

「嫌ですわ。なんっすか、それ。アホ丸出しですやん。そんなん女性ファンいなくなりますやん」

異を唱える鹿田を、ラリーがはねつける。

「やかましい。言われたとおりにやれ」

マルコは鏡で自分の姿を見た。舞台上でウケる姿をありありと思い描ける。

今年はイケる……その確かな手応えを、このマオカラーのスーツが教えてくれた。

3

「やっぱり緊張するね」

梓の顔が強張《こわば》っている。文吾は素早く励ました。

「大丈夫だって。梓なら絶対行けるよ」

「うん。ブンブンも付いていてくれてるもんね」

二人は弁天町のラジオ局に向かっていた。プロデューサーの上野に呼び出された。花山家の座付き作家を選ぶ、作家KOMの審査内容を発表する。そう聞かされていた。上野の好意で文吾も同行できることになった。

受付でネームプレートを受け取り、案内された会場に入る。

その光景に文吾は思わず息を呑んだ。広々とした部屋がぎっしり人で埋まっている。二百人ぐらいはいるだろうか。おそらくこのすべてが放送作家志望者だろう。

そしてこの中の一人しか花山家の座付き作家になれないのだ。不安が体の芯を揺らしてくる。

「……放送作家になりたい人ってこんなにいるの？」

唖然《あぜん》としてそう漏らすと、梓が否定した。

「違うよ、ブンブン。花山家の座付き作家になれるチャンスだからこんなに大勢の人が集まったんだよ」

二人で空いている席に座っていると、梓に視線が集まってくる。これだけの人数がいて、女性は梓一人だった。

この雰囲気では梓が圧倒的に不利だ。だから上野は、文吾が一緒にいるのを許可したのだろう。

すると梓の体がびくりと動いた。

「どうしたの？」

声を抑えて尋ねると梓が耳打ちした。

「『ハレルヤ』の春野風大《はるのふうた》がいる」

そう梓が視線を斜めにやり、文吾も盗み見る。

「ほんとだ」

ハレルヤはナンゲキに所属するお笑いコンビで、春野はそのツッコミだ。ハレルヤの漫才は、文吾も梓と一緒に劇場で見たことがある。派手さはないが、流暢《りゅうちょう》で堅実な漫才をするコンビだった。

「なんで春野さんがここにいるの？」

放送作家を選ぶ場所ではないのか。

「……見学かな。春野さんって与一軍団だから」

梓の話によると、売れている芸人ほど後輩を引き連れているそうだ。ここからギャグやノリが生まれ、それが舞台やテレビで生かされる。これもトップロが隆盛を誇る一因だ。

ＴＳで才能豊かな人間を集め、舞台上で切磋琢磨《せっさたくま》させる。先輩、同期、後輩など笑いの才能に満ちあふれた人間と二十四時間触れ合わせることで、その能力が活性化し練磨されていく。

この文化とシステムこそが、トップロの芸人がお笑い界を席巻する理由だよ。そう梓は分析していた。

ただ春野の様子を窺《うかが》うと、遊び気分で参加しているようには見えない。

「あそこに横井《よこい》ノビノビもいる」

梓がまた別の方向を見ると、太り気味の眼鏡をかけた男性が座っていた。つき出た腹がしんどそうで、いかにも放送作家志望という風貌だ。ただ彼の顔を文吾は知らない。

「誰？　あの人も芸人さん？」

「ううん。大喜利番組のチャンピオン。昔お笑い系の雑誌に載ってた」

「大喜利チャンピオン！」

思わず声が高くなってしまい、周りからじろっと睨まれる。文吾は急いで口元を手で覆った。

「そんな凄《すご》い人が参加するの」

「うん。強敵だね」

他にも梓のようなハガキ職人の常連もいるのだ。梓の道にはとてつもない壁があることを、文吾はまざまざと思い知らされた。

勢いよく扉が開き、文吾は背筋を正した。

花山与一があらわれたのだ。

この前と同じく派手な服を着て、ぶらぶらと壇上に上がる。その圧倒的な迫力で会場が一瞬で静まり返る。

一度会って免疫のある文吾ですら、心臓が痛いほど鼓動している。その感情の上下動が文吾自身に伝わり、肌がひりひりする。他の人間の緊張感はとてつもないものだろう。何せ憧れの人間が目の前にあらわれたのだから。

その後ろからプロデューサーの上野が付いてくる。相方の和光は不在のようだ。

二人が壇上の椅子に座ると、上野が口を開いた。

「それでは花山家座付き作家オーディション・作家ＫＯＭの説明をさせてもらいたいと思います。与一さんお願いします」

与一がぶっきらぼうに言った。

「花山与一や」

たいした声量ではないのに、叩きつけられるような響きを伴っている。まるで内臓が揺さぶられるかのようだ。これが舞台で鍛え上げた声というやつなのだろうか。

「最初に言うとく。俺は、花山家はこの世界で天下を取る。誰よりも俺たちがおもろい。そう世間に認めさせる」

テレビやラジオでもそう匂わせるような発言をしているが、ここまで明言したことはない。周囲の息を呑み込む音が、文吾にははっきりと聞こえた。

与一の声が熱を帯びる。

「そのためには俺と和光の力だけでは無理や。優秀な作家がいる。俺らと一緒に天下を目指せるほどの優秀な作家や。それをこの中から選ぶ」

この与一の言葉で、全員の目の色が豹変《ひょうへん》した。

ただの遊びや、番組のイベントではない。これは人生を変える戦いなのだ。そう全員が明確に認識した。

皆の心に火がついたように会場中がざわめいた。中には興奮で腰を浮かせ、拳を握りしめているものもいる。ただ梓は、冷静に与一を見つめていた。

そんな雰囲気に頓着することなく、与一が軽い口ぶりで言った。

「それじゃあ第一のテストを今からやる」

あまりに気楽な調子だったので、全員がふいをつかれた。妙な沈黙が起こり、続けてざわめきが広がった。目が覚めたように、誰かが尋ねた。

「いっ、今からですか」

「そや」

与一が首を縦に振ると、一同に動揺の波が伝わっていく。文吾を含めて誰もが、今日はただの説明だと思っていた。

「第一のテストってなんですか？」

別の誰かが立ち上がって尋ねると、与一が笑顔で告げる。

「簡単や。作家ＫＯＭで優勝できなければ、一生放送作家を目指さないと約束してもらう。ただそれだけや」

文吾にはうまく呑み込めない。一生……その言葉の重さで脳が痺《しび》れてくる。

質問した男が、あたふたと問いを重ねる。

「ちょっと待ってください。一生って……ここで負けたらもう俺たち放送作家になれないんですか」

った。


「うん、そやで」

　そこで一同が騒然となった。朗らかに与一が付け足す。

「作家ＫＯＭで敗退したら、花山家の座付き作家はもちろん、あらゆるテレビ、ラジオ、ネット媒体で放送作家として活動でけへん。もしそれが判明したら、俺の全権力を使って潰《つぶ》す」

　手を掲げ、握りつぶす仕草をする。その本気ぶりを表現するように、拳に太い血管が浮き上がった。

「そんなのめちゃくちゃだ」

　男が抗議の声を上げると、他の者も賛同するように何度も頷いた。

　すると与一が一喝した。

「おまえらふざけんなよ！」

　その声量に空気が震え、全員がびくりとした。さっき不満を叫んだ男の顔が色を失い、肩も小刻みに震えている。

「なんの代償もなく自分を選んでくれやと。ふざけんのもたいがいにせえ。遊び半分の人間なんかいらん。俺は作家生命を賭けて挑戦するいうやつしか必要ないんじゃ。このボケがあ！」

　射殺すような目つきで、与一が全員を見渡す。その殺気立った眼光に、顔を伏せるものもいる。文吾も身を縮めた。

　すると上野がのんびりと言った。

「そんな条件は呑めないと言うんならもちろん今辞退してもらってもいいからね。放送作家になる道はこれだけじゃないんだし。棄権する人は部屋から出て行ってください」

　その柔らかな口調で、全員の表情から強張りが解ける。与一が鞭《むち》ならば、上野は飴《あめ》といった役割だろうか。

どうする、どうするという感じでみんながきょろきょろしはじめた。

「……俺は辞退します」

質問していた男がまっ先にそう言い、部屋を出て行った。それが呼び水となり、他のものもぞろぞろと退室をする。

結局残ったのは二十名ほどになった。いきなり十分の九が脱落したのだ。放送作家になれないことよりも、作家ＫＯＭの真剣具合に恐れをなしたという印象だ。

もちろん梓は座ったままだった。この機会に放送作家になれなければ、梓は就職する。それが梓と梓の両親がかわした約束だった。梓は最初から背水の陣を敷いている。

ただ残った者達は、梓と同様の目をしていた。絶対に花山家の座付き作家になる。その決意が熱となり、文吾の肌を焦がしている。

そこで与一が大げさに拍手した。

「よしっ、じゃあここにいる人間が第一関門クリアや」

とりあえず文吾は胸をなで下ろした。机の下で、梓が文吾の太ももをつついた。梓を見ると、にこりと笑っている。文吾も微笑《ほほえ》みで返した。

間を置かずに与一が言う。

「では第二テストの課題を発表する」

その早すぎる展開に、文吾はたじろいだ。あたふたと与一の口元に注目する。

「第二関門は『大喜利』や」

作家ＫＯＭにふさわしい内容だ。大喜利ほど笑いのセンスを見定められる種目はない。

弾《はじ》けるように文吾は斜め前を見た。他の面々も、文吾と同じ方に目を投げている。そこに大喜利チャンピオンの横井ノビノビがいるからだ。もうもらったという感じで、彼の口角が不敵に上がっている。

気楽な口ぶりで与一が続ける。

「一日二千の答えを書いて、それを一ヶ月間。つまり六万の答えを作ってもらう」

「六万！」

何人かが同時に声を上げる。大喜利を知らない文吾でも、それがありえない量なのは理解ができる。梓も言葉を失っている様子だ。

「そこからスタッフが選んで、成績順に勝ち上がりや」

「何名勝ち上がりですか」

平然と横井が訊くと、与一が指を三本立てた。

「三名や」

少ない。あまりに少なすぎる……だいたい一日二千の答えを書くならば、寝る時間以外すべてあてても一時間に百以上は書かなければならない。しかもそれを一ヶ月も続けるのだ。過酷すぎる。

横井が手を上げて質問する。

「お題はどうするんですか？」

「そんなもんおまえらで考えろ。自分でお題を作って自分で答えを書くんや」

投げやりな与一の態度に、横井は不服そうに顔をしかめる。

お題まで考えるのなら余計に時間がかかる。よりテストの困難さが増すといえる。

「……すみません」

一人がおずおずと手を上げると、与一が顎でしゃくった。

「なんや」

「やっぱり棄権させてもらってもいいですか？　放送作家はあきらめるっていう条件なしで……」

「あっ、おまえなめとんのか」

語気を荒らげる与一をなだめるように、上野が笑顔で言った。

「いいよ。特別に認める。こっちも採点するのが大変だからね」

この形式ならばスタッフの労力も半端ではない。何せ一人につき六万もの答えを見なければならないのだ。

その一人に追随するように三人が部屋を去っていた。

ふんと与一が不機嫌に命じた。

「じゃあスタートは明日からや。来月にメールでお題と答えを送れ。以上」

そう言い捨てると、部屋を立ち去った。

4

「来週、ライブだ」

椅子に座ったラリーが、眉一つ動かさずそう言った。

小鳥にスケジュールをもらっていたので事前にわかっていたが、凜太は表情を強張らせた。アカネゾラ再結成のお披露目をそこでするのだ。小規模のライブだが、凜太達にとって重要なライブとなる。ここで失敗すればＫＯＭ優勝など夢のまた夢だ。

優が不安そうに尋ねた。

「ラリーさん、ネタはどうするんですか？」

「アカネゾラのアリネタでいい」

アリネタとは手持ちのネタということだ。持ちネタとも呼ばれる。新ネタを作るのが禁じられているので必然的にそうなる。

ラリーが厳しい口調で釘《くぎ》を刺す。

「ただネタ合わせは禁じる。練習は一切するな」

「ちょっと待ってください。じゃあ一発本番じゃないですか」

練習もせずに本番に挑むなど考えられない。他の芸人の倍以上にネタ合わせに時間をかけ、完璧な状態で舞台に上がる。それが凛太の流儀だ。

「そうだ。一発本番でやれ」

狙いはわからないが従う他ない。ただどうしても譲れないものがある。

「……わかりました。でもそろそろ新ネタを作らせてください」

予選までもう間がない。普通ならば一年かけて仕上げるのに……。

「ダメだ」

予想通りラリーがはねつけるが、凛太も一歩も引かない。

「どうしてダメなんですか。もう予選がはじまる。間に合いません」

「おまえ達は二次予選からだろう」

アカネゾラは一度準決勝に進出しているのでシード権があり、二次予選からだ。一度解散してもその権利は使えるらしい。

「二次からでも遅すぎます」

もうネタの完成度を高めるのは無理な時期に入っている。決勝進出どころか、この現状ならば準決勝にいけるかどうか……。

「アリネタがあるだろうが」

「ちょっと待ってください。アリネタでKOMに挑めというんですか？」

今持っているネタはすべて準決勝止まりだ。決勝進出などできるレベルではない。

しかも漫才は日々進化を遂げている。四年前のネタなど持ち出しても通用するわけがない。

優が重々しく口を挟んだ。

「……四年前のネタだから今やれば新鮮に見える。そういうことですか？」

「なるほど。そういう考え方もあるのか」

ラリーが妙な感心をしている。これで大丈夫なのか……ラリーへの信頼が急に薄れ、凛太は強烈な不安に襲われた。

するとラリーが手を叩いた。

「さあレッスンを開始するぞ」

「……レッスンって一体何をするんですか」

漫才の練習はしないのではないのか。

「二人で立ちながら世間話をしろ」

「世間話ですか……」

優も困惑をあらわにする。次のライブはトークライブではない。漫才のライブだ。

「さあ早くしろ」

ラリーがせき立て、仕方なく凜太が口火を切る。

「……俺がバイトしてるネットカフェよお、ランチタイムで牛丼を無料で配んねん」

「無料か。ええなあ」

優もとりあえず合わせてくる。

「ええことあるか。だからその牛丼目当てに客がめっちゃ来るんや」

この前のハゲタコの話をする。牛丼に紅ショウガをつけ忘れて、ハゲタコが激怒した一件だ。

ラリーに急《せ》かされて考える間がなかったので、頭にまっ先に浮かんだことを口にした。

「そりゃ凜太が悪いやろ」

優がおかしそうに応じる。凜太が心外そうに返した。

「いや、確かに俺のミスやで。でもそんな怒るか？　紅ショウガ付け忘れただけやぞ。逆やったらわかるで。牛丼忘れて紅ショウガだけつけてたらな」

「そんなやつおるか」

「あんなぶちギレすんのは許せんわ。無料やぞ。無料のもんであんな顔まっ赤になるぐらい怒ったらあかんやろ。ほんのり顔が桜色になって、『兄ちゃん、次は気をつけや』って怒り笑いで注意するぐらいがギリ許せるラインや」

凜太が愚痴り続け、優がそれに茶々を入れたりしてなだめすかす。子供の頃から馴染《なじ》んでいる凜太と優のやりとりだ。

そこで凜太ははっとした。話に夢中ですっかりラリーの存在を忘れていた。そろそろとラリーの様子を窺う。

「……すみません。ちょっと火がついて」

ラリーが静かに頷く。

「それでいい。もっと続けろ」

それならと凛太はさらにむかつくことをぶちまけた。

5

マルコと鹿田はスタッフ用の非常扉を開け、楽屋へと向かった。二人で一緒に現場に向かうなどはじめての経験だ。

謹慎明けの初ライブだ。緊張感と高揚感がないまぜになっている。

楽屋に入ると大勢の芸人がいた。インディーズのライブなので、芸歴もマルコより下の芸人がほとんどだ。顔見知りが一人もいない。

鹿田は、仲のいい芸人が一人いたのか話し込んでいる。TSの同期だが、マルコはよく知らない芸人だ。養成所の人間は数が多いので、同期といえど全員が顔見知りなわけではない。

そこでマルコも見知った芸人を見つけた。

「凛太さん」

元リンゴサーカスの加瀬凛太がそこにいた。

凛太が振り向き、マルコはどきりとした。その目にはいつもの狂気の色が宿っている。しかもその色は以前よりも深みが増していた。

ワラグル――。

　ふとラリーが口にしたあの言葉が頭をかすめる。ダンボール机でネタを書き続ける凛太の姿はまさにワラグルだ。

「謹慎解けたんか」

　凛太がふっと目を細めたので、マルコは申し訳なく感じた。他の芸人とは一切連絡するなとラリーに注意されていた。

「出所しましたわ。地獄でしたわ」

　ラリーとの猛特訓の日々を思い出し、マルコの全身に震えが走る。

　毎日が新ネタ作りと稽古とバイトのくり返しだった。鹿田と一緒に新ネタを作ってはラリーに添削してもらい、またネタを作り直す。

　一体いくつのボケとツッコミを考えただろうか。気が遠くなるほど案を出しても、ラリーは一切認めなかった。首を縦に振るという行為を忘れたみたいに。

　一番過酷だったのが漫才の練習だ。発声の仕方、台詞《せりふ》の細かな言い回し、動きの付け方、顔の作り方……そのすべてにラリーは完璧さを求めた。

　だいたい顔芸だけでも、目の広げ方や眉の上げ方、口の曲げ方まで指導されるのだ。顔のストレッチはもちろん、さらに可動域を増やすために、矯正器具のようなものも付けさせられた。

　ラリーの知り合いに作ってもらったそうだ。ここまでやるのかとマルコと鹿田はぞっとした。これでは拷問ではないか。その器具で限界までねじり上げられ、二人は悲鳴を上げた。

　そんな過酷な練習を気が遠くなるほどくり返すので、声が嗄《か》れ、顔の表面の感覚も消え、体がへとへとになった。漫才地獄とはこのことだとマルコと鹿田は口々に言い募っていた。

「でも凛太さん、ピンネタで出るんですか？」

「俺にピンができるか。俺は漫才師や」

凛太ほどその矜持《きょうじ》を持っている芸人はいない。愚問だったな、とマルコは反省した。

「じゃあコンビ組んだんですか？」

一体誰と、と問いを重ねようとする。

「マルコか。久しぶりやな」

懐かしい声に思わず振り返る。マルコは目を丸くした。

「優さんやないですか」

そこに今城優がいた。目が開いているのかわからないほどの糸目が、三日月のように弧を描いている。

「優さん、芸人辞めてマグロ漁船に乗ってるって聞きましたけどなんでこんなところおるんですか？　難波にマグロ泳いでませんよ」

「誰が借金漬けなんや。それはおまえの相方やろ」

そう優が親指で鹿田を指した。

「芸人に戻ったんや。またよろしく頼むわ」

そこではたと気づいた。

「じゃあアカネゾラ復活したんですか」

「そや」

凛太が首を縦に振り、マルコは興奮して言った。

「ええやないですか。リンゴサーカスの漫才はクソでしたけど、アカネゾラの漫才はおもろかったですし」

マルコは自分が一番面白いと確信しているが、アカネゾラのことは高校生の頃から認めていた。その毒っ気のあるネタと、息の合った巧妙なやりとりが大好きだった。

生粋の漫才師とはこういう人のことを言うのだろう。そう密《ひそ》かな憧れすら持っていたほどだ。だから芸人になって凛太と知り合えたときは嬉《うれ》しかった。他の芸人が凛太を敬遠していることも、マルコにとっては都合がよかった。マルコが仲良くなりたいと思う先輩は数少ないが、凛太はその一人だった。

凛太は恐れられる一方、敬意も抱かれていた。アカネゾラの技術はとにかく同世代の誰よりも抜きん出ていた。正直漫才の技術だけでいえば、去年のＫＯＭチャンピオンである花山家よりも上だろう。

プロの芸人を舞台袖に集めるコンビ、それがアカネゾラだった。

なのに凛太はそのアカネゾラを解散した。そしてリンゴサーカスの漫才を見たとき、マルコは心底がっかりした。客はあれでウケるかも知れないが、芸人からの評価はがた落ちだ。

その凛太の変節ぶりにマルコは落胆した。でも今、あのアカネゾラが復活したのだ。これほど喜ばしいことはない。

優が再確認するように苦笑する。

「先輩にそんなこと言うなんてほんまおまえは頭イカレとんな」

「バラヴィー」

久しぶりのバラヴィーをかます。舞台も芸人との交流もなかったので、バラヴィーをする機会もなかった。

「バラヴィー」

優も間髪入れずに返してきてマルコはたまげた。

「優さんブランクのわりには反応めっちゃ早いやないですか」

間も声質も完璧だった。芸人特有のノリやミニコントは、日々芸人の空気に触れていないとできるものではない。だからどれだけ才能があって面白いと呼ばれた芸人でも、辞めてしまうと会話がかみ合わなくなる。

なのに優は、たいして絡みのないマルコのギャグを即座に返した。マルコにとってそれは驚異的なことだった。

「おい、ネタ合わせすんぞ」

鹿田が声をかけると、凜太と優が妙な顔をした。練習嫌いの鹿田の方から促してきたからだろう。そうだ。これから新生キングガンをお披露目するのだ。

廊下の隅の壁に向かい、ネタ合わせをはじめる。

ラリーに散々しごかれて磨きに磨いたネタなので、寸分の狂いもなく仕上げている。だがマルコと鹿田は何度も何度もくり返した。

息が上がってきたところで止めると、他の芸人達もネタ合わせをしていた。周りに気づかないほど集中していた。

ふと気づくと、凜太と優の姿がない。リンゴサーカスの頃、凜太は執拗《しつよう》なほど箕輪とネタ合わせをしていた。凜太は練習の鬼と異名がつくほど大の練習好きだ。その凜太の姿がどこにもない。

楽屋に戻ると凜太と優がいた。二人で何もせずにじっとしている。顔は落ちつき払っているが、その足はせわしなく貧乏揺すりをしていた。

ライブがはじまった。舞台袖から客席を覗《のぞ》いてみると、客は四十人ほどだ。ナンゲキに比べるとかなり少ないが、再出発の初陣としてはこれぐらいの方がいい。

最初の三組が終わったが、客席は静まり返っている。三組のコンビの実力不足もあるが、客がかなり重い。笑いが起こりにくい状態を、客が重いと表現する。

続けてアカネゾラの出番だ。ふと気づけば、舞台袖に他の芸人が集まっている。

アカネゾラが復活する……アカネゾラは玄人受けするネタなので、芸人や芸人志望の人間のファンが多い。この数がその期待値のあらわれだろう。袖に芸人を集められる漫才師なのだ。

凛太と優の顔色を窺うと、若干緊張している様子だ。四年ものブランクがあるのだ。無理もないが、ならばなぜ練習をしなかったのだろうか。

出囃子《でばやし》が鳴り、二人が舞台に飛び出す。一瞬何人かの客がざわついた。アカネゾラを知っているのだろう。こんなインディーズのライブに来るぐらいだから相当なお笑いマニアに違いない。

凛太と優の漫才がはじまる。最初は緊張している様子だったが、さすが腕のある二人だ。次第にリズムに乗っていった。

ただマルコはすぐに失望した。見たことのあるネタだったのだ。

アリネタか……正直新ネタを見たかったし、あのワラグル凛太ならば、マルコが度肝を抜くようなネタを見せてくれるものだと期待していた。

ところがいつの間にか、マルコは我知らずとにやけていた。アカネゾラ特有のあの毒舌漫才だ。周りの芸人もそんな表情になり、重い客席からも笑い声が漏れ聞こえてくる。

凛太も優も見事なかけ合いを見せている。この二人は子供の頃から漫才をやっていると聞いている。息が寸分の狂いなく揃い、その精緻なリズムが笑いを生み出す。これぞしゃべくり漫才の極意だ。

優も凛太も生き生きしているが、特に凛太の変貌ぶりはなんだろうか。リンゴサーカスのような、ロボットが喋《しゃべ》っているような漫才ではない。凛太という血の通った人間が、腹の底からの想いを口にしている。だからマルコの胸を打ち、笑いの核を刺激する。おかしくてにやけを抑えられない。

そうだ。これだ。これがアカネゾラの漫才なのだとマルコはぞくぞくした。

漫才が終わり、二人がはけてきた。どちらの顔にも満足の色が窺える。再結成の舞台としては上々の手応えだった。

鹿田が率直な感想を述べる。

「兄さん、めちゃくちゃおもろかったですわ」

そういえば鹿田もアカネゾラの漫才が好きだった。

「久しぶりやからめっちゃ緊張したわ」

優が安心するように額を拭うと、凛太がマルコに尋ねた。

「どやった」

凛太が人にネタの感想を、しかも後輩の自分に求めてくる……ふいをつかれたので戸惑ったが、マルコは感情を込めて言った。

「おもろかったです。リンゴサーカスなんかより何倍も」

悔しいがあれは自分たちにはできない。若手芸人が憧れて模倣し、すぐにあきらめる。まさしくアカネゾラの漫才だ。

「そうか」

珍しく凛太の表情に喜びの色が浮かんだ。

「でもこのネタをＫＯＭにかけるんですか？」

何気なくマルコが訊くと、凛太が声を詰まらせる。

「……そんなわけあるか」

あきらかに動揺している。もしかすると再結成したばかりで新ネタがないのかもしれない。

ただそれよりも何よりも、やはりアカネゾラの漫才はＫＯＭ向きではない。

まず毒舌漫才というのは、今の時代にはウケにくい。芸人は笑うが、客は笑ってくれない種類のものだ。

あとラリーに学んでわかったことだが、アカネゾラの漫才は爆笑を生みにくい。面白いのだが、その笑いの量が一定の線を越えて行かない。

普段の劇場や寄席ではまだしも、賞レースでは勝ち上がれない構成なのだ。

おそらく凛太はその欠点を承知していたから、アカネゾラを解散してリンゴサーカスを組み直したのだろう。でもリンゴサーカスでも通用せず、仕方なくアカネゾラに戻ったということなのだろうか。

アカネゾラ復活の嬉しさと同時に覚えた恐れの方は薄れた。おそらくこのネタでは決勝には行けない。数少ない決勝の席を、アカネゾラにかっさらわれたらたまったものではない。

「まあまあアカネゾラさんは再結成したばかりっすからね。今年は俺たちがＫＯＭ優勝して、来年は凛太さんでええやないですか」

いつもの軽口を叩くと、凛太が切っ先鋭く言った。

「おまえに一つ言っとく」

「……なんですか」

「俺たちは今年KOMで必ず優勝する。おまえらやない」

その焼けるような声に、マルコは戦慄《せんりつ》した。目つきが相当にヤバい……ふと隣を見ると、優の双眸《そうぼう》にも怪しい光が宿っていた。

本気だ。この二人は本気で今年の優勝を狙っているのだ。そこでマルコは確信した。間違いなくアカネゾラがライバルになると。

だが俺たちも絶対に負けられない。マルコは気持ちを奮い立たせ、こう頼んだ。

「凛太さん、俺らのネタ見てくれませんか」

6

「えっ、君がマジカルナイフさん？」

「はい。そうです」

一人の男が目を丸くし、梓が爽やかな笑顔で応じる。

与一と上野が去り、残った全員で自己紹介をする流れとなった。

ハガキ職人の常連組である梓はみんなが知っていた。梓の彼氏で付き添いだと文吾も名乗る。

続けて一人の男が挨拶をする。全体的に線が細くて痩《や》せがちで、学者のような理知的な顔立ちをしている。白衣が似合いそうだ。

「トリモチトレヘンの杉山龍太郎《すぎやまりゅうたろう》です」

「あなたがトリモチトレヘンですか」

文吾が驚きの声を上げる。梓と同様花山家のラジオの常連のハガキ職人で、トリモチトレヘンは特に文吾の好みのネタを投稿する。

他にもよく名前を聞くハガキ職人が結集していた。梓のように、全員が放送作家を狙っていたようだ。

あの大喜利チャンピオンの横井ノビノビも名乗る。誰かが尋ねた。

「横井さんって大喜利ウォーズのチャンピオンですか」

「そうだよ」

腹と胸をつき出して横井が応じる。チャンピオンになれたことを相当誇りに感じているようだ。

「横井さんってまだ放送作家になってなかったんですか」

そこは文吾も疑問だった。チャンピオンの実績があれば業界から引く手あまただっただろう。

「やりたい番組も担当したい芸人もおらんかったから。それに中途半端な芸人に付くなんて考えられんからな」

鼻息を荒くする横井に、おずおずと文吾が口を挟んだ。

「どうして考えられないんですか」

「芸人いうのは嫉妬深い生き物なんや。作家がいろんな芸人に付くのはおかしなことやないけど、内心では付くのは自分達だけにして欲しいと思うとる。本気で付くならコンビ一組。これが鉄則。まあ結婚と同じやな。レベルの低い女と結婚してもうたら、ええ女があらわれたときそいつと結婚でけんやろ。だからずっと独身でおったんや」

実力はあるようだが、ずいぶんと下品な男だ。でも芸事への造詣は深いみたいだし、本気で付くなら一組だけという考え方も共感できる。

「じゃあどうして花山家の座付きになりたいと思ったんですか」

ずけずけと文吾が重ねる。部外者だが梓のために情報が欲しい。そして何より文吾自身が興味がある。

「そんなこと決まってるやん。いずれ花山家が天下とるやろ。座付きになったら花山家の番組に呼ばれて大儲《おおもう》けできる。結婚したい最高の女があらわれたってこっちゃ。ＫＯＭチャンピオンに大喜利チャンピオンが付いたら無敵やろ」

なんて傲岸不遜な男だろうか。ただ勝負の世界では、これぐらいの自信が必要なのかもしれない。

すると一人の男が頭を掻《か》いた。

「いやあ、じゃあ横井さんの勝ち抜けは決定かな」

声の主は、芸人の春野風太だった。横井と違って刺々《とげとげ》しさはなく、おおらかな雰囲気があった。

はっとなったように横井が声を飛ばした。

「何言うてるんですか。春野さんは大喜利得意やないですか」

「芸人の大喜利とこの手の文章だけの大喜利は種類が違うからね」

「どう違うんですか」

つい文吾が質問すると、春野が朗らかに答えた。

「芸人の大喜利は自分のキャラに合ったボケを考えるけど、文章だけだとそれができないからね。純粋な答えの面白さが求められるんだよ」

「なるほど」

たかが大喜利といえど奥が深い。ならばより横井が有利になるということなのか。

梓が割って入った。

「ちょっと待ってください。春野さんも作家ＫＯＭに参戦されるんですか」

「そうだよ」

確かに今の言い方ならば見学ではない。急《せ》き込むように梓が続ける。

「芸人はどうされるんですか？」

「芸人は辞めて僕は放送作家を目指す」

文吾を含めた一同が仰天する。春野のハレルヤは、ナンゲキでも将来が期待されているコンビだ。去年のＫＯＭでも準決勝まで進んでいる。

「どっ、どうしてですか。ハレルヤはこれからのコンビじゃないですか」

目を見開く梓に、春野が寂しげに微笑み、ゆっくりと首を横に振る。

「自分たちの才能はよくわかった。しょせん若手の有望株止まりだよ」

「そんな……もったいない」

梓が思わず残念そうな声を漏らし、文吾も同意する。にっちもさっちもいかないコンビならまだしも、ハレルヤはＫＯＭ準決勝に行ける実力派なのだ。

淡々と春野が続ける。

「今はいいよ。劇場出番もあるし、どうにかバイトもせずに食べていける。厳しい世界だけど仲間もいるし、楽屋や酒の席で毎日大笑いできる。こんな楽しい世界はないと断言できる」

お笑いを勉強しはじめて、文吾も芸人の仲間意識の強さを知るようになった。彼らはライバルであり親友なのだ。その絆《きずな》の深さはどんな業種にも勝る。その点は手放しにうらやましい、と文吾と梓で語り合ったこともある。

「けれど芸歴を重ねれば重ねるほど、芸人というのは生き残るのが厳しくなる。それが身に染みてわかってきた。今ぐらいの若さならば、売れない芸人でも夢を見ながら続けることができる。

でも芸歴を重ねて年を食ううちに、売れるチャンスは減っていく。考えてみてよ。二十代の芸人と五十代の芸人どっちが数が多い？」

「……二十代です」

遠慮がちに梓が答えると、春野がしみじみと頷いた。

「そうだろ。二十代の芸人はそれこそ星の数ほどいる。ＫＯＭの参加者が五千組だから。まあ若手芸人の数をざっと一万としようか。でもそれが五十代で活躍している芸人になると、両手の指で数えるほどになってしまう」

春野が両手を広げる。つまり九千九百九十人が消えるということだ……。

「そこそこ面白い、若手の有望株だ、ＫＯＭで準決勝に進出した。そんな程度じゃ到底そこまで生き残れない。ＫＯＭチャンピオンですら、その位置に登りつめるのは難しいかもしれない。何せチャンピオンといっても、年に一組も誕生するんだからね。チャンピオンでもその席に座れないんだよ。つまりお笑い芸人で一線で活躍できるのは、神様に選ばれた人間だけなんだ」

芸人の世界とはそれほど厳しいのか……芸人を断念した春野の口から語られると、その過酷さが身に染みてくる。

梓を含めた他の面々も静まり返っていた。芸人も放送作家も、熾烈《しれつ》な競争の世界にあることには変わりがない。今いる人間達は、そんな荒れ狂う海に身を投げようとしているのだ。

その沈んだ空気にかまわず、横井が鼻で笑った。

「なんや。しょせん自分の才能のなさに絶望して、芸人辞めるって話でしょ。真剣に聞いて損したわ」

横井が棘《とげ》のある声を春野にぶつける。

「俺、いっちゃん嫌いですわ。芸人尻割って放送作家になるやつって。しかも辞めて別の仕事するならまだしも、未練たらたらまだお笑いの世界にしがみつこうとするやなんてどあつかましい。そんなやつらが作家として売れっ子になるから、作家が芸人より下に見られるんですわ。俺はそこを変えたいんや」

「俺も君みたいなのは嫌いだ。板の上に立った経験もないくせに、芸人のことをわかったように語る作家がね。しょせん知ったかぶりの畳水練だ。そんな作家に偉そうにアドバイスされる若手芸人はたまったもんじゃない」

笑顔を崩さないが、春野が辛辣《しんらつ》にやり返した。

「なんやと。負け犬が作家やるよりはましやろが」

二人が睨み合い、一触即発の険悪な空気になる。

すると梓があっけらかんと言った。

「まあ一ヶ月後にどっちが正しいかはわかりますよ」

気勢を削《そ》がれたように横井が舌打ちをすると、かばんを手にして扉に向かった。そして去り際に振り返った。

「ええか、確かに俺は板の上に立った経験なんかない。けれどそんな芸人よりも努力しとる。テストの課題の一日二千大喜利の答えを考えるいうのを俺は毎日やっとる。絶対に俺はおまえらなんかに負けけん」

そう語気荒く言い捨てると、横井が部屋を出て行った。

「……一日二千」

思わず文吾は声をこぼした。普段からそんなことをやっているなんて驚異的な努力だ。あの自信のあらわれは、その精進が下敷きにあるからだ。

ふうと春野が肩をすくめた。

「むかつくやつだけど、あいつが一番の強敵だな」

一同が賛同するように頷くが、トリモチトレヘンの龍太郎が低い声で否定した。

「そんなことありません。このテストだったら春野さんが一番の強敵ですよ」

文吾は耳を疑った。挨拶以外で龍太郎がはじめて声を発したこともそうだが、そんなお世辞を言うようなタイプには見えない。

春野も同じことを感じたのか、意外そうに首をひねった。

「そうかい？　毎日二千ボケを書く大喜利チャンピオンだぜ。さすがにそこまで俺は努力してないよ」

「まあ一ヶ月後に結果はわかりますよ」

さらりと龍太郎が返した。

過酷なテストに加えて、強力なライバルばかり……梓が心配になって横を向くと、文吾ははっとした。

梓の瞳は何か強いもので満ち満ちていた。私は絶対に負けない。必ず花山家の座付き作家になる。その目がそう語っている。

そうだ。梓を、俺の大切な恋人の力を信じよう。文吾はぐっと肩に力を入れた。

7

「お先に勉強させてもらいました」

出番が終わった後輩の芸人が凛太に礼を言い、そのまま立ち去っていく。ウケなかった芸人の去り方はいつも早足だ。せっかく凛太達が温めた空気が、また元に戻ってしまった。

出番は終わったが、凛太は舞台袖に残っていた。

俺たちのネタを見てくれ、とマルコが頼んだからだが、そう言われなくてもキングガンのことは気になっていた。

ネタ合わせをしようと、鹿田からマルコに呼びかけていたのを目にしたからだ。あんな姿、これまでのキングガンでは見たことがない。それに何より以前とは、二人の身にまとう空気が違っていた。

それとあいつらの新衣装が気になる。

深紅のマオカラースーツを身にまとい、マルコは横を刈り上げてアジアの御曹司風に。鹿田は髪を整髪料で逆立てガチガチに固めている。まるでギャグ漫画から飛び出してきたような風貌だった。

芸風と衣装が完全に一致している。この外見だけで、どんなネタをするコンビかという心構えを十分に客にさせている。

衣装の重要性は凛太も重々承知していた。今のアカネゾラの衣装も昔のリンゴサーカスの衣装も、スーツの色からネクタイの色まで吟味に吟味を重ねたものだ。

ネタも衣装も微に入り細を穿《うが》つ。それが凛太のやり方だ。

それと同等、いやそれ以上にキングガンの衣装は考え尽くされている。マルコと鹿田はそこまで細かいところに気づくタイプではなかったのに……。

出囃子が鳴り、二人が舞台に出る。いつものハイテンションな芸に変わりはないが、凛太はすぐに違いに気づいた。

以前とは動きのキレがまるで違う。漫才なのにマルコと鹿田がギャグを放り込むのがキングガンのスタイルだ。そのギャグのときの顔と動きが見違えるほど面白い。あの重い客が今日はじめて笑い弾ける。

ネタも新ネタだが、構成もしっかりしている。設定も寿司屋《すしや》でわかりやすい。ゆるやかな波を描きながら上昇するのが漫才の理想だが、その線をしっかりなぞれている。

客がウケてもウケなくても関係がなく、自分たちのやりたいことをやる。そういう芸風なので、KOMでも準々決勝止まりで終わっていた。客にはまれば強いが、はまらなければ沈む。そういう一か八かみたいなネタだったのに、その荒削りな部分が綺麗《きれい》にそぎ落とされている。

以前のネタが灰汁《あく》だらけのスープだとしたら、今は皿の底まで見渡せるような透明に澄んだスープだ。見るだけでその旨《うま》さがイメージされ、唾が込み上げてくる。

ネタを徹底的に錬磨しなければこの精度にはならない。脳を絞れるだけ絞り、頭から血の煙が出るほど考え尽くされている。

舞台を走り回るようなネタだ。マイク一本の前で二人が喋り合う話芸を漫才と呼ぶのならば、これは漫才ではないだろう。

だがこの破天荒な漫才にも、凄《すさ》まじい稽古量が窺える。知恵と肉体両方にとてつもない労力が費やされているはずだ。これが本当にキングガンなのか……。

衣装といいネタといい、こいつら謹慎期間に何があったんだ。凛太は困惑した。

今日一番の笑いをかっさらったあと、マルコ達が戻ってきた。よほど手応えがあったのか二人とも顔が上気している。

開口一番マルコが尋ねてきた。

「どうでしたか」

「よかった。見違えるようやった」

しっかりと心を込めて本音を口にする。そこに嘘《うそ》がないか探るように、マルコがまっすぐ凛太を見る。やがてほっとした表情で眉を開いた。

「いやあ、よかったです。KOMどれぐらいまで行けますか」

「今のデキやったら準決勝は行けるんやないか」

「……決勝は無理ですか」

マルコが真剣な目になる。

「無理やろ」

正直に答えてやる。この目をした芸人にごまかしは通用しない。

無駄な部分がそぎ落とされ、階段を一段一段上がるようなネタの運び方もできている。けれど後半の展開がまだ見えない。

もしKOMが二分半か三分ならば、今のキングガンは決勝に行けるだろう。決勝の出番順によっては優勝も狙える。例えるならばこいつらは百メートル走の選手だ。その距離ならば十分に勝ち目がある。

だがKOMは四分だ。二百メートル走なのだ。後半にストーリーを展開させて、笑いの爆発力で加速しなければならない。その加速力がないのだ。そして悔しいが、それはアカネゾラにも言えることだ。

「まあ今年は無理でも、来年再来年があるからな」

キングガンに必要なのは認知度だ。この奇天烈な芸風を世間が認知すれば、ウケが終盤まで持続する可能性がある。先行逃げ切りで決勝進出を狙えるはずだ。

するとマルコがゆるりと首を横に振った。

「凛太さん、一つ言っときます」

「なんや」

「今年のＫＯＭの優勝はアカネゾラやありません。キングガンです」

その火炎のような目を見て、凛太はぞくりとした。

ワラグル……。

以前から凛太はマルコの才能を認めていた。自分には真似《まね》できないセンスと独自性を持った芸人だと思っていた。

だがそこに怖さや脅威は感じなかった。漫才に、笑いに命を賭ける。その覚悟が見えなかったからだ。

人気がある。売れている。そんなものは凛太にはどうでもいい。自分の人生を漫才に捧げる。そういう芸人こそが凛太の畏怖すべき存在だった。

今マルコの両眼《りょうめ》には、その狂気が宿っている。死力を尽くすという覚悟でのみ点火する蒼《あお》い炎が、音もなく揺らめいている。いつの間にかこいつはワラグルと化したのだ。

そこで凛太は確信した。今年のＫＯＭではキングガンが最大のライバルになると。

「よしっ、決勝の舞台で勝負や」

負けじと凛太はそう返したが、胸の中にはバケツの水をぶちまけたような、苦い不安が広がっていた。

今の状態では優勝どころか、準決勝進出も難しい……その不安が胸を刺し、凛太はその場でうずくまりそうになった。

8

「いよいよやな」

意欲満々でマルコが言うと、「おうっ」と鹿田が興奮気味に鼻から熱い息を吐いた。

雲一つない晴天だ。頭上では太陽がぎらつき、アスファルトの路面から陽炎《かげろう》が揺らめいている。蟬《せみ》の大合唱で耳がおかしくなりそうだ。今年もあいかわらずの猛暑だ。

そしてこの肌を焦がすような灼熱《しゃくねつ》が、芸人にとってスタートの合図となる。

いよいよKOMがはじまるのだ。

KOMの一回戦は夏から開始される。今日がその一回戦だった。

KOM決勝進出の道は、一回戦、二回戦、準々決勝、準決勝、決勝と続いている。

会場に入ると、大勢の人間でごった返していた。一回戦だとプロの芸人だけでなく素人も多い。何せ毎年五千組も参加するのだ。中には記念受験のような気分の者もいる。

そういう素人参加者を疎ましがる芸人もいるが、マルコは好ましく感じていた。漫才とは二人とマイクが一本あればできるものなのだ。気軽に草野球感覚でできるのもKOMの醍醐味《だいごみ》だ。

受付で二千円を払い、スタッフから番号が書かれたエントリーシールをもらう。『739』だ。シールを鹿田に渡すと、マルコは早速太い釘を刺す。

「おい、あの巨乳のファンに渡すなよ。今年は全部持っとけ」

「わっ、わかっとるわ」

わかりやすく鹿田が動揺する。このエントリーシールをねだるファンが多いのだ。人気芸人になると、ファンの間で争奪戦になる。

一回戦から決勝までのシールをすべて揃えて、妹の知花にプレゼントする。あのトロフィーのお礼だ。マルコはそう決めていた。

会場に入ると、いろんな芸人が声をかけてくる。

謹慎は明けたが、ナンゲキには顔を出していなかった。一回戦まではインディーズライブでネタを磨くというのが、ラリーの戦略だった。

いつもなら無駄話に花を咲かせるところだが、今日は早々に切り上げて衣装に着替える。

他の芸人達があちこちで壁に向かってネタ合わせをしていた。ライブのときとは全員の目の色が違う。その熱気が炎となり、マルコのうなじをちりちりと撫《な》でてくる。

これだ。これがＫＯＭなのだ。この光景を見て、マルコはＫＯＭの季節がやってきたことを実感した。

二人でネタ合わせをする。もう何度くり返したかわからない。夢でもこのネタを合わせているほどだ。

何度かやり終え、

「次入れ替えるパターンやな」

そうマルコが息を整えながら言う。鹿田が眉根を寄せた。

「もうＫＯＭ本番やぞ。まだそれやるんか」

「しゃあないやろ。ラリーさんがやれ言うたんやから」

マルコが不機嫌に声を尖《とが》らせる。

ボケとツッコミを入れ替える練習をまだラリーにやらされている。ただその意図にマルコは薄々気づいていた。

鹿田の凄さをマルコに思い知らせるためだろう。鹿田のボケを担当してみると、鹿田の表現力の恐ろしさを痛烈に感じる。やはりこいつが相方ではないと駄目だとこの練習で何度も思わされた。鹿田の重要性を骨の髄まで叩き込む。ラリーにはそんな狙いがあるのだろう。

入れ替えての練習も済ませると、準備万端だ。

ネタが仕上がっているという芸人用語がある。一切の無駄がないところまでネタが練磨できている状態を示す言葉で、マルコもよく使っていた。

ただ以前の自分は大きく間違っていた。得意げに語っていたかつてのマルコを、ボコボコに殴りたい気分だ。

ここまでネタの完成度を高めてようやく、ネタが仕上がったといえるのだ。ラリーの指導でそれがよくわかった。

この間に用を足しておこうとトイレに入ると、嘔吐《おうと》する声が個室のあちこちから聞こえてくる。緊張感で大量に分泌された胃液が、全員の胃を焼いているのだ。

阿鼻叫喚《あびきょうかん》の光景だが、マルコはぞくぞくした。

これだ。これこそがＫＯＭなのだ。

客前で漫才をして笑わせる……それは命綱を付けずに崖から飛び降りるようなものだ。舞台に立つ。それはその恐怖と戦うことを意味する。

そしてその恐怖が最高潮に達する舞台が、このＫＯＭだ。

舞台慣れをしていない一般参加者よりも、百戦錬磨の芸人の方がその緊張感は大きい。ＫＯＭで成功できるか否かで、芸人人生が一変するからだ。

何せ準決勝に進出するだけでも仕事が増え、トップロの芸人ならばどうにかバイト生活から抜け出せる可能性がある。それは若手芸人にとって憧れの状況だ。

嘔吐の合唱を聞きながら、マルコは小便をする。隣で同じく鹿田も用を足していたので声をかける。

「おい、今年は大丈夫か？」

見た目によらず鹿田は肝が小さいので、毎年嘔吐しそうになっている。

「そやな。今年は平気やな」

自分でも不思議そうに鹿田が応じる。言われてみれば、マルコも微塵《みじん》も緊張していない。練習しすぎてどこか神経がおかしくなっている。

しばらくするとスタッフの女性が呼びに来る。

「エントリーナンバー739番、キングガンさん、舞台袖までお願いします」

二人で返事をして舞台袖に向かう。舞台では見たこともない二人が漫才をしている。声が小さくてよく聞き取れないので素人参加者だろう。舞台の声になっていない。

まず素人はネタうんぬん以前に、声が聞き取れない。腹から声が出ていないので、客にまで届かないのだ。

舞台上の二人は青ざめ、傍《はた》から見ても足が震えている。目の縁には涙がたまっている始末だ。客席に笑いは一切ない。それどころか同情の目を注いでいる。演者の焦燥は客に伝染する。嘔吐するほど緊張していても、舞台では一切それを見せてはならない。それが芸人だ。

震える声でもうええわと言い、時間を余らせて二人が戻ってくる。最悪の空気でバトンタッチしてくれたが、マルコは気にならない。これも一次予選だ。

出囃子が鳴り、二人が飛び出す。ＫＯＭ優勝まで一切足を止めない。その勢いでマルコは舞台に向かった。


「一回戦突破おめでとうございます」

廊下で、ディレクターの山内にカメラを向けられる。

ＫＯＭではディレクターが付いて、カメラで撮ってくれる。決勝進出したり優勝したりすれば、これがドキュメンタリー映像で使われる。

この山内は以前からキングガンのことを気に入っていて、去年もおととしも担当してくれた。単独ライブもかかさず見に来ていたし、差し入れもしてくれる。数少ないキングガンの味方だ。

「ありがとうございます。今日一番の爆笑でした」

自信満々でマルコが答える。

会場が揺れるほど大ウケしたのだ。まさに会心の出来だった。

一回戦ぐらいだとインタビューの時間は一瞬で終わるのだが、今日は長い。山内の期待のあらわれだろう。

カメラを下ろすと、山内がきょろきょろと辺りを見回した。そして小さな声で告げた。

「俺、今年は優勝までキングガンさんを追いかけるつもりです。頑張ってください」

周りの芸人に聞かれないように配慮してくれたのだ。

「もちろん。ドキュメンタリー用の素材たっぷり撮ってください」

そうマルコは拳を掲げた。

9

「梓、ちょっと休んだ方がいいよ」

パソコンにかじりつく梓に、文吾は心配になって声をかける。

「うん。ありがとう。でも大丈夫だから」

目をまっ赤にした梓が、弱々しく微笑む。目の下には隈《くま》ができて、頬もこけている。

作家KOMがスタートして二週間が経《た》った。

一日二千もの大喜利の答えをひねり出す……それは想像以上に過酷な作業だった。

大喜利に慣れ親しんでいる梓でも、二千も答えを生み出すのは至難の業だった。すべての時間を大喜利にあて、睡眠時間を削っても二千に届かなかった。

そのマイナス分を補うために、また寝る時間を縮める。悪循環だ。

二週間を過ぎてコツを摑《つか》んだのか、どうにかノルマは達成できるようになった。だが残りは二週間もあるのだ。そこまで持つのか……。

ふとモニターを見ると、梓が文章を削除している。

「ちょっとせっかく書いたのに」

ぎょっとして文吾が声を上げると、梓が渋い顔で返した。

「……でもレベルが低すぎたから」

そうか、これは他の参加者との競争でもあるのだ。ただ六万もの答えをひねり出すだけでも過酷なのに、その上に質まで求められるなんて。あまりに厳しいテストに、文吾は途方に暮れそうになる。

そのときアラームがなってはっとする。

「梓、バイトの時間だ。行ってくるよ」

梓がすまなそうに言う。

「……ごめんね。ブンブンに無理させちゃって」

このテストのため梓はコンビニのバイトを休み、代わりに文吾がシフトに入っていた。梓は大学も休んでいるが、そっちはどうにかなるそうだ。

「ううん。梓はテストにだけ集中して。俺はそれを支えるから」

「ありがとう」

「相方だからね」

そう文吾が笑顔で返すと、梓が目尻を下げる。だが余力がないのか、その笑みは消え入りそうだった。

もうダメかもしれない……文吾の胸には不安と、強烈な苛立《いらだ》ちが同時に押し寄せてきた。

翌日、文吾はナンゲキに向かった。

劇場の裏口に回ると、若い女性の集団がいて目を丸くした。これが出待ちというやつだろう。この人数の多さで芸人の人気ぶりがわかるそうだが、休日とはいえまさかこれほど大勢いるとは予想外だった。

ＫＯＭチャンピオンの称号とはここまで凄いものなのか。いや、その称号以上に花山家の人気の高さがそうさせるのだ。

一人だけ男がいるので白い目で見られるが、こっちも大事な用があるのだ。その視線に耐えながら待っていると、突然黄色い声が上がった。一気に全員が色めきはじめたので、文吾は動転した。

「ちょっとそこ空けてください」

警備員が人の波をかき分け、道を作っている。そこを一人の男が歩いてきた。

花山与一だ。

今日与一の出番があることを知って、やってきたのだ。目的は、テストの見直しを直訴《じきそ》することだ。

あのテストはひどすぎる。このまま続ければ梓の身も心も持たない。

警備員に守られ、与一がまっすぐタクシーに向かっていく。この機会を逃すと今度いつ会えるかわからない。文吾は強引に与一を呼び止めた。

「与一さん」

「今忙しいんや」

乱暴な口調でそう返すが、文吾はかまわず続ける。

「俺、花山家のラジオの見学者です。マジカルナイフの付き添いです」

そこで与一がこちらを向き、目を見開いた。

「なんや、おまえか」

覚えてくれていたことに胸をなで下ろす。

「ちょっと話があるんです」

「うっさいな、じゃあ付いてこいや。タクシーに乗れ」

そう文吾の腕を強引に掴み、タクシーに押し込んだ。続けて与一が乗り込み、タクシーが発進する。女性のファンが後ろから追っかけてきた。まるで人気アイドルみたいだ。

わけがわからないまま同乗することになったが、進言するには格好の場所だ。

「あの……」

そう言いかけると、与一がもの凄い剣幕で叫んだ。

「うるさいんじゃ。今話しかけたらぶっ殺すぞ！」

「すっ、すみません」

慌てて言葉を引っ込める。ずいぶんと苛々《いらいら》しているが、どうも様子がおかしい。太ももが小刻みに震えていて、何かに怯《おび》えているようにも見える。こんな人が怖がることなんてあるのか……。

結局何も言えないまま刻々と時間だけが過ぎ、タクシーが止まった。

車を降りて、前のビルが視界に飛び込んでくる。そこは歯医者だった。

「……もしかして歯医者に行かれるんですか」

「……そうや」

浮かない面持ちで与一が答える。この人さっきから歯医者を怖がっていたのか……。

そのおかしさにふき出しそうになるのを寸前で堪《こら》える。いつもの威風堂々とした与一の姿からは考えられない。

「おまえ何がおかしいんや」

与一が凄んでくるが、もうちっとも怖くない。「いえ、何も」と顔を逸《そ》らした。

一歩踏み出そうと与一が足を上げかけたが、その足は宙に浮いたままだ。やがて元の体勢に戻

ると、

「……ちょっと忘れ物を思い出した」

そう踵《きびす》を返そうとする。文吾は目を丸くして引き止めた。

「えっ、歯医者来たのに怖くて帰るんですか」

「なんやと。誰が怖いんや。忘れ物した言うとるやろ」

「じゃあ治療が終わってから取りに戻りましょうよ」

返答に窮したように与一が押し黙っていると、中からスタッフがあらわれた。「与一さん行きますよ」そう言って与一を強制的に連行していく。マネージャーか誰かから事前に連絡があったみたいだ。

呆然《ぼうぜん》と文吾がつっ立っていると、「おまえも来い」と与一が文吾の腕を摑み、強引に道連れにした。

そのまま待合室で与一の治療を待つはめになった。

「大丈夫だろうな。痛いんじゃねえだろうな」

腰を引かせた与一が、歯科助手の女性に尋ねていた。その目の縁には涙の水溜まりができている。

やがて、治療室から与一の悲鳴が聞こえてくる。拷問でも受けているかのようだ。受付の女性達も苦笑していた。

治療が終わると、与一がすっきりした顔で戻ってきた。

「おうっ、終わったぞ。行こか」

さっきとは違って上機嫌だ。あまりの豹変ぶりに文吾は呆気《あっけ》にとられた。

「……大丈夫ですか」

「何言うてんねん。ガキちゃうねんぞ。歯の治療なんかなんでもあらへん」

からからと高笑いをしている。受付の女性に目をやると、「よく言うよ」と表情と目でツッこんでいた。


「悪かったな。ほらこれやるわ」

与一が缶コーヒーを差し出した。文吾は礼を言ってそれを受け取る。

ベンチに座り、与一が旨そうにコーヒーを呑む。

歯医者を出るとまたタクシーに乗って、この公園にやってきた。ブランコにジャングルジムに鉄棒と至って普通の公園だ。わざわざ車に乗って訪れるようなところではない。

文吾もコーヒーに口をつけるが、なんだかいつもより苦く感じた。昼下がりの公園で、大人気芸人と一緒にコーヒーを呑む。このおかしな現状が味覚を狂わせているみたいだ。

与一が切り出した。

「ほんで、俺に話ってなんやねん」

騒動に巻き込まれて本題を忘れていた。姿勢を正し、声に圧力を込める。

「与一さん、あの大喜利のテスト中止にしてください」

「あっ、なんでや」

わかりやすく不機嫌になるが、文吾は頓着せずに続ける。

「一日二千、一月六万も大喜利の答えを作るなんて無茶苦茶です。あれじゃあみんなおかしくなります」

「はっ、梓がひいひい言うとるんか」

与一がおかしがる。意外にも梓の名前を覚えてくれていた。

「そうです。梓だけじゃなくてみんなそうだと思います」

「おまえ名前なんて言うた？」

「興津です。興津文吾です」

与一の目が光った。

「文吾、ええか。あれは全員をおかしくさせるためにやっとるんや」

「……どういうことですか」

「おまえ今大学生か。将来どうするんや」

文吾の問いには答えず、別の質問をぶつけてくる。

「……普通にどこかの企業に就職するつもりですが」

深々と与一が頷く。

「そうや。それがまっとうな人間が選ぶ道や。でも俺ら芸人は違う。こんな仕事、世の中にあってもなくてもええ。ただの娯楽なんやからな」

そうではないとは文吾も強く否定できない。

「俺らはそんなどうでもええ仕事で飯を食うとる。だからその分他の仕事に就いているやつらより覚悟が求められる。この世界で生きるいう覚悟がな」

与一が何を言いたいかわかりはじめてきた。

「文吾、俺が今日なんで歯医者に行ったかわかるか」

また急に話が方向転換した。

「虫歯か何かですか？」

「虫歯なんかあるか。奥歯を抜いたんや」

文吾が首を傾げる。

「虫歯じゃないのに抜いたんですか？」

「俺はな、ネタ考えるときにこうやって歯を嚙《か》みしめる癖があるんや」

与一が眉間に力を込める。

「去年のKOMのために死ぬほどネタ考えたせいで奥歯が磨《す》り減ってもうた。それで痛み出してしゃあないから抜いてもらったんや」

「嘘でしょ……」

衝撃で体の芯が痺れた。漫才のネタとはそこまでして考えるものなのか……。

与一が陽気に笑い飛ばした。

「まあKOMチャンピオンになった代償いうやつやな。奥歯失ったぐらいでチャンピオンになれるんやったら安いもんや」

歯を抜いてまでも笑いを追究する……これが芸人の覚悟というものなのだろうか。

飄々《ひょうひょう》とした調子で与一が続ける。

「俺の好きな話があるんや。教えたろか」

「……はい」

「昭和の時代にある漫才師がおった。その漫才師は、人生すべてをお笑いに捧げとった。寝ても覚めてもネタのことを考え続けて、舞台で爆笑をかっさらいよった」

「凄いですね」

「そやろ」

与一が膝を詰め、身を乗り出した。

「そのおっさんの口癖はこうやった。『俺はワラグルや』ってな」

「ワラグル？　なんですかそれ」

「笑いに狂うって書いて『ワラグル』や。そのおっさんが作った造語やそうや」

「笑狂……」

なんて強烈な言葉だろうか。

「それからおっさんはどうなったと思う？」

「……わかりません」

「自殺した。頭がおかしくなってビルの屋上から飛び降りたそうや」

凄惨な話なのに、与一はさもおかしそうに言う。

「これは特別な話やあらへん。海外のコメディアンなんかに多いパターンは、最終的にクスリでラリって死ぬか、頭を拳銃で撃ち抜いて死ぬかや。それほどお笑いいうのは考えれば考えるほどおかしくなる。特に真面目なやつほどそうや。正解がない問題を延々と解き続けているみたいなもんやからな。まさにワラグルや」

文吾は声を失った。舞台で陽気におかしなことを喋り、客を笑いの渦に誘ってくれる。それが芸人だと思っていたが、その裏の姿はそれほどまでに凄まじいものなのか。

「まあそいつらは行き過ぎやけどな、俺ら笑いに携わる人間は、ワラグルにならなあかん。狂気の線に足を触れ、頭がおかしくなるぐらい笑いのことを考え続ける。それでやっと文吾みたいな、まっとうな人間と同等には社会の役に立てるっちゅうわけや」

「……それで大喜利の答えを六万ですか」

「そうや。芸人も放送作家も似たようなもんや。どっちもあってもなくてもええ職業やからな。そこに足を踏み込むいうんやから、それ相応の覚悟が求められる。しかも俺らの座付きを選ぶテストや。イエスマンや太鼓持ちや会議の盛り上げ役なんかはいらん。俺はワラグルしか必要ない」

放送作家になる……その梓の夢を、文吾はただ無邪気に応援していた。だが果たしてそれは梓のためになるのか。この過酷な現実を梓は本当にわかっているのか？

「おうっ、ちゃんと来たな」

急に別の声がして、文吾はふいをつかれた。

目の前には三人の子供がいた。男の子が二人で、一人は女の子だ。

男の子の一人はいかにもやんちゃ坊主といった感じで、もう一人は物静かでいかにも勉強ができそうだ。

女の子の方は目が大きくて可愛《かわい》らしい。おかっぱの頭に天使の輪っかが出来ている。二人よりは少し年が下だろうか。小学校一年生か二年生ぐらいだろう。にこにことして愛嬌《あいきょう》があるので、大人になれば男性からモテそうだ。

「おまえが来い言うたんやろが」

与一が不服そうに返した。

どうやら与一は、この子供達を知っている様子だ。

「いっつもすっぽかしよるからな。今日はちゃんと見てってや」

やんちゃ坊主がそう唇を尖らせると、「わかった。わかった。はよせえ」と言って与一が片手であしらった。女の子が地面に座り、ノートを広げる。その姿を目にして、与一がおかしそうに言う。

「梓みたいやな」

どういうことだと文吾が戸惑っていると、

「どうも、花山家です」

二人が手を叩きながら登場し、漫才をはじめた。花山家を真似て名乗っているので、与一のファンなのだろう。

見ていってやとはこの漫才のことなのだ。仕方なく文吾も見ていたが、次第に興味を惹《ひ》かれた。

見たことのない漫才だったのだ。

基本漫才はボケが荒唐無稽なことを言い、ツッコミがそれを訂正する。つまりツッコミはボケを否定し続けるのだ。

だがこの漫才は、ツッコミがボケを肯定もする。肯定と否定をくり返すという形式の漫才なのだ。

ネタ自体の質はまだまだ子供が作るものだったが、形自体は非常に珍しい。子供だから常識にとらわれない漫才ができるのだろう。

二人が漫才を終えてこちらに駆けてくる。やんちゃ坊主の方が目をらんらんと輝かせて尋ねた。

「どうやった」

「あかん。ネタうんぬんの前に基本ができてへん」

ばっさり与一が切り捨てると、二人はわかりやすいほど落ち込んだ。

与一が棒を拾い、地面に三角形を描いた。

「ええか、漫才いうのはこれや。自分、相方、客で三角形を作るんや。おまえらは相方の目ばっかり見とったやろ。それやったら線だけの漫才や」

ガリガリと一本の線を濃くする。

「そうやなくてちゃんと客に意識を向けろ。三角形で漫才をやれ」

男の子二人だけでなく、女の子も熱心に聞き入っている。手に持ったノートに三角形を描いていた。たどたどしいひらがなの字で『さんかっけい』と記しているのが愛らしい。

「まあええ。これで菓子でも買え」

ポケットからしわだらけの千円札を取り出し、与一が子供に渡した。三人が顔を輝かせ、立ち去っていく。

ほのぼのとした気持ちになり、文吾が機嫌よく言った。

「可愛いですね。与一さんのファンですか」

「別にファンちゃうやろ」

「だって『どうも、花山家です』って言ってましたよ」

「そりゃあいつらも苗字《みょうじ》『花山』やからな」

「えっ、どういうことですか？」

「あの生意気そうなやつは俺の息子の『三宝《さんぼう》』や」

さらりと与一が答えると、文吾は面食らった。

「えっ、与一さんお子さんおられたんですか？」

そういえば与一と三宝は雰囲気がそっくりだった。

「俺は若い頃結婚してすぐあいつができたんや」

「……じゃあもう一人の男の子は？」

与一が不敵に笑った。

「聞いて驚くな。あれは和光の子供の『左京《さきょう》』や」

「和光さんのですか？」

和光は与一の兄で相方だ。和光の子供は、和光とはちっとも似ていない。

「俺らは世にも珍しい早婚・子供ありの芸人やからな。血っていうのは恐ろしいで」

なぜか感慨深げに与一がうなっている。あの二人はいとこなのだ。

「じゃああの女の子もお子さんですか？」

「違う。あれは近所のお笑い好きの子供や。おまえの彼女みたいなもんやな」

それでさっき梓みたいだと言っていたのか。笑いの聖地大阪だと、あんな女の子もいるのだろう。

「あいつら去年俺らがKOMチャンピオンになったら、俺らも漫才師になってKOMチャンピオンになるって言い出して、毎日この公園で練習しとるんや。ほんまはた迷惑な話やで」

苦り切った顔で与一が言い、文吾が首をひねった。

「……迷惑ですか」

「当たり前やろ。苦労するのはわかっとるからな」

「漫才教えているときは嬉しそうに見えましたけど……」

面白くなさそうに与一が鼻を鳴らした。

「子供がやりたいことを止める親にはなりとうないからな。早めにやっとったら見切りもはよできるやろ」

勢いよく与一が立ち上がる。

「最後に歯医者付いてきてくれた礼や。テストのヒントをやる」

弾けるように顔を上げげ、文吾は次の言葉に神経を集中させる。

「梓に言うとけ。これは大喜利のテストやない。放送作家のテストやってな」

どういうことだ？　同じではないか？

「じゃあな」

そう手を振ると、与一が去って行った。

10

「お願いです。新ネタを作らせてください」

凛太はラリーに頭を下げた。その隣では優が見守っている。事前にラリーに頼むことは了承してくれていた。

もうＫＯＭの一次予選がはじまっていた。来月にはアカネゾラが参加する二回戦が行われる。あと一ヶ月の猶予もない。アリネタでは準決勝進出すら危うい。

ラリーが表情を変えずに尋ねる。

「今から新ネタを試して間に合うと思うのか？」

「間に合わせます」

もう新ネタを磨く時期は逸しているが、背に腹は代えられない。

「今から二本作れるのか」

ＫＯＭの決勝は十組のコンビで競われる。その中の三組だけがラスト・トライアルに進出し、もう一本ネタを披露する。つまり優勝を狙うにはネタが二本必要になる。

ここがＫＯＭの過酷なところだ。ＫＯＭチャンピオンになる難しさがその一点だけでもわかる。

「……とりあえず一本だけでも」

今のアカネゾラは二本どころか、一本すらない。

新ネタを作らせなかったラリーのせいにしたかったが、優と組み直した時点ですでに機を逸している。とにかく時間が足りなすぎた。

ラリーが唐突に訊《き》いた。

「加瀬、今城、理想の漫才とはなんだ？」

あまりに急で本質的な問いに、凛太と優は戸惑った。なんと答えていいものか二人で顔を見合わせていると、ラリーが自身で答えた。

「教えてやる。それはただ二人が話しているだけで笑える漫才だ」

異論はない。凛太もそんな漫才をしてみたい。

「その漫才を完成させるのに必要なものはなんだ。わかるか？」

「ニンですね」

優が即答する。それはラリーがアカネゾラに求めたものだ。

「そうだ」

ラリーが小さく頷く。

「それともう一つが経験と時間だ。板の上に立った回数でニンが熟成され、それが漫才師の味になってくる。人間味というやつだな。その段階に至れば、芸人を見るだけで客の方は笑いが込み上げてくる。若手漫才師ならばウケないボケでも、客は手を叩いて笑ってくれる」

フレーズだけをとれば、若手漫才師の方が切れ味がよくセンスのある言葉を口にできる。なのにベテラン漫才師には、笑いの絶対量で負けてしまうことがある。これが芸の年輪というやつだろうか。漫才とは不思議なものだと凛太はつくづく思う。

「だがKOMは十五年未満という芸歴に制限のある戦いだ。当然そんな域に到達できるコンビはいない。じゃあどうすればいい？」

「ニンを使ったシステムで勝負する」

凛太がきっぱり答えた。熟成されきっていないニンを補完するために、システムやパッケージを使えばいい。

ただ凛太はシステムのことばかりに頭を使いすぎて、ニンを失念していた。ニンが一番重要な、漫才の芯なのだ。

「……ただそのシステムが思いつかないんです」

毒舌漫才は凛太と優のニンが十二分に出た漫才だが、爆発力に欠ける。ネタの羅列になって、笑いの波を大きくしにくい。

その長年の問いに、ラリーが簡潔に答えた。

「漫才コントにする」

「漫才コントですか？」

漫才コントとは、漫才の中でコント設定に入るものだ。ストーリーが作りやすいので漫才が展開しやすく使い勝手がいい。多くの漫才師が採用している形だ。

「……ただ漫才コントは」

顔をしかめて言葉を切る。

凛太は、何かの役になりきるのが苦手なのだ。だからコントはまったくできない。コントに比べて漫才コントは演者の素に近いが、それでも凛太には無理だった。

だからアカネゾラもリンゴサーカスもしゃべくり漫才だった。しゃべくり漫才ならば、凜太の卓越した漫才の技術力を生かせるからだ。

「おまえが漫才コントが苦手なのはわかってる」

するとラリーがかばんから原稿を取り出した。それを凜太と優に手渡す。題名を見て、凜太は全身が痺れた。

それはアカネゾラの漫才台本だった。

「ラリーさんが新ネタを書いてくれたんですか」

「俺は書いていない。おまえらが書いた」

そんな覚えはない。

「どういうことですか？」

「読めばわかる」

困惑する凜太をラリーが急かした。

目を原稿に戻して読み進める。すぐにラリーの狙いに気づき、声を漏らした。

「クレーマー……」

凜太がクレーマーになる漫才コントだった。

優が感嘆の声を上げる。

「なるほど。これだったら役に入ることなく、素の凜太でも漫才コントに入れる。こいつ、マジでいっつもクレーマーみたいなことばっかり言ってますからね」

「誰がクレーマーや。俺は正当な意見を述べてるだけやろ」

不満をあらわにすると、ラリーの顔が険しくなる。

た。

「誰が即興で漫才をしろと言った。いいから早く読め」

二人で原稿を読むと、凜太はついうなり声を漏らした。

ネットカフェを訪れたクレーマーの客の話だが、その内容は凜太が普段愚痴っていることだった。

凜太と優がここで延々とやっていた世間話を元にしたネタだ。ネタはおまえらが書いた。ラリーのその言葉の真意はそこにあった。

しかもあの雑談の無駄な部分が丁寧に除かれ、きちんとネタにまで昇華されている。文豪の原稿は一言一句変える隙がないと言われるが、まさにそんな感じだ。原稿を読むだけで、自分たちが舞台で演じている姿が完璧に思い描ける。

漫才に関しては自分の右に出る者はいないと凜太は自負しているが、この原稿の完成度には舌を巻いた。

ラリーが補足する。

「システムというほど大げさなものじゃないが、これがおまえらのニンに一番合った形だろう。そしてこの漫才の利点が何かわかるか？」

「二本目が楽にできることです」

自分で言って思わずぞくぞくとした。クレーマーならば場所を変えるだけでネタを量産できる。しかも一本目と二本目のネタは、ＫＯＭではなるべくテイストを揃えた方がいい。一本目の爆発力を二本目でも持続できるからだ。これならばその条件にも当てはまっている。

「ラリーさん、本当に俺たちを優勝させてくれる気だったんですね」

高ぶった声で尋ねると、ラリーがこともなげに返した。

「当たり前だ。俺が付くということは、優勝を狙うということだ」

まさに優勝請負人にふさわしい言葉だった。

「わかりました。じゃあこのネタを死ぬ気で練習します」

完成度の高い原稿だが、凛太も負けていられない。これをさらにウケるように仕上げてみせる。

自分の対抗心が沸く作家がこの世にいるなんて信じられない。

だがラリーが、燃える意欲に水を浴びせる。

「ダメだ。練習はするな。台本を頭に入れる程度でいい」

「……なぜですか」

ネタを固めなければKOMでは通用しない。

「いいから練習するな。わかったな」

ただラリーの意図には薄々気づいた。練習を禁じられたことで、凛太はのびのびと漫才ができた。あの空気をKOM本番で再現しろ。そう言っているのだ。

「わかりました」

凛太はそう了承した。

11

「マルコ、めっちゃ調子ええなあ」

馬刺の大空《おおぞら》が声をかけてくる。童顔で背が低いので小学生に話しかけられた気分になる。ランドセルが似合う芸人ナンバーワンだ。

馬刺は、マルコと同期のコンビだ。同期で一番売れていて、去年のＫＯＭで決勝進出するという快挙を成し遂げた。優勝は惜しくも花山家に奪われたが、今年のＫＯＭ優勝候補でもある。

馬刺の漫才はマルコは大好きだ。大空の相方の伊鈴《いすず》は、大空とは対照的に巨漢だ。見た目はフランケンシュタインそっくりで、とにかくキャラクターがある。あの感情が一切見えない伊鈴の独特なボケと、大空のキレのあるツッコミで、関西の漫才新人賞を総なめにしている。

キャラも強いし漫才の腕もあるのに、馬刺はさらに強烈な武器を持っている。

それが熊本弁だ。大空も伊鈴も熊本出身で、熊本弁で漫才をする。だからコンビ名が熊本名物の馬刺なのだ。

方言漫才は他の漫才師と差別化できるので印象に残りやすい。

マルコが指でバツを作った。

「馬刺は今年は『バイ』禁止やぞ」

バイは熊本弁の代名詞だ。

だいたいマルコからすれば、馬刺は卑怯《ひきょう》すぎる。武器を持ちすぎだ。同期でこんな怪物コンビがいたら、こっちの立つ瀬がない。

大空が不敵に肩を揺らす。

「アホか。バイ取られたら翼もがれたようなもんやろが。バイもモンもガンガン使うバイ」

「おい、禁止って言ったやろが」

マルコが声を荒らげると、大空が大笑いした。

今日はＫＯＭの二回戦だ。

二ヶ月にわたって行われた一回戦が終わり、秋になった。二回戦はシード組が参加してくる。

準決勝進出経験のある強者がここから登場してくるのだ。

会場に入ると、見知った芸人ばかりだ。素人参加者で二回戦まで上がれるものはほとんどいない。楽屋に入ると凛太と優がいた。そうか、アカネゾラは準決勝進出経験があるので二回戦からなのだ。

側にいた大空が目を丸くして声を漏らした。

「ほんまにアカネゾラさん復活してるやん」

芸人界隈《かいわい》にはその噂《うわさ》は広まっている。ただアカネゾラはナンゲキには出ていないので、再結成後のネタを見た芸人はほぼいない。この中ではマルコぐらいだろう。

二人はもう出番なのかスタッフに呼ばれ、舞台袖に向かった。

「どんなネタしはるんやろ」

大空がうきうきと声を弾ませる。そういえばこいつもアカネゾラが好きだった。

いつの間にか、舞台袖に他の芸人達が集まっていた。同期も後輩も先輩もいる。大空以外の決勝進出者組や優勝候補と名高いコンビもいる。

アカネゾラはこれほど評価されていたのかとマルコは改めて感じた。子供時代から培った凛太と優のしゃべくり漫才は、若手芸人の憧れだった。

若手漫才師は誰しもああいう漫才をしてみたいとまずは思う。けれど不可能だとあきらめ、それぞれの能力に合わせた漫才をするようになる。

だからこそみんなアカネゾラの凋落《ちょうらく》に失望し、その解散を残念がった。アカネゾラのような毒舌漫才はもう時代に合わない。ナンゲキの芸人が全員そう感じたほどだ。

だがその堕《お》ちた実力派コンビが、四年ぶりに復活した。その復活劇を目撃したいとこれだけの芸人が集まっているのだ。

「なんかこっちが緊張してきたわ」

大空が期待しすぎなので、マルコは気の毒になった。

「……あんまハードル上げん方がええぞ」

「なんでや」

「アリネタやりはるだけやから」

あれからアカネゾラと何度かライブが一緒になったが、全部以前やったことのあるネタだった。

すると大空が笑って一蹴する。

「そんなわけあるか。加瀬凜太やぞ。アカネゾラやぞ。あの漫才狂いがKOMの本番に、四年前のアリネタなんか持ってくるわけないやろ」

その瞬間、マルコの脳裏にダンボール机が浮かんだ。あの机にかじりつく凜太の姿が……。

本当だ。大空の言う通りだった。とっつきにくく敬遠されてはいるが、凜太の漫才に対する情熱は誰もが認めている。生粋のKOM馬鹿だ。

「どうも、アカネゾラです」

アカネゾラが登場するや否や、マルコは血が沸き立った。

アリネタじゃない……。

見たことがない。新ネタだ。しかも漫才コントに入っている。アカネゾラはもちろん、凜太が漫才コントに入るのをはじめて目にした。

凜太がクレーマーとなり、無茶苦茶なことを言い出す。大喜利のボケのように飛びすぎていないし、かつ当たり前のことでもない。地に足付いたクレームなのだ。わかるわかるという賛同と、そんなやつおるかという否定の狭間《はざま》を的確についてくる。

クレーマーの役に入っているが、凛太はいつも通りの凛太だ。そう、あの人はあんな感じの嫌でおかしな人なのだ。ネタの中身と人格が一致し、笑いが増幅される。

その自然体で放たれるクレームボケを、優がさも迷惑そうにさばいていく。その表情も、徐々に苛々が増していく感じも最高だ。なぜあんな風に、階段を一段一段上がるように感情を塗り重ねられるのだ？　しかもそれを、完璧なリズムと間でツッコんでいる。同じツッコミとして嫉妬で狂いそうになるほどの技術だ。

その毒っ気たっぷりのボケに、周りの芸人達は大笑いしている。ここがKOMだと忘れているような雰囲気だ。

芸人は笑うが客はひいてないか？　そう思って耳を傾けると、客席からも笑い声が起きている。凛太本人の想いや思想が込められたボケなのだが、クレーマーという役がうまく中和してくれている。毒をオブラートに包んでくれているのだ。

しかもマルコが欠点に感じていた単調さが、この形では消えている。きちんと笑いの波が描けている。

ラリーがホワイトボードに書いた、あのKOM必勝の上昇カーブとアカネゾラの漫才が合致していた。

「もうええわ」

優がツッコミ、アカネゾラのネタが終わった。

そうか、二回戦は二分なのだ……。

もう終わったのかと呆然とする気持ちと、まだ見たかったという飢餓感と、こんなにウケられたらあとやりにくくて仕方がないという苛立ちが、胸の中で暴風を起こしている。

「凄かったな……」

大空が唖然とした顔でそう漏らした。

他の芸人達を見ると、みな複雑そうな面持ちをしている。

実力派コンビ復活、新たな優勝候補誕生――そんな見出しのついた新聞の号外が、頭の中でまき散らされているような感じだ。

負けるかも……そう認めかける寸前で、マルコは慌ててかぶりを振った。違う。そうじゃない。

「アホか、優勝は俺たちじゃ！」

マルコが突然叫び、大空が飛び上がった。

「アホはおまえじゃ。耳死んだかと思うたバイ」

ふうふうと鼻息を荒くしながら、マルコは壇上の二人を凝視していた。

12

「梓、梓……」

文吾は激しく動揺した。

与一と別れて家に戻ると、梓が死んだように床で倒れていた。ぎょっとして揺すり起こすと、梓は気だるそうにまぶたを開けた。

「ごめん。寝ちゃってた……」

よかったと全身を脱力させ、文吾は優しく注意した。

「こんなところで寝たらダメだよ」

「ごめん」

梓のねぼけ眼が急激に見開かれる。

「そうだ。大喜利」

跳ね起きてパソコンにかじりつこうとするのを、文吾が止める。

「……梓、もういいよ」

「いいって何が……」

きょとんとする梓に、文吾は意を決して切り出した。

「放送作家はあきらめよう……」

与一の話を聞いてからずっと考えていた。与一が住むあの世界は、あまりに過酷すぎる。しかも梓は女性なのだ。とても足を踏み入れる場所ではない。

困惑を帯びた声で梓が訊いた。

「なんで急にそんなことを言い出すの？」

「……ごめん。俺、さっき与一さんに会ってたんだ」

「与一さんに、なんで？」

文吾が事情を説明すると、梓は静かに聞いていた。そして与一から伝えられた、お笑いを仕事にする厳しさを教える。

険しい顔で、梓がくり返した。

「ワラグルか……」

文吾が一番印象に残った話だ。笑いに狂う……なんて残酷な言葉だろうか。

「そんな世界に梓が飛び込むのを俺見てられないよ。お笑いって見ているのが一番だよ。作る側になる必要はない」

二人で一緒に劇場に行き、ラジオを聞き、テレビを見て笑う。それで十分楽しい人生を送れる。それが賢い選択だ。

すると梓が、やけに澄んだ声で言った。

「……ねえ、私が放送作家を目指したきっかけってまだ言ってなかったよね」

「うん」

「中学生の頃ね。私いじめられてたんだ」

あまりにあっけらかんとしていたので、一瞬戸惑った。

「いじめられてた？　梓が」

信じられない。梓は明るくて、誰からも好かれるタイプだ。

「そう」梓が神妙に頷く。「靴を隠されたり、陰口をたたかれたりっていうのはもう日常茶飯事。トイレに入ってたら上から水をかけられたり、体育の時間には制服をズタズタに切り裂かれたりしたの」

想像よりもひどいいじめだ。

「それが辛《つら》くてね、私自殺しようとしたんだ」

「じっ、自殺」

一瞬で血の気が引いた。文吾の反応に驚いたのか、梓が慌てて言葉を添える。

「自殺っていっても中学生の頃のことだからね。あの頃ってよく言うじゃない。たいしたことがなくても死にたいって」

「……そんな辛いいじめ、たいしたことに入るよ」

「まあ言われてみればそうかな」

そこで梓の顔に陰が差した。

「でもこの世界から逃げ出したいっていうのもあったけど、自殺していじめたやつらに復讐《ふくしゅう》したいっていうのもあったんだ。クリスマスイブの日に死んでやるって」

「なんでクリスマスイブなの」

照れたように梓が頭を掻いた。

「なんか、かっこいいかなって。雪の降りしきる中、道端で一人倒れる美少女みたいなね」

そういえば文吾にも似たような経験がある。思春期特有のものだ。

「それでどうやって死のうかと思っているときに、ふとテレビで漫才がやってたの。なんとそれがKOMだったの」

そうか。その年もクリスマスイブがKOMの決勝だったのか。

「うちの家って親が厳しくて、お笑いとかバラエティー番組を一切見せてもらえなかったんだ。でもちょうどそのとき二人とも仕事でいなくて、偶然KOMを見ることができたの」

「それでどうなったの？」

「笑いと感動の嵐」

これでもかと言うほど梓が満面の笑みになる。

「あのとき私、はじめて漫才を見たの。漫才があれほど面白いものだなんて思いもしなかった。そして芸人さん達の熱い戦いを見て感動したんだ。そのとき優勝した芸人さんが泣いているのを見て、私もわんわん泣いちゃったの」

当時を思い出したのか、梓の目が涙で潤んでいる。

「笑って泣いて番組が終わったら、もう自殺しようなんて気持ち綺麗さっぱりふっ飛んでた」

「そうなんだ」

梓と最初に出会ったときの光景が脳裏をよぎった。バイトをさぼってKOMを見ていた際のあの梓を。その表情は興奮と感激で光り輝いていた。そのまぶしい笑顔に、文吾は魅《み》せられたのだ。

「そこで思っちゃったんだ。お笑いって凄いって。とんでもないって。だって人が死ぬのを止めちゃう力があるんだよ。人生を一変させちゃうんだよ」

「ほんとだね」

「それでお笑いに夢中になっていったら、いつの間にかいじめも消えてたの」

「だから梓はお笑いの仕事をやりたいと思ったんだ」

「うん。その流れで芸人さんのラジオも聞くようになって、放送作家っていう仕事があるって知ったからね」

「そうなんだ……」

知らなかった。ただお笑いが好きだから放送作家を目指している。そんな単純明快な理由しかないと思っていた。

梓のその夢には、お笑いへの、KOMへの感謝が込められていたのだ。

そして梓は、自分を救ってくれたように、今度は自分が救う側になりたいと願っている……その純粋で無垢《むく》な祈りが、文吾の胸を強く打ちつけてくる。

真顔になった梓が、にじり寄って頼んできた。

「ブンブン、だから私、どうしても放送作家になりたい」

その瞳には一点の曇りもない。

「笑いには人を助ける力がある。自殺を思い止《とど》まらせるくらいのとんでもない力が。でも力を得るには代償を払う必要があると思うの。ワラグルになるぐらいのね」

「……でも、俺、梓にそんな辛い想いをして欲しくないんだ」

何が、何が梓にとって、かけがえのない俺の大切な人にとっての幸せなんだろうか。梓にずっと笑顔でいてもらうために、自分は何をすればいいんだろうか。もうなんだかわからなくなる……。

その文吾の葛藤をふき飛ばすように、梓が力強く言った。

「大丈夫。私は一人じゃない。ブンブンという相方がいるんだもん。好きな人が隣で一緒に笑ってくれるんだもん」

「相方……」

その言葉が、文吾の胸で火花のように光り弾ける。

「そうだよ。与一さんに和光さんがいるようにね。だから私もブンブンがいるから頑張れるんだ」

「そうか、そうだよね」

そこで文吾ははたと気づいた。

大変だからあきらめた方がいい。そんな助言など、ただの自己満足の愛と思いやりでしかない。自分には覚悟が足りなかった。どんなに茨《いばら》の道でも梓が望んで進みたいというのならば、一緒に歩むべきなのだ。共に道を進む覚悟が文吾には求められている。

文吾は腰を据えて言った。

「わかったよ、梓。やっぱり放送作家を目指そう」

「うん」

梓が弾けるような笑顔を見せる。その屈託のない笑みには、喜びと気合いがみなぎっていた。

「俺、コーヒー淹《い》れるよ」

梓を支えると決心したが、とりあえずこれぐらいしか思いつかない。

インスタントコーヒーの粉をマグカップに入れてお湯を注ぐ。そのかぐわしい匂いでふと思い出した。

「そういえば与一さん言ってたよ」

与一と一緒にコーヒーを呑んでいたからだろう。香りには記憶を呼び覚ます効果がある。

「何を？」

「これは大喜利のテストじゃなくて、放送作家のテストなんだって」

意味はわからないが、梓に伝えておけと与一から言われていた。

「……放送作家のテスト」

放心したように梓がくり返すと、突然飛び上がった。

「なるほど。そういうことか」

「何、なんなの？」

戸惑う文吾をよそに、梓がパソコンを打ちはじめた。

「ブンブン、ありがとう。さすが相方兼恋人だ」

「……役に立てたんならよかったよ」

首をひねりながらも、文吾はスプーンでコーヒーをかき回した。

13

「よしっ、やったな」

出番が終わり、舞台袖に戻ってくるや否や優が会心の声を上げる。

客が笑い弾ける顔と声が全身を駆け巡り、その摩擦熱で体中が火照っている。熱気を冷ますために、凛太は細い息を吐いた。

最高の漫才だった――。

やる前は不安で不安でならなかった。噛んだらどうしよう。ネタがとんだらどうしよう。心配が胃酸の弁を開いたように分泌され、空えずきが止まらなかった。

凛太は心配性だ。だからその不安の穴を埋めるために猛烈に稽古をする。その練習量だけが不安をかき消す特効薬だった。

なのに今回ラリーに練習を止められた。台詞を覚える程度のネタ合わせしか許されなかった。しかもここで失敗すれば芸人人生が終わるのだ。ネタの完成度もラリーへの信頼もあるが、不安で夜も寝られなかった。何せ漫才の勉強を止められているので、子守歌代わりの漫才も聞けない。

だがそれは杞憂《きゆう》に終わった。それどころか芸人人生でこれほどウケたのははじめての経験だった。

練習できなかったのでもうやぶれかぶれだった。拙さを熱量で補う。本音をさらけ出し、感情を声に乗せる。それしかできなかった。

それは優も同じだった。本気で困り、本気で戸惑い、本気でツッコんだ。子供時代の漫才を、香ばあちゃんの前でやっていた漫才をしていたような心持ちだった。

それが信じられないくらいウケた。

アカネゾラは面白い。そう評されていた一方、失敗もないが大成功もないコンビと言われていた。スベることもないが、会場が揺れるほどの爆笑をかっさらうこともない。

なのに今日は大爆笑を起こした——。

もちろんネタが破格によかった。毒舌漫才をクレーマーというオブラートにくるんだことで、抵抗感なく客が受け入れてくれた。

漫才のシステムを一変させるような発明や、独自性のあるものではない。なぜ自分が思いつかなかったのかと悔しく感じるほどシンプルな設定だ。

そして一番の勝因は、確かに練習をしなかったことだ。

ネタを固めることが不可能だったので、そのままの自分をぶつける他なかった。クレーマーを演じるのではなく、自分の根っこにあるクレーマー気質をさらけ出した。

優はそれをうまく扱い、笑いに変えてくれた。お互いの視線が交錯し、目の奥で奏でられる感情の旋律を読み合った。目だけではない。声の震えで、肌で、息づかいで優が次に何をするかが手に取るようにわかった。

ＫＯＭに挑むのに練習をしていないという危機感で、すべての感覚が強制的に何段階も上に引き上げられた気分だ。まるで即興で演奏する超絶技巧のピアニストの連弾のようだった。

凛太は感極まったように言った。

「優、ラリーさんいう人はほんまに凄いな」

今日のアカネゾラの覚醒を、ラリーの慧眼《けいがん》だけが見抜いていた。ＫＯＭ本番でこれができるとラリーだけが信じていたのだ。

「ああ」

優が笑顔で頷いた。

廊下に出ると、他のコンビが凛太達を見る視線が違っていた。衝撃と驚異と羨望の糸で編まれたようなまなざしを浮かべている。爆発的にウケた芸人だけに向けられるあの視線だ。

マネージャーの小鳥が対面からやってきた。訊かなくても、見てくれていたのがわかる。顔が喜びと興奮で上気し、足を弾ませながら近寄ってくる。

「二人ともほんとに凄かったです。面白かったです」

予想以上の声量だったので、凛太はぎょっとした。何事かと通り際のスタッフがこちらを盗み見ている。

とっさに小鳥が口元を手で押さえ、声を潜めた。

「最高でしたよ」

そのばつが悪そうな笑顔に、凛太はどきりとした。急速に胸の鼓動が高鳴る。舞台のときとはまた違う種類のリズムで、心臓が胸の裏側を叩いてくる。

「ありがとうございます」

優が先に反応し、凛太もはっとなって礼を述べた。

きょろきょろと周りを見て誰もいないことを確認し、小鳥が切り出した。

「私、夢があるんですよ」

「なんですか？」

小首を傾げる凛太に、小鳥がうきうきと答えた。

「担当している芸人さんがＫＯＭに優勝して、私のスマホにテレビ局からの出演依頼が殺到するんです。それでスケジュール帳をまっ黒にするんです」

スマホを耳と肩で挟み、スケジュール帳を書く仕草をする。

「ああ、ありますね」

優が相槌《あいづち》を打つ。優勝後のチャンピオンは殺人的なスケジュールになり、マネージャーも大忙しとなる。その光景は凜太もテレビで見たことがある。

「あの漫才を見て今年夢が叶《かな》うんだって気持ちになりました」

小鳥が満面の笑みになり、また凜太の心臓が騒ぎはじめる。

「気が早いですよ。まだ二回戦ですよ」

優が目を細め、小鳥が訂正する。

「そうですね。プレッシャーになっちゃいますね。今のなしにしてください」

小鳥が立ち去ると、優が肘で凜太をつついた。

「おい、好きな人の夢叶えたれ」

「なっ、何言うてんねん。マネージャーやぞ」

自分でもびっくりするほど取り乱してしまう。

「優勝したら禁断の恋も事務所が見逃してくれるやろ」

「アホか」

くそっ。小鳥へのほのかな恋心など他の人間にはわかるはずがないが、優には簡単に察知できるみたいだ。

「おまえも言うたやろ、まだ二回戦や。油断するな」

ゆるんだ気をすぐに引きしめる。小鳥に褒められ、慢心が顔を覗かせていた。

大爆笑を取った漫才が、別の舞台ではスベるなんていうのはよくあることだ。漫才とは生ものなのだ。一度ウケたからといって二度目も三度目もウケるとは限らない。

「そやな」

気持ちを入れ直した凛太は優にさらに注意を投げる。

「あとそんなこと言ったら殺されるぞ」

「事務所にか？」

「あいつや」

凛太が顎で廊下の奥を示すと、そちらに目をやった優がびくりと肩を跳ねさせる。

絵に描いたような光景だった。半身だけを覗かせたマルコが、今にも泣きそうな顔でこちらを見ている。その目には濃厚な恨みがたっぷり込められていた。小鳥とのやりとりを一部始終見られていたようだ。

14

「明日は準々決勝だ」

いつものフラットな声でラリーが言い、マルコと鹿田は短く返事をした。

キングガンは二回戦も突破した。一回戦と同じぐらいウケて文句なしの通過だった。

どこからかラリーもその舞台を見ていたようだ。修正点をこれでもかというほど上げられて、地獄の稽古を終えたところだ。

「おまえたちは準決勝に上がったことがないんだな」

「……はい」

今度の返事には悔しさがにじんだ。キングガンは毎年準々決勝の壁にはばまれている。

「行けますよね。俺ら今年は準決勝行けますよね、ラリーさん」

かぶりつくように鹿田が尋ねると、ラリーがゆったりと頷いた。

「ああ、行ける」

愛想も素っ気もない口ぶりだが、逆に真実味がある。準決勝に行ければ仕事が増える。バイト暮らしからもおさらばできるだろう。

「何を喜んでいる。準決勝に行けばバイトを辞められるかもしれんが、そこで終わればおまえらは芸人引退だ」

見事にマルコの心の内を見透かされた。そうだった。決勝進出が果たせなければ、バイトを辞めるどころか芸人人生は幕を閉じる。

「じゃあ決勝は、決勝は行けますか」

唾を飛ばさん勢いで鹿田が重ねると、ラリーが黙り込んだ。表情は変わらないが、何か悩んでいるのがわかる。

やがてラリーが短く言った。

「微妙だな」

「微妙？」

マルコは血の気が引いた。

「ちょっと待ってください。優勝させてくれるんやないんですか。約束がちゃうやないですか」

「やかましい。その勝率をこれから上げるんだ」

苛立つラリーに二人が姿勢を正した。

しばらく待っていろとラリーが命じて五分ほどすると、稽古場の扉が開いて何者かが入ってきた。

その姿を見て、マルコの胸が一瞬でときめいた。

「すみません。お待たせしました」

小鳥があらわれた。むさ苦しい地獄の空間に、天女が降臨したようなものだ。小鳥の背後には、トランペットを吹いている天使の子供まで見える。

「吹石さんどうしてここに？」

マルコが尋ねると、小鳥が笑顔で声を弾ませる。

「喜んでください。キングガンさんにネタチャレのオファーが来たんですよ」

「マジですか！」

鹿田が目を白黒させる。

ネタチャレは全国ネットのお笑い番組で、若手芸人がネタを披露する番組だ。全国ネットでネタをできる機会など、キングガンにはこれまで皆無だった。ＫＯＭ同様、ネタチャレで活躍して売れた芸人は数多い。

「なんで急に俺らにオファーが来たんですか」

活躍するどころか、謹慎で何の仕事もできなかったのに。

「ラリーさんが番組に推薦してくれたんですよ」

ジャーンという感じで小鳥がラリーに向けて腕を広げる。まずはその可愛い仕草の方にマルコは心が奪われた。やっぱり大好きだ……。

「ラリーさん、ネタチャレのスタッフにそんなコネあるんですか」

鹿田の叫び声で、マルコは正気に返る。ラリーがうるさそうに顔をしかめた。

「そうだ」

そこでマルコは気づいた。

「なるほど。俺たちの認知度を準決勝までに高めようってことですね」

キングガンのキャラが世間にもっと広まっていたら、おまえらは強いんやけどなあ。以前先輩にそう言われたことがある。

ラリーが認める。

「初見ではおまえ達はインパクトが強すぎるからな、引く客も多い。こういう芸をするコンビだと客が事前にわかっていたらＫＯＭで有利になるはずだ」

やはりそうだ、とマルコはにたりとする。

「一回戦と二回戦のＫＯＭの評判もネタチャレのスタッフに伝わってたみたいです。よかったですね」

無邪気に喜ぶ小鳥に、マルコは骨抜きにされる。準決勝進出、いや優勝すればもっと小鳥を喜ばせることができる。

乾いた声でラリーが命じた。

「ネタチャレでは寿司屋のネタをやれ」

「寿司屋ですか？」

あのネタはまだ仕上がりきっていない。

「そうだ。寿司屋で行け」

「わかりました」

不審がりながらもマルコは呑み込んだ。ラリーのことだ。何か理由があるのだろう。

15

文吾は部屋の中を見回した。

最初はこの部屋いっぱいに作家ＫＯＭの参加者がいたが、一ヶ月半が経った今そのほとんどが消えた。

ただ人は少なくなったが、部屋の熱量は減っていない。むしろあのときよりも増加しているだろう。

今、ここにいる人間はある共通項を持っていた。それは目だ。どの目もまっ赤に充血し、その下には隈ができている。ただその瞳は、静かな炎で揺らめいている。

六万——。

それだけの答えを編んだものにだけ宿る、紅蓮《ぐれん》の炎だ。二次審査の一ヶ月間彼らは笑いの修羅と化し、ひたすら格闘してきた。ワラグルと化すために……。

優勝候補の一角であるトリモチトレヘンの龍太郎、元芸人の春野、そして大喜利チャンピオンの横井ノビノビ。さすがの彼らにもこの一ヶ月の激闘の跡が窺えるが、他の面々よりは余力がありそうだ。横井にいたってはわざとらしく口笛さえ吹いている。よほど自信があるみたいだ。

隣にいる梓は、清々《すがすが》しい面持ちをしていた。すべての力を出し切ったのだ。どんな結果が出ても悔いはない。梓はそう言っていた。

制限期間ギリギリで六万分の回答を梓が送信したとき、文吾は思わず歓喜の雄叫《おたけ》びを上げた。

「梓、やったね」

喜びを爆発させるように言うと、梓が唇を固く引き結んで首を横に振った。

「まだだよ、ブンブン。これからが勝負だよ」

その梓の迫力に、文吾は息を殺した。梓の視線は優勝だけに向けられている。それがわかったからだ。

扉が開いて、与一と上野があらわれた。与一は何ら変わらないが、上野には疲労が色濃く見えている。

六万もの答えを見るのはさぞかし大変だっただろう。スタッフと手分けして精査したに違いない。

与一が無造作に座り、睨《ね》めつけるように辺りを見回した。

「全員ええ顔になったな」

ワラグル化への第一関門はクリア、そんな感じだ。

「じゃあ早速、合格者を発表する」

ねぎらいや前置きは一切ない。

「まず六万回答できなかったやつは当然不合格や」

残酷な口ぶりで与一が告げると、何人かが肩を落とした。

「はっ、数も達成してないのによう ノコノコ来れるな」

横井が侮蔑の言葉をぶつけるが、与一は無視して続ける。

「合格者は三名。三名の名前を今から言う」

緊迫感が一瞬でこの部屋を支配する。酸素が急速に奪われたように、文吾は呼吸ができなくなった。

三名ということは、実質二名だろう。なぜならば横井はほぼ確定しているのだから。

「まずはトリモチトレヘン・杉山龍太郎」

龍太郎が軽く会釈する。まずは一人……。

「もう一人、春野風太」

その名が呼ばれた瞬間、冷たい絶望が文吾の胸を刺した。横井以外の二人が呼ばれた……ということは、梓は失格だ。

膝に置いていた梓の手に力が入るのが横目で見て取れた。あれだけやったのにという虚無感と、どう慰めようかという悩ましさとで、文吾の頭はまっ白になる。

「最後の一人は、マジカルナイフ・千波梓」

あれっ、どういうことだ?

与一が梓の名前を呼んだことはわかったが、それが何を意味するのかがわからない。

すると机の下で、梓が自分の膝で文吾の膝を叩いた。はっとして顔を向けると、梓が文吾にだけわかるように口角を上げた。

合格だ。梓は二次テストを通過した。喜びの声が漏れそうになったが、懸命にそれを押しとどめる。

「以上や。三人には最終審査を受けてもらう」

与一がそう告げると、横井が猛然と立ち上がった。

「ふっ、ふざけんな！」

怒気のあまり、顔が火膨れしたようになっている。

「俺の答えが、こいつらよりおもんなかったっていうんか」

「いや、おもろかったよ。さすが大喜利チャンピオン。ねっ、上野さん」

与一が呼びかけると、上野がにこにこと返した。

「うん。横井君のはよかったね」

「じゃあなんで……」

肩すかしを食らったように横井が呆然とした表情で問うと、トリモチトレヘンこと杉山龍太郎がぶっきらぼうに答えた。

「これは放送作家を決めるテストだろ。大喜利チャンピオンを決めるテストじゃないからね」

あっと文吾は声を漏らしそうになる。そういえば与一がそんなことを言っていた。

「その通り」

与一が軽快に杉山龍太郎を指さしたが、横井はまだ困惑している。

「……どういうことや」

呆《あき》れ混じりに与一が返す。

「まだわからんのか。これは答えを見るテストやない。お題を見るテストや」

「お題？」

どういうことだ？　横井ではないが文吾も意味がわからない。龍太郎、春野、梓以外の面々もそんな面持ちをしている。

「もちろん大喜利の答えで笑いのセンスのあるなしはわかる。横井、おまえはそういう意味やったらナンバーワンやった」

「……ほならなんで」

「けどこれは作家KOMや。俺の座付き作家を決めるコンテストや。放送作家が大喜利番組出るか？」

「……裏方が出るわけないやろ」

「そやろが。放送作家の仕事は大喜利のお題を考えることや。これはある意味答えを作るより難しい。お題で答えの面白さが決まるといっても過言やない。

ボケやすく、ボケのパターンも豊富。お題の幅が広すぎず、かつ狭すぎでもない。なおかつ番組やライブが盛り上がり、芸人が思わず答えたいと奮い立つような魅力的なお題。そんなお題をおまえらが作れるかどうか。それを俺は見たかった。

横井、おまえの答えは確かによかった。芸人の中でも指折りの大喜利センスや。でもお題に関しては、他の三人よりは劣っていた。だから落としたんや」

なるほど。横井がチャンピオンになった大喜利投稿番組は、番組側が提示したお題に答えるものだった。だから答えは得意でも、お題を作る能力は劣っていたのだ。

「龍太郎、春野、梓、おまえらはそれに気づいとった。そうやろ」

そう与一が問うと、当然という感じで龍太郎が答えた。

「まあ普通に考えたらそうでしょ」

このテストならば、春野が一番の強敵だ。以前龍太郎がそう言っていたが、春野には芸人側の気持ちがわかるからだったのか。あの時点でこのテストの狙いに気づいていたのだ。

そして梓は、文吾が教えた与一のヒントでその意図を察した。

「なんや不服そうやな。横井」

与一が冷めた声で指摘した。

「……そりゃそうでしょ。大喜利のテストなんやから答えがおもろいのが一番でしょ」

納得のいかなさを、横井は前面に押し出している。

「おまえは芸人より自分がおもろいと思っているタイプや。表現力はないが、頭脳では誰にも負けない。センスは俺が一番や。そう思うとるやろ」

「それの何が悪いんですか」

「悪いとは言うてない。けれど放送作家には向いてない。裏方として芸人をサポートし、チームの一員として働けるタイプの人間やない」

横井が短く、軽蔑を込めた笑いを投げる。

「与一さん、失望しましたわ。芸人と作家がバチバチに戦っておもろいもん作ってなんぼじゃないですか。結局あんたもおべっかしか能のない作家を付けたいだけやないんですか」

「どうやろうな」

与一の間の抜けた返答に、横井が露骨に顔をしかめ、苛立ちを体中ににじませながら部屋から出て行こうとする。その丸い背中に、与一が柔らかな言葉を投げる。

「横井、おまえがなんか作るのを楽しみにしとるわ。頑張れよ」

横井が立ち止まると、その背中が一瞬小刻みに震えた。その動きで文吾は理解する。横井がどれほど与一を敬愛しているのかを。

振り返ることなく、横井が静かに部屋を出て行った。

上野の指示で他の面々も退室する。去り際に梓、龍太郎、春野に激励の言葉をかけていった。

あれだけやってだめだったのだ。悔いはない。それぞれの表情がそう物語っていた。彼らの想いを受け取り、梓達は前に進まなければならない。その相方として、文吾まで厳粛な気持ちになった。あれだけいた参加者がたった三名になった。作家KOMのラスト・トライアルまで進んだ強者だ。だが栄冠を手にするのはこの中の一人だけだ。

与一が張りのある声で言った。

「今から最終テストの課題を発表する」

なんだ。一体何が来る。文吾は固唾を呑んだ。与一の唇が動くのがなんだかゆっくりに見える。

「俺たちの、花山家の漫才台本を書け」

作家KOMの最終テストにふさわしいお題だ。漫才台本と聞いて、文吾は反射的に春野を見た。春野の表情に変化はないが、瞳に昂《たか》ぶるものが見てとれた。大喜利は横井の土俵だったが、漫才は春野の土俵だ。

「条件はなんですか?」

龍太郎が冷静に問いかける。大喜利のテストもそうだった。彼の澄んだまなざしは、与一の求めるものを瞬時のうちに見抜く。

「条件なんか決まってるやろ」

与一が身を乗り出した。

「とにかくおもろい漫才や」

直球でシンプルな要求だ。だがこれほどの難題はない。何せKOMチャンピオンの、花山与一が求める漫才だからだ。

「わかりました」

梓が声高らかに返事をする。それが最終テスト開始の合図となった。

四章

K O M

1

「マジか。おまえ客にあだ名つけへんのか」

歩きながら凛太が驚くと、優は足を止めずに応じる。

「そんなもんおまえぐらいやろ」

「アホか。つけるやろ。俺は店の会員登録データの備考欄に客のあだ名書いてるぞ」

「おまえようそれでクビにならんな」

巨大な蟹《かに》の看板の下を通り過ぎ、たこ焼き屋のソースの香りを嗅ぎながら、二人並んで歩く。

その速度を速めたりゆるめたりしながら会話のペースを調整する。

クレーマーの新ネタを作っていい。そうラリーに解禁されたのだ。ただしこうして二人で歩きながら会話をして作れと命じられた。

この漫才の練習法を凛太は知っている。最近の漫才師は誰もやらないが、昔の漫才師はこうして歩きながら漫才の呼吸を合わせたのだ。

ハイテンポの漫才は歩く速度を速め、スローテンポの漫才はゆっくりと歩いて話を合わせる。特にスローテンポほど高い技術が必要となり、ベテラン漫才師にしか出せない味だ。

凛太の理想は、昭和の名人である夢路いとし・喜味こいしの漫才だ。あのゆったりとしたテンポで完璧に息を合わせた漫才ができるのは、いとしこいしぐらいだろう。

今はとても無理だが、優とならばいつかはそんな漫才もできるかもしれない。

いつか——凛太は肝を冷やし、まとわりついていた油断を振りほどいた。

KOMの決勝に行かなければ、そのいつかが訪れることは二度とないのだ。

次の準々決勝、準決勝、まずは残り二つを勝ち上がり、漫才師を続けるための権利を勝ちとってみせる。

「優、決勝行くぞ」

自分に言い聞かせるように、凛太は気炎を上げた。

2

「はあ、お江戸のテレビ局は凄いのお」

鹿田が呆《ほう》けたような顔をしてテレビ局を見上げる。ガラス張りの巨大なビルが立ちはだかり、吹き抜けのフロアには人気番組の特大ポスターが展示されている。もちろんネタチャレのポスターもある。

今日はネタチャレの収録日で、マルコと鹿田は上京してきたのだ。

「何がお江戸や」

同行していた大空が鹿田の頭を叩く。ネタチャレに同期の『馬刺』も呼ばれていた。

「おまえらと違って俺らは東京は緊張するんや」

鹿田がむっとする。

「そんなもん俺らも緊張するわ。なっ、伊鈴」

大空が伊鈴に声をかけると、伊鈴が突然腕を上げて伸びをする。

「ウォオオオ！！！」

巨漢の伊鈴が急にそんなことをしたので、マルコは飛び上がる。鹿田と大空も目を白黒させているのに伊鈴が気づき、首をすくめた。

「ごめん。新幹線閉じ込められてて体が硬くなってたから腰伸ばしただけ」

マルコが伊鈴の尻を蹴り上げる。

「驚《おど》かすな。博士がつけたおまえの制御装置が壊れたと思うたやろが」

大空が不敵な笑みを浮かべ、伊鈴の背中を叩いた。

「まあ今年KOMチャンピオンになったらグリーン車や。足伸ばして大阪帰れるばい」

「だね」

伊鈴が満悦顔で頷いた。

新幹線のグリーン車で東京・大阪間を移動できる。それは売れっ子芸人の証《あかし》で、関西若手芸人の夢だ。

テレビ局の控え室に入ると、大勢の若手芸人がいた。東京組がほとんどで、最近テレビでよく見る連中だ。

悔しいがみんな華がある。垢抜《あかぬ》けていて余裕があり、ガツガツしたところがない。東京の芸人が血統書付きの犬だとすれば、関西の芸人は野良犬だ。その中でもキングガンは狂犬扱いされている。

東京で売れるには大阪の泥を落とす必要がある。以前先輩にそう言われたことがあるが、言い得て妙だ。野良犬でも洗えば綺麗になる。

着替えながら鹿田が言う。

「マルコ、隣のスタジオに小日向《こひなた》ルリルリ来てるぞ」

出演者の貼り紙を見たのだ。

「マジか」

マルコも鹿田も好きな人気アイドルだ。

「まさにお江戸やな」

鹿田が不気味な舌なめずりをする。

関西のテレビ局には芸人しかいない。一流芸能人に会えるのも東京のテレビ局ならではだ。こういう関西にはない華やかさで、マルコ達関西芸人は萎縮し、普段通りの力を発揮できずに帰りの新幹線で肩を落とすはめになる。

俺、ちょっとトイレ行ってくると鹿田が部屋を出て行ったが、確実にルリルリを見に行く気だろう。スタッフにつまみ出されなければいいが。

「キングガン調子いいみたいだね」

『トントントン』というトリオの仲西《なかにし》が声をかけてくる。仲西は事務所は違うが同期だ。以前仕事で一緒になったことから仲良くなった。事務所は別でも、同期というのは芸人にとって特別なものだ。

「まあな」

KOMのことだ。この時期になるとあそこのコンビは仕上がっているなどの噂が芸人の中で出回る。二回戦のネタを見たのだろう。

仲西が人懐っこい笑みを浮かべる。

「マルコ、もう東京来たら」

キングガンは東京向きだ。周りの芸人からも仲西からもよくそう言われる。仲西はマルコを友達だと思っているので、何度も東京に来いと誘ってくる。

「アカン。まだ切符があらへん」

マルコがいつもの台詞で返す。

「KOM決勝に行くこと？　関西芸人って変なとここだわるよね」

仲西が首をすくめる。関西から東京に向かうには巨大な壁がある。この壁を通過するには、KOM決勝進出者という実績がいる。

もちろん実際にはそんな壁は存在しない。関西よりも東京の方が仕事は多いし、規模も大きい。活動拠点を東京にすることにメリットこそあれ、デメリットなど一切ない。

けれどマルコ達はその壁にこだわる。裏口ではなく、正門から堂々と東京に乗り込みたい。それが関西芸人の気概だ。

仲西が思い出したように眉を上げる。

「そうだ。あとアカネゾラは凄いみたいだね。こっちでもその話題で持ちきりだよ」

マルコがぴくりとする。

キングガンも二次予選でウケて準々決勝に駒を進めたが、アカネゾラのウケには到底及ばなかった。

先輩芸人がウケても、同期や後輩がウケるよりは悔しくはない。芸歴が上だからという言い訳ができるからだ。

でもアカネゾラが爆発的にウケて、マルコは強烈な悔しさを感じた。先輩相手にこんな感情になるのははじめてだった。

「すみません。キングガンさん」

ＡＤの女性に声をかけられ、マルコはびくりと返した。

「なんですか？」

「プロデューサーの須藤《すどう》が来て欲しいそうです」

一体何だろうか？　わかりましたと了承すると、ＡＤと一緒に部屋を出る。ルリルリにどうにか会えないかと算段している鹿田を捕まえ、スタッフのたまり場に向かう。広めのテーブルには珍しいスイーツが置いてある。どれもこれもチェーン店のものではない。これも東京仕様だ。

そこに須藤が控えていた。まだ若いがプロデューサーなのでテレビ局員なのだろう。

テレビ番組のスタッフは、テレビ局員か制作会社かで分類される。テレビ局が親会社で、制作会社は下請けという立場だ。

当然テレビ局員の方が権限が上なので、制作会社のスタッフよりも丁寧な接し方を心がけなければならない。

先輩だろうが事務所のチーフマネージャーの設楽だろうが、マルコは平気で自分の意見を述べるし、逆らうこともできるが、テレビ局員は別だ。もし喧嘩《けんか》でもしたら、マルコだけでなく事務所全体の問題になる。多くの人に迷惑をかけてしまうので、マルコも慎重に応対せざるをえなかった。東京のキー局で、しかも人気番組のスタッフならばなおさらだ。

須藤は軽くパーマをかけて、最新のファッションに身を包んでいる。この手のスタッフは関西には皆無だ。

鼻につく声で須藤が切り出した。

「キングガンＫＯＭ二回戦見たよ。面白かった」

「ありがとうございます」

鹿田と二人で頭を下げ、マルコは胸が高鳴った。芸人だけではなく、東京の業界関係者にまで知れ渡っている。

「でも今日別のネタやるんでしょ」

「はい。寿司屋のネタです」

もうそれで別のスタッフからは了承をもらっている。

「それもいいけど、デートのやつにしてよ」

「デートですか」

つい声が高くなった。ラリーには寿司屋にしろと命じられている。

「寿司屋でいきたいと思っているんですが」

「なんで？」

須藤が不可解な顔になる。

「寿司屋の方がこの番組向きかなって」

「そんなことないよ。デートの方が面白いんだから、デートにしてよ」

一瞬ラリーの名前を出そうとしたが、どうにか喉元で止める。ラリーが付いていることを他人に明かした時点で、マルコ達は芸人を辞めなければならない。

マルコが考えあぐねていると、鹿田が勝手に返答する。

「わかりました。デートでいかせてもらいます」

「そっちの方がいいよ。じゃあ本番楽しみにしてるね」

にこにこと須藤が言い、「……はい」とマルコもやむをえずに頷いた。

廊下に出ると、早速鹿田に文句をぶつける。

「おまえ、どうすんねん。ラリーさんは、寿司屋でいけいうてたやろが」

鹿田がしかめっ面で反論する。

「しゃあないやろ。キー局の局員でネタチャレのプロデューサーって言ったらお江戸の殿様みたいなもんやろが。殿様が木刀やなくて真剣で斬り合えいうたら斬り合うのが我ら侍の勤めじゃ」

「……どこが侍や。おまえは農民顔やろが」

「誰が年貢の取り立てでひいひい言うとるんじゃ！」

鹿田が舞台の声量でツッコんだので、他のスタッフが仰天してこちらを見る。芸人は声のボリューム調整キーがぶっ壊れているので、こんな間違いをよく犯す。

すぐさま二人同時に壁に向かい、ネタ合わせのふりをする。

ただ鹿田の言う通りだ。ラリーも怖いが、須藤の権力も怖い。ラリーには怒られるだけで済むが、須藤の機嫌を損ねれば二度と番組に呼んでもらえない。

「それにや、せっかく全国ネットの人気番組に出られるんやぞ。デートでいってドカンとウケた方がええやないか。俺は元々デートをやるべきや思うとったんや」

鹿田がそう熱弁を振るう。

「……俺もそう思うとったけどやな」

「じゃあええやんか。俺、おまえ、殿がデートがええいうとるんやから。ラリーさんにはあとで土下座でもなんでもしたらええやろ」

「……プロデューサーを殿って言うな」

弱々しくマルコはツッコんだが、腹の中で違和感がうごめいていた。

3

「この三人になったね」

感慨深げに春野が全員を見渡した。

最終テストの課題を告げると、与一と上野が退室した。残ったのは梓、春野、龍太郎、文吾だけになった。

花山家の漫才を作る。期限は二週間だった。

文吾も春野に倣って、みんなを順番に見た。なぜだろう？　これから三人で最後の切符を奪い合うというのに、対抗心のようなものは微塵もない。まるで銃弾の雨をくぐり抜けてきた戦友のようだ。

「僕は最初からそう思ってましたけどね。最後はこの三人の勝負になるって」

龍太郎が素っ気なく言った。

「どうしてだい？」

「まあ春野さんは漫才師としての実績があるし、マジカルナイフさんは毎回投稿ネタが面白かったんで」

「ありがとうございます」

梓が礼を言うと、疑問が文吾の口をついて出た。

「そういえば龍太郎さん、大喜利のテストの前に春野さんが一番の強敵だって言ってましたね。あれは横井さんの欠点を見抜いていたからですか？」

横井は大喜利の回答は得意だが、問題を作る方は不得意だった。あの時点で龍太郎はそれに気づいていたのだろうか？

「それもあるけど彼はプレイヤー側の人間だよ。放送作家じゃない」

「どういうことですか？」

「横井さんって芸人さんじゃないけど、自分が誰よりも面白いって思っている人だからね。与一さんも言ってたけど、放送作家みたいな裏方には向いてないよ。どっちかというと、今後小説家とか漫画家とか映画監督とか何か作品を作る人になるんじゃないかな。表側の人間だよ」

なるほど。龍太郎も与一も横井の本質を見抜いていたのだ。お笑いとは直接関係ないかも知れないが、そういう点でもセンスを感じさせる。

「じゃあ次は誰が有利ですか」

あえて無遠慮に尋ねる。どんなに些細《ささい》なことでもかまわないから、梓のヒントになるようなものを引き出したい。それが相方としての務めだ。

「最終テストも春野さんが断然有利でしょ」

「僕が与一さんに可愛がられてるからかい」

文吾の懸念を、春野本人が口にする。

春野は与一が目をかけている後輩だと聞いている。ならば春野を座付き作家にするのは決定事項ではないか。文吾もそれを危惧していた。

だが、龍太郎がかぶりを振る。

「そんなくだらない贔屓《ひいき》をする人だったら、僕は座付きになりたいと思いませんよ」

「同じだ」

春野が笑みを作り、梓も同意の微笑を浮かべる。どうやらそんなつまらない懸念を抱いていたのは文吾だけのようだ。

「春野さんは漫才師としてずっと漫才を作られてますもんね」

挽回《ばんかい》しようと文吾が指摘すると、龍太郎がやんわりと否定する。

「それもあるけど、やっぱり花山家を、与一さんを一番知っている人なんで」

また外れてしまった……。

「なるほどね。そこは有利かもしれないね」

春野も否定しない。漫才においてそこは重要な要素のようだ。

すると梓がだしぬけに言った。

「春野さんも、龍太郎さんも私より全然凄いです」

急な発言に、全員が梓を見る。梓の目は鋭い光を放っていた。

「でも勝つのは、花山家の座付き作家になるのは私です」

これこそがワラグルのまなざしだ……文吾の背筋が震えた。

4

凛太と優は、ある建物を見上げていた。それは難波グランド劇場、NGGだ。

二人が拠点としていたナンゲキとは道を挟んですぐの場所にある劇場だ。普段からいつも目にしている。

お笑いの殿堂と呼ばれ、漫才師の憧れの地でもある。難波グランド劇場の舞台に立てれば、漫才師として格が一つ上がる。

そしてトリと呼ばれる最後の出番を任せられるようになれば、それは漫才師として最高の名誉を得たことになる。

売れっ子芸人と一口に言っても、いろんな種類がある。テレビで冠番組を持ち、番組のＭＣを任せられる芸人。どの番組にも必要不可欠とされ、あらゆる番組に呼ばれるようになる芸人。今ではＹｏｕＴｕｂｅやＳＮＳなどのネットでスターとなるのを目指す芸人もいる。

凛太は、この劇場でトリを飾れる芸人になることが最大の目標だった。ＫＯＭで優勝し、この地で漫才師として生き続ける。再び組むことができた優という最高の相方と共に。

その決意を踏み固めるため、二人は並んで劇場を眺めることにした。

奇《く》しくも今日行われるＫＯＭ準々決勝の大阪会場は、この難波グランド劇場だった。

五千組いた参加者も、今は百組になっていた。ここに来るまでに四千九百組のコンビが涙を呑んで敗退したことになる。それだけでＫＯＭの過酷さがわかる。

準々決勝、準決勝、そしてこの二つの巨大な壁を乗り越えなければ決勝の舞台には上がれない。アカネゾラにとってそれは、芸人の世界を去ることを意味する。再挑戦の機会はない。それがラリーとの約束だ。

「いくぞ」

凛太がそう声をかけると、「おう」と優が威勢良く応じた。

5

難波グランド劇場の三階のロビーに上がると、マルコは素早く目を配った。待機場所の派手なソファーセットに、ベテラン芸人が座ってはいなかったので胸をなで下ろす。

よく考えればこれからの時間帯はKOMの準々決勝なので、そんなベテランがいるわけがない。水槽の熱帯魚が、落ちつけよとマルコに言っているように見えてくる。

ここは芸人の楽屋がある場所で、出番前の師匠クラスの芸人がよくこのソファーでくつろいでいる。

先輩芸人への挨拶は欠かせないが、師匠クラスともなるとその重要度合いがさらに増す。より礼儀正しい挨拶が必要不可欠になるのだ。

このソファーにはキャリアを積んだ芸人しか座ることを許されない。

芸歴の浅い若手芸人が、それを知らずこのソファーに座り、翌日以降この世界から姿を消したという都市伝説もあるほどだ。

これが歴史のあるトップロで芸人をするということだ。上には上がいるという言葉を、この事務所ではこれでもかというほど痛感できる。

マルコがこのソファーに座れるのはいつになるだろうか？　ソファーにそろそろと手をかけると、

「おい、何しとる」

急に声をかけられて、ぎゃあと悲鳴を上げた。

「どんな大声出しとんじゃ。心臓止まるかと思うたやろが」

胸を押さえた大空が抗議の声を上げる。

「悪い、悪い」

師匠に見咎《みとが》められたと思ってびっくりしてしまった。

大空と会うのは前のテレビ局の収録以来だ。あのときとは違い、大空の顔が若干硬い気がする。

「なんや決勝経験者でも緊張するんか」

「当たり前や。ここまで勝ち上がったメンバーにそんな大差はないからな」

その大空の真に迫った声に、マルコの胸は高ぶった。

準々決勝と準決勝の間には厚い壁がある。マルコ達キングガンはずっとこの壁に跳ね返され続けてきた。

何せここまで残った漫才師は、おしなべてみんな面白いからだ。五千組の競争を勝ち抜いた百組の猛者なのだから、大空の言うとおり、その実力は拮抗《きっこう》している。

ただ今年は違う。ラリーのおかげでその壁をつき抜ける自信はできた。あの驚異的な練習量が土台となり、マルコ達を支えてくれている。

去年の準々決勝は緊張で足が震え、吐き気も止まらなかった。毎回ここで敗退しているのだから当然だ。

でも今日はそれがない。高揚感と緊張感のバランスが絶妙に取れている。血のにじむような努力とは、やはりたいしたものだとマルコは他人事《ひとごと》のように感心してしまう。

ふとマルコが疑問を投げた。

「そういや大空、おまえなんで飛行機のネタやらんかった」

この前馬刺と一緒に東京に行ったネタチャレの収録の件だ。大空もあのプロデューサーの須藤にネタを変えてくれと言われていたのだが、大空はきっぱりと断ったのだ。あきらかに須藤は機嫌を損ねていた。

大空は偏屈で器量の狭い芸人ではない。どんな無茶なことでも、スタッフからの要望にはなるべく応えようとする男だ。

けれどあのとき須藤の提案には、頑として首を縦に振らなかった。あの大空が東京のテレビ局のプロデューサーに逆らう？　そのらしくない行動が気になっていたのだ。

「おまえらはデートにしとったな」

質問には答えずに大空が返した。

「そうや」

番組は大ウケで、須藤も大いに満足していた。また呼ぶよと収録終わりに声をかけられたほどだ。最初はどうかと思ったが、結果マルコもデートに変えてよかったと思っている。

大空は何か言おうと口を開きかけたが、それをやめた。少しの間を空けてから含み笑いを浮かべる。

「まあ今日は頑張ろうや」

あきらかに別の言葉を口にしようとしていた。気にはなったが、「そやな」とマルコは腹に力を込め直す。これからネタチャレの比にならない大勝負が待っている。

マルコの前のブロックで、アカネゾラが漫才をする番になった。また二回戦同様、他の芸人達が舞台袖に集まってくる。

前回と同じクレーマーのネタだが、あきらかに前よりも仕上がっている。二人の刻むリズムが一分の狂いもない。かといって練習に練習を重ねたというわけではなく、二人は自然にやっているように思える。

中盤から後半にかけての展開も面白い。笑いのギアが上がったように、客が大ウケしている。ネタが羅列で終わらず、波を増幅できた証拠だ。

終盤にはドカンとウケてネタが終わった。これだけの笑いが起これば審査しなくてもわかる。アカネゾラは確実に準決勝に進出する。

正直準々決勝では、アカネゾラは苦戦するとマルコは踏んでいた。この段階になるとテレビに出ている芸人や、人気のある芸人でないとなかなかウケない。

顔を知っている芸人しか、客はネタを見る態勢にならないからだ。だが凜太達はそんなマイナスをふっとばすほどの実力を見せつけた。

果たして自分たちはどうだろうか……消えていた不安が揺らめきだし、マルコはぎくりとする。あたふたと鹿田に声をかけ、ネタを合わせた。膨大な練習量でまた自信を補強するしかない。

そのマルコの心配が伝わったように、鹿田がか細い声で言う。

「……なあ寿司屋のネタでええんか」

今キングガンの勝負ネタは、寿司屋ネタとデートネタだ。デート、寿司屋の順に仕上がっているが、ラリーから準々決勝は寿司屋にしろと言われている。

マルコに迷いが差し込んでくる。デートは二回戦でもウケたし、ネタチャレでもウケた。自信を持って堂々とできる。

だが寿司屋ネタでそれができるだろうか？　もちろんラリーの狙いもわかる。準決勝はデートで勝負を賭けろということなのだろう。だがマルコ達はいつもここで敗退しているのだ。ネタの温存などしていいものか。

ここで間を空ければ、鹿田がさらに不安になる。

「……ええ。寿司屋ネタでいく」

腹を決めた。もうラリーを信頼するしかない。

「わかった……おえっ」

頷きかけた鹿田が空えずきをする。その姿を見て、マルコも吐き気が込み上げてきた。

6

「やっぱり花山家は面白いね」

何度発したかわからない台詞を、梓がまた口にする。

「そうだね」

文吾もいつもの返しで応じた。

最終テストの花山家の漫才を作るために、テレビで花山家の漫才を見ていた。もう何度も何度も見ているのでネタも完璧に覚えてしまった。

テーブルの上には、梓がその漫才を手書きで写したノートがある。自分が発見したポイントなどを赤字で書き込んでいるので、もうノートがまっ赤だ。台詞の文字数やボケとツッコミの間の秒数まで書き込まれている。

そんな細かなところにまで目を向けるのかと文吾は唖然とする。梓と付き合いはじめてから文吾も数多くの漫才に触れてきたが、自分は何も見ていないことがよくわかる。

梓ぐらい目が肥えてはじめて、漫才の本質が理解できるのだろう。見るではない。観《み》るのだ。漫才という家は入り口は入りやすく、誰でも気軽に中に入れる。文吾のような一般客はその部屋で楽しむことができる。

だがその部屋の奥にはもう一つ別の扉がある。そこをそろそろと開けると、果てしなく広い森が広がっている。芸人や梓達はこの森の住人なのだ。

鬱蒼《うっそう》としていて、猛獣や蛭《ひる》が襲いかかる危険な密林だ。ぬかるんだ地面に足をとられ、死の恐怖に怯えながらも道なき道を進む。それはワラグルにしかできない。

文吾が首をひねって言った。

「でもなんでこんなに何回も見たネタを面白く思えるんだろうね」

回数を重ねて見たことで気づいたポイントだ。

他のコンビのネタは一度見ると、二度目はその面白さが半減するのだが、花山家の漫才はそんなことはない。

梓がうなりながら答える。

「与一さんと和光さんのニンが出てるんだよ」

「ニンって何？」

「人って書いてニンって読むんだよ。今はあんまり使わないけど、昔の芸人さんが使っていた用語なんだ」

一体梓はどこまでお笑いに精通しているのだろうか。もはやお笑いの生き字引と化している。

「そのコンビならではの個性みたいな意味なんだけどね。例えばさ、花山家の漫才を私達がやってウケると思う？」

「ウケるわけないよ。俺たち芸人じゃないんだから」

「あっ、そうか。これは例えが悪かったね」

梓がすぐさま訂正する。

「じゃあ花山家の漫才を『大自然体』がやったら」

大自然体は実力派の漫才師だ。去年のＫＯＭの決勝に進出したが、惜しくも花山家に負けて準優勝となった。

一旦間を置いてから文吾が答える。

「……うーん、ウケない気がする」

「どうして？　大自然体も漫才の腕があるよ」

「だって全然違うから」

花山家はテンポの速い漫才で、大自然体はスローな漫才を持ち味としている。

「それって不思議じゃない」

梓がノートを開いて見せる。

「台本ではどれだけ面白い漫才でも、演じる人によってウケたりウケなかったりするんだから」

「言われてみればそうだね」

「うん。その違いがニンだよ。私一番面白い漫才って、そのコンビのニンがそのまま表現されているネタだと思うんだ」

「確かに花山家のネタって、与一さんと和光さんにしかできないもんね」

「うん。だから今回のテストで勝つには、花山家のニンが一番出た漫才台本が必要だと思うの」

文吾が合点する。

「なるほどね。誰がやっても面白い台本じゃなくて、花山家がやらないと面白くない台本だね」

「それがわかったところで、ブンブンの花山家の漫才台本を見せてもらおうか」

胸を躍らせるように梓が腕まくりをし、文吾は怯《ひる》んだ。

参考にしたいから文吾も漫才台本を書いて欲しいと梓に頼まれたのだ。素人の自分に書けるわけがないと抵抗したのだが、梓の強引さに敵《かな》うわけもなく、やむをえずに書くはめになった。

おずおずと文吾は、プリントアウトした用紙を梓に手渡した。


『利き腕がない』

二人「どうも花山家です」
与一「ちょっと俺悩みあんねん」
和光「なんやねん」
与一「おまえ右利きか左利きどっちや」
和光「右利きや」
与一「……うらやましい」
和光「何がうらやましいねん」
与一「俺、自分がどっち利きかわからんねん」
和光「そんなもん簡単にわかるやろ。おまえ箸持つのは」
与一「右」

和光「鉛筆持つのは？」
与一「右」
和光「ほな俺と一緒の右利きや」
与一「でもそんな右が利いてる感じないねん」
和光「利いてる感じってなんやねん」
与一「だって左でも箸と鉛筆持てるやん」
和光「じゃあ左利きや。左利き」
与一「うーん、左も利いてる感じせえへんなあ」
和光「だからその利いてる感じってなんやねん」
与一「利いているおまえに利いてへん俺の気持ちはわからへんのや！」
和光「じゃあ両利きや。おまえは両利き！」
与一「だからどっちも利いてないって言うてるやろ！　両利いてないや」
和光「そんな言葉あるか！」

結局文吾の力では全部書き上げることはできなかったし、自分で改めて読んでみても意味不明な台本だった。

「……ここからいろんなシチュエーションで、与一さんがどっち利きかを和光さんと一緒に探すんだけど、結局何をやってもわかんないって感じにしようと思ってたんだけど」

言い訳がましく補足すると、梓が絶賛の声を上げた。

「何これ、面白い」

「ほんと」

「うん。テンポもいいし、言葉数も少なくてちゃんと漫才の台本になってる。利き腕がわかんないっていう切り口も斬新だよ。利いてる感じせえへんって台詞めちゃくちゃ面白い。続きが読みたくなる」

「そうかあ」

怖々と書いたものだったが、思いの外賞賛されて文吾は気をよくした。梓のおかげで文吾もいつの間にかお笑いの力がついていたみたいだ。

「じゃあ私の読んでみて」

今度は梓がノートを渡してきたので、文吾はかぶりついて読んだ。

設定はコンビニだ。梓も文吾もコンビニで働いているので、イメージがしやすい。経験を活《い》かしている。

そこで不思議な現象が起きた。文字を読んでいると、頭の中で与一と和光が喋りはじめたのだ。二人のいつものかけ合い漫才だ。

突拍子もない与一のボケに、和光が切れのいいツッコミを入れる。その様子がありありと思い描け、文吾は思わずふき出した。

これは文吾の台本では起きなかった現象だ。こうして読み比べてみると、実力の差は歴然としていた。

すべて読み終えると、文吾の胸が満足感でいっぱいになった。劇場で花山家の漫才を見たような気分だ。

緊張気味に梓が尋ねてくる。

「ねえ、どうだった？」

「面白かった。ほんとに面白かった」

感動と興奮が文吾の口をついて出る。

「もう読んでるだけで頭の中で花山家の漫才がはじまったもん。まさにこれは花山家のニンが出た漫才台本だよ」

そこで気づいた。文吾の台本は花山家のニンを表現できていなかった。自分の面白いと思ったものでも、花山家がやって面白いかどうかはまた別の話なのだ。

「よかったあ」

梓が眉を下げて胸をなで下ろしたのを見て、文吾が太鼓判を押す。

「これなら絶対勝てるよ。龍太郎さんや春野さんにも」

「それは違うよ。ブンブン」

あっさり否定する梓に、文吾は肩すかしを食らった格好になる。

「えっ、なんで？」

「あの二人だったらこれぐらいのレベルの台本は書いてくると思う。これでやっとスタート地点に立てたぐらいだと考えてちょうどいいよ」

その緊迫感を帯びた返答に、文吾は息を詰めた。文吾には完璧な台本にしか見えないが、梓はまだ納得がいっていないのだ。

そこで龍太郎の言葉を思い出した。龍太郎は、春野が一番与一を知っているから有利だと言っていた。つまりそれは、春野が与一のニンを熟知しているという意味だ。

ふうと肩の力を抜き、梓が自分に問いかけるように言った。

「それからこのテストの理解度が試されてるんだよ」

「理解度って？」

「初回の大喜利のテストはあれだけの量をこなせる努力と根性を試すのと、お題の重要性に気づくかどうかだったじゃない」

「そうだね」

「ブンブンのおかげであのときは気づけたけど、今回もそれに気づけるかどうかが勝負の分かれ目になるんじゃないかな」

「なるほど」

さっきから梓は、与一の真意を探っていたのだ。ならばその答えを導く手助けをしてやりたい。

梓が腕を組んでうめいた。

「漫才台本っていうのがなんか引っかかるんだよね」

「なんで？」

「漫才とかコントが書ける放送作家ってすっごい少ないんだよ」

「そうなの」

意味がわからない。それは作家にとって必要不可欠な能力ではないのか。

「うん。そうなんだ。基本放送作家ってテレビ番組の企画を考えるのが一番の仕事だからね。若手芸人さんで作家が書いた漫才台本で漫才をする人なんてほぼいないんだよ」

「でも漫才作家っていう人たちもいるんでしょ」

関西はお笑い文化が発達しているので、そんな名称の放送作家もいるそうだ。

「そういう人が書くのはベテランの漫才師さんの台本で、基本若手芸人は自分たちでネタを考えるの」

「じゃあ座付き作家は何をするの？」

「その芸人さんのアドバイザーって感じかな」

「そうなるとこの漫才台本のテストは放送作家とはなんの関係もないってこと？」

複雑そうな表情を浮かべ、梓が首を横に振る。

「一概にそうとも言えないけどね。だって漫才が書けない作家が出すアドバイスと、書ける作家が出すアドバイスだったら後者の方が聞きたいじゃない」

「なるほどね」

それは文吾にも呑み込める。そこではたと気づいた。

「だったらやっぱり春野さんが一番有利なのかな。だって芸人だったら漫才台本も書けるし、漫才もできる。そういう人が放送作家になったら……」

梓が沈んだ声で言葉を継いだ。

「芸人さんからしてもありがたいよね……」

黙るつもりはなかったが沈黙してしまう。春野はネタも書けて芸人の経験もある。さらに与一と親しいので、花山家のニンも知り尽くしている。龍太郎の言うように、三人の中では一番優位かもしれない。

漂う不安を振り払うように、梓が力を込めて言った。

「でも売れっ子作家は元芸人ばかりじゃないから」

文吾もその勢いに乗る。

「そうだね。梓じゃないとできないことを追求しよう」

「私にしかできないことか……」

何かが胸に引っかかったように、梓がくり返した。何か良くないことを言ったのかと文吾がひやひやすると、梓は明るく指を鳴らした。

「そうだ。いいことを考えた」

続けざまに梓が顔を輝かせる。

「何？」

「ブンブンって私の恋人兼相方だよね」

「うん」

「では一緒に漫才をやろうではないか」

「まっ、漫才！」

思わず声がひっくり返る。

「さっきさ、私達が花山家の漫才をやってウケると思うかって聞いたよね」

「うん」

「ウケるわけがないって結論だったけど、実際にそうなのか試してみない。やってみてわかることってあると思うんだよ」

「そうかもしれないけど……」

漫才台本を書くぐらいならいいが、人前で漫才なんて極力避けたい。

「嫌なの？」

その内心が伝わったのか、梓がわざとらしく頬をふくらませる。でもその仕草も可愛かった。

「……やらなきゃ駄目かな？」

「駄目。だってブンブンは私の相方でしょ」

「……わかりました」

しぶしぶといった体で文吾が了承すると、よろしいと梓が満足げに頷いた。

7

「そろそろですね」

目の前の小鳥が、緊張した面持ちで言う。

「ですね」

隣の優が、小鳥以上に顔を強張らせてぎこちなく頷く。

いつもの喫茶店に凛太達はいた。今日は小鳥だけではなく優も一緒にいる。

今日はKOM準々決勝の翌日で、もうすぐ合否がわかることになっている。KOMの公式サイトで準決勝進出者が発表されるのだ。

アカネゾラは準決勝進出の経験はあるが、その壁の厚さは重々理解している。何せ百組のうち二十五組ほどしか準決勝には進出できない。この段階に来ると、絶対に勝ち上がれると思われていた売れっ子芸人も次々と脱落していく。

優が、珍しく不安を吐露した。

「俺たちイケましたかね」

どちらかというと凛太の方が心配性で、優がそれを励ます側だ。今は小鳥がいるので、ついこぼしてしまったのだろう。

二人で合否を待つのが耐えられなくて小鳥に付き合ってもらったのだ。

小鳥が断言するように答える。

「イケましたよ。だって大ウケだったじゃないですか」

その自覚は凛太にもある。どの組にも負けないほどのウケの量だった。ここまで手応えがあったのは今年がはじめてだ。

四分の一には残れたとは確信しているが、巨人の足のような憂慮がそれを踏み潰す。凛太達は敗退すれば芸人人生が終わる。崖っぷちに立ち、踵《かかと》が宙に浮いた状態で戦っている。とても平常心でなんていられない。

そこでふと思い出す。

ＫＯＭの目的は漫才を盛り上げて新たなスターを産み出すことである一方、もう一つの目的が存在していた。

それは、若手芸人に夢を断念させることだ。

だらだらと売れない芸人を続け、人生を浪費する。それほど無駄なことはない。チーフマネージャーの設楽も言っていたが、自分には才能がないと早めに見切りをつけるのも才能のうちなのだろう。

けれどそこまで冷静に自分を客観視できる芸人は少ない。客が悪い、事務所が悪い、同期が悪い、先輩が悪い、後輩が悪い、時代が悪い……。

あらゆる言い訳を並べ立て、芸人という身分に固執する。この世界は青春と学園祭が永遠に続いているようなものだ。貧乏でバイト先ではゴミのような扱いを受け、家族や親戚から冷たい目を注がれようが、仲間たちとワイワイ酒を呑んで遊べばそれを忘れられる。見るも無残な傷口にいつか売れるという名の傷薬を、売れない芸人同士はお互いに塗り合う。その効能は現実逃避だ。そうしてさえいれば、一生夢の中の住人でいられるのだ。

そんな夢見る芸人に、現実という鉄拳を叩きつける制度がKOMだ。当初KOMの出場はコンビ歴十年以下の芸人に限られていた。それはこの十年以内に準決勝に進出できなければ、芸人をあきらめろという引退通告でもあった。

今はコンビ歴の制限が十年から十五年に伸び、十年間鳴かず飛ばずの芸人が急に売れたりするケースも増えている。KOMのこの狙いは形骸化しているが、それでも本質は変わらない。

現にKOMの結果が出始めるこの時期は、引退を決意する芸人が増加する。芸人にとって別れの季節は春ではない。秋なのだ。

その凛太の胸のうちが伝染したのか優と小鳥も沈黙し、空気が次第に冷たくなる。他の客の喋り声とカチャカチャという皿の音が、何か別世界のもののように聞こえてならない。空間が強烈な緊張感で満たされていく。

三人の視線が壁時計に集まる。発表の時間だ。

「見ますね」

硬い表情で小鳥がスマホを手にし、凛太と優は無言で頷いた。

小鳥がKOMの公式サイトを見はじめる。なかなか結果が表示されないのか、何度もリロードしている。この間ほど若手芸人の心臓に悪いものはない。

手から汗がにじみ出て、背中に冷気がへばりつく。結果確認を小鳥に頼んでよかった。自分だけだったらサイトを見る勇気がない。

「出ました！」

小鳥が声を上ずらせ、凛太はびくりとした。小鳥が慎重に指で画面を操作し、凛太はその表情を穴が空くほど見つめる。どっちだ。どっちだ……。

小鳥の目が大きく見開かれた。

「受かってます。アカネゾラ」

太陽のような笑顔で画面をこちらに向けると、凛太と優がかぶりついた。『アカネゾラ』と書かれている。

「よしっ！」

凛太と優の声がそろった。小鳥が笑みをこぼした。

「やりましたね」

「はい。ありがとうございます」

わかりやすく優が胸をなで下ろした。凛太も緊張が解け、安堵《あんど》感に包まれる。今までで一番嬉しいかもしれない。

「準決勝進出できたので、お二人にナンゲキの出番作りますね」

さらりと小鳥が言ったので、凛太は驚いた。

「いいんですか。俺たちナンゲキのオーディション受けてないですよ」

通常はナンゲキのオーディションに合格しないと、劇場所属にはなれない。

「設楽さんから準決勝に進出したらいいって言われてたんです」

「助かります」

素直にありがたい。練習は禁じられているので舞台でネタを仕上げていくしかない。それにはナンゲキが最適だ。

小鳥が設楽に交渉してくれたのだろう。最高のマネージャーだ。

そこで小鳥が気づいた。

「ラリーさんにも早く知らせましょう」

「そうですね」

凛太がスマホで電話をかけると、しばらく呼び出し音が鳴り響き、かなり遅れてラリーが応答した。

「なんだ」

勢い込んで凛太が報告する。

「準々決勝通過しました。準決勝進出です」

「わかってる」

事務的な声が返ってきたので、凛太は拍子抜けした。

「……もう結果を見られたんですか」

「そんなものを見る必要はない。昨日の舞台を見て結果はわかってる」

「そうですか……」

あのウケで落ちるわけがないという意味だ。緊張で震えていた自分が恥ずかしく思えてくる。

「おまえの目標は準決勝進出じゃないだろ」

きつい声でラリーが言い、凛太は気を引きしめた。

「そうですね。あと一つですね」

あと準決勝さえ勝てば、決勝の舞台に上がれる。芸人を辞めずに済むのだ。

「違う。あと一つじゃない」

「……どういうことですか？」

「優勝だ。優勝を目指せ」

その声に感情は込められていないが、逆に胸に迫ってくるものがある。今のアカネゾラは優勝を目指せるレベルに到達したのだとラリーが明言してくれているのだ。

「そこに吹石はいるか」

「えっ、いますけど？」

「ちょっと替われ」

そうラリーが命じたので、「ラリーさんからです」と凛太がスマホを渡した。

「はい、はい。受かってます」

小鳥が抑えた声で返している。なんだか気になったが、次は準決勝だ。凛太は勢いよくコップの水を呑み干した。

8

「おい、そろそろ結果出てるんちゃうか」

鹿田がひそひそと言い、マルコが尖った声で応じる。

「わかってるわ。俺かてはよ知りたいわ」

昨日のＫＯＭ準々決勝の結果が今日発表されるのだ。

準々決勝は不満足で終わってしまった。序盤中盤はウケたのだが、終盤で失速したのだ。

やっぱりデートネタにした方がよかったやないか。舞台終わりで鹿田が語気を荒らげて責めてきて、久しぶりに喧嘩になってしまった。

二人で家で結果を待とうと思っていたが、ラリーに呼び出され、稽古場に来ていた。今さっき電話がかかってきたためラリーが中座している。

扉が開く音がして二人は急いで直立した。戻ってきたラリーが椅子に座り直す。それからずけずけと言った。

「おまえたちは毎回準々決勝で落ちてたな」

「はい」

マルコが即答する。

「どうだ。今回は準決勝に進めたと思うか」

「わかりません」

それが本音だ。正直あのデキではわからない。

「終盤失速したな。その原因はわかるか？」

「準々決勝からネタ時間が四分になったからです」

「そうだ」

ラリーが立ち上がり、ホワイトボードに例のグラフを描く。一番最後の部分のカーブを大きく上昇させた。

「ネタに展開をつけろ。そうよく言われるが、それは中盤から終盤にかけて一番ウケを大きくするためだ。そのために後半でたたみかけたり、前半の伏線を回収したりして芸人は工夫を施す。

終わりよければすべてよしじゃないが、最後が大ウケで終われば客にも審査員にも好印象を与えられる。これはわかるな」

「はい」

「おまえたちの欠点はここだ」

ラリーがグラフの終点部分にグルグルと丸をつける。

「インパクトが強い分序盤で跳ねることができるが、それが最後まで持続しない。だから終盤に失速する」

マルコが異議を唱える。

「でも四分持つこともありますよ」

「KOMは別だ。あそこはお笑いコンテストだから客の見方もより厳しくなる」

「なるほど。だから賞レースやとスベリやすいんですね」

鹿田が他人事のように感心する。

「そうだ。その欠点を克服するにはどうすればいい？」

言葉を選んでマルコが答える。

「……やはり展開をつけて綺麗に伏線を回収するとか？」

ラリーが冷めた目をぶつける。

「おまえたちにそんな器用なことができるのか？」

返す言葉もない。

「ほなどうしたらええんですか」

困り顔で鹿田が訊くと、ラリーが力強く横線を引いた。

「爆発力だ。前半の勢いをもっとつけて、後半まで一気に駆け抜ける。おまえたちは先行逃げ切りしかできない。ならばそれを徹底しろ」

なるほど。短所を治すよりも、長所をより強化するということか。

「準決勝はそれでいく」

なにげなくラリーが言い、マルコは聞きとがめた。

「準決勝はって、結果まだ見てないですよ」

「結果はさっき吹石に訊いた。おまえたちは準決勝進出だ」

「先言えや！」

マルコと鹿田が同時に非難の声を上げると、ラリーが鋭く目を据えた。

「なんだと」

「すみません」

二人一緒に肩をすくめる。

はじめて準決勝に進出したという喜びに浸りたいのに、とんだ結果報告だ。だがマルコはすぐに気持ちを切り替えた。準々決勝はあくまで通過点でしかない。マルコの目標は決勝に進出して優勝することだ。こんなところで胸を弾ませてどうするのだ。

安堵するように鹿田が眉を下げた。

「でもラリーさん、準々決勝ひやひやもんでしたよ。寿司屋やなくてデートのネタやらせてくれたらその先行逃げ切りが完璧に成功できたのに」

「デートは準決勝用だ」

むすりとラリーが答える。それはマルコも想定していた。寿司屋のネタでも準々決勝はいけるとラリーは踏んでいたのだ。おかげでデートネタが温存できた。準決勝に優位な状態で挑める。

「ちょうど準決勝の前日がネタチャレの放映日だ。おまえたちは知名度が低いから、最初に笑いが起こるまでが少し遅い。客がおまえらの突飛なキャラクターを理解するまでに時間がかかるからな。

だがネタチャレに出たのならば、こういうネタをするコンビだと認知してもらえる。スタート

ダッシュに成功する確率が増す。準々決勝よりは確実にウケるはずだ」

準決勝前日がネタチャレの放映日……そう聞いて、マルコの全身を悪寒が貫いた。

そのマルコの心中を知らずに、鹿田がこれみよがしに言った。

「ネタチャレのデートネタ、ドカンドカンウケましたからね。オンエア楽しみっすわ」

その直後、ラリーの眉尻が動いた。

「デートネタ？　ネタチャレでやったのは寿司屋のネタだろ」

しまったと鹿田が青ざめ、ラリーが問い詰める。

「おまえたち、まさかデートネタをやったのか」

「……すみません。向こうのプロデューサーさんがどうしてもデートネタがええって言いはったんで」

身を縮めて答える鹿田に、ラリーが怒鳴り声を上げた。

「馬鹿野郎！」

その声の大きさにマルコと鹿田は凍りついた。

「準決勝用のデートネタを前日にやるんだぞ。準決勝の客ならばまず間違いなくネタチャレは見ている。そんな記憶が鮮明なうちにこすられたネタをやってウケると思っているのか！」

そういうことか。マルコは頭を抱えた。馬刺の大空が須藤の指示に従わず、飛行機のネタをやらなかったのは、準決勝のことを考慮したからだ。

これが経験値の差なのだろう。マルコはオンエア日がいつかなど頭の片隅にもなかった。人気番組に出るのだからウケるネタの方がいいと安易に考えていた。

匙《さじ》を投げるように、ラリーが舌打ちした。

「断言する。これでは準決勝は受からない」

鉛のような沈黙が、マルコと鹿田の頭の上を流れていく。それは予言などではない。未来を先取りした真実だった。

なぜ須藤の意見などつっぱねて、ラリーの指示に従わなかったのだ。スコールのような後悔がこめかみを穿ち、頭が強烈に痛み出す。

これで、こんなくだらないつまずきで芸人人生が終わるのか。今までやってきた血のにじむような努力が無に帰すのか……嫌だ、絶対に嫌だ。

鹿田が口を開いた。

「デートをもっと改良するのはどうですか」

マルコは目を見開いた。鹿田が必死の形相を浮かべている。デートにしますと提案を受けたのは鹿田だ。だからその責任を感じているのだ。

ラリーが首を横に振る。

「いや、前日の印象を消すほど変えるとあのネタは死ぬ」

デートの完成度は完璧に近い。変えるといっても一つか二つボケを変える程度だろう。

ラリーが自問自答するように言う。

「寿司屋でいくか……」

その顔は真剣そのものだ。ラリーがまだキングガンを見捨てていないことがその一点でわかる。

「いや、駄目だ」

そう首を振って自らの言葉を打ち消す。

マルコも必死に模索する。くそみたいな脳細胞に何か考えろと発破をかける。けれどなんの案も出てこない。自分の馬鹿さ加減に涙が出そうになる。

堪《たま》らずにマルコが叫んだ。

「ラリーさん、俺たちなんでもやります。死ぬ気でやります。何か、手はないですか？」

じろっとラリーがマルコを見据える。最初だ。最初にラリーと会ったときのあのまなざしだ。でも今はあの頃の俺たちではない。俺たちは変わったんだ。だからここを、この危機をどうしても乗り越えたい。

ふっとラリーが目の力を解いた。

「……正直に言ってやる」

「何をですか？」

マルコが息を呑み込んだ。

「俺はおまえらを今年優勝ではなく、ＫＯＭの決勝に行かせるための戦略を立てていた」

「……優勝は無理だということですか」

ちょっと複雑な気分だ。

「そうだ。今年は決勝進出で、優勝は来年以降狙う。その算段だった」

「算段って何か戦略があったんですか？」

「ある」

声を強めるラリーに、鹿田が急かすように訊いた。

「なっ、なんですか。それ」

ラリーが短く答えた。

「スイッチだ」

「スイッチ？」

マルコと鹿田の間抜けな声が揃う。ラリーが親指と人指し指を二本立て、それを回転させた。

「ネタの中盤から後半にかけて、ボケとツッコミを入れ替える。つまり鹿田がツッコミで、マルコがボケだ」

「ぐふっ」

衝撃が石つぶてとなり、意味をなさない言葉が口から飛び出す。今、点と点が繋《つな》がり、濃厚で鮮やかな線を描いていた。その軌跡にマルコは呆然とする。

ボケとツッコミを入れ替えてずっと漫才の練習をしてきた。その意味不明な練習が疑問だったが、それはコンビ仲を深めるためのものだとマルコは理解していた。

けれどそれは狙いのほんの一部に過ぎなかった。途中でボケとツッコミを入れ替える……そこにそんな革新的な意図が含まれていたのか。

鹿田が懸念を口にする。

「途中でボケ、ツッコミ入れ替えるなんてそんなんありなんですか」

「何を言っている。おまえたち昔の漫才を見ただろ。ボケとツッコミが逆転するなんて普通のことだ」

マルコが膝を打った。

「そういやそうですね」

鹿田も同意するように頷く。

「俺も古い漫才って正統派のしゃべくりだけかと思ってたらむちゃくちゃでしたもんね。相方蹴ったり殴ったり、ボクシンググローブで漫才やってた芸人もいたし」

「元々漫才とは鼓をうったり唄をまじえる音曲漫才が主流だったからな」

「リズム芸みたいなもんですね」

ラリーの説明に鹿田が頷く。音を使ったりダンスをまじえるリズム芸の方が、今では亜流になっている。

ラリーが芯の通った声で言った。

「漫才に定義なんてない。舞台の上で自由に何をやってもいい。とにかく誰よりもウケれば勝ちだ」

その通りだ、とマルコは深々と頷いた。だから自分はお笑いに、漫才に魅せられるのだ。

ホワイトボードのグラフにラリーが縦線を入れる。三分手前のところだ。

「ボケとツッコミを入れ替えてここで展開をつける。それでおまえ達の欠点である後半の盛り上がりのなさを補う。ただこの戦略には欠点がある」

「欠点って……」

マルコの質問に、ラリーが明快に答えた。

「時間だ。時間がいる。何せマルコ、おまえの表現力はまだまだ鹿田には遠く及ばない。そして鹿田のツッコミも同じだ。マルコのツッコミほどキレがない。お互い同等のレベルに到達するにはとにかく練習量と舞台数が必要となる。だからこれは来年に向けての戦略だった」

そういうことか、とマルコは思い沈んだ。

今年はデートネタの爆発力で決勝に進出し、キングガンを世間に印象づける。そして来年以降は、このボケとツッコミを入れ替えるスイッチで優勝を狙う。それがラリーの描いていた壮大な絵図だったのだ。

これまでもラリーの慧眼とお笑いへの造詣の深さには驚かされ続けてきた。意味がないと思われる指示すべてに鮮やかな意図が隠されていた。

その中でもこれは破格だ。終盤の弱さを補うためにボケとツッコミをスイッチする。マルコと鹿田の頭では、とてもこんな戦略を考えることはできない。

これが、本物の、真の放送作家なのだ……。

だがその完璧な作戦を、マルコ達はおろかにも破り裂いた。目先のことしか考えていなかった。

踏ん切りをつけたようにラリーが言った。

「こうなったらこのボケとツッコミのスイッチを今年に早める。準決勝はそれで勝負する」

鹿田がぎょっと踵を浮かせる。

「今から作る新ネタを準決勝にかけるんですか?」

「違う。デートネタだ。デートネタでスイッチをする」

ラリーが即答する。

デートネタは準決勝前日のネタチャレで、準決勝の客には知られているのだろうが、その完成度はピカイチだ。同じネタかと失望させたところで、後半はその予想を大きく裏切り、とんでもない隠し球をぶつける。もうその手しかない。

マルコが猛然と言った。

「わかりました。それでいきます。それでいかせてください」

その決心を確かめるように、ラリーが目を光らせた。

「一年かけてやることをこの短期間でやるんだ。いいか、寝る間もないぐらい練習しろ。徹底的に絞り上げるからな。覚悟しろ」

その迫力に鹿田が色を失ったが、マルコは喉も張り裂けんばかりに叫んだ。

「わかりました。やります！」

ここが芸人人生の正念場だとマルコは腹を決めた。

9

「ねえブンブン、ここに観客がいるの？」

梓が怪訝《けげん》そうに訊き、文吾が自信なげに返した。

「たぶん」

梓の提案で二人で漫才をやることになったが、その漫才を披露する場所と観客がいない。梓はストリートでやろうと言ったが、文吾はねじ切れそうなほど首を振って断った。そんな道行く人の前で漫才などできるわけがない。初体験にしては難易度が高すぎる。

じゃあどうするのと梓が不機嫌になったので、代替案として出したのがこの公園だった。

文吾がきょろきょろ辺りを見回していると、目的の人物がいた。

ランドセルを背負った小学生達が三人だ。二人が男の子で一人が女の子だ。

「ねえ、君たち。三宝君と左京君だよね」

そう文吾が声をかけると、三宝が不審そうに片目を吊《つ》り上げる。

「なんや、兄ちゃん。なんで俺ら知ってんねん」

やっぱり生意気だ。左京が冷静な口ぶりで答える。

「この前俺らの漫才見とった兄ちゃんや。ほらっ、与一のおっちゃんと一緒に来とったやろ」

「あー、オトンのツレか」

思い出したように声を上げる三宝に、梓が驚いて声を挟んでくる。

「オトンって……この子もしかして」

文吾が頷きながらその言葉を継いだ。

「そうだよ。この子は与一さんの息子の三宝君だ。そして彼が和光さんの息子の左京君だよ。二人で漫才コンビを組んでるんだ」

「えっ、花山家の息子同士がもうコンビ組んでるの？　それって凄いじゃん」

興奮して梓がぴょんぴょん跳ねた。

漫才の観客と聞いて、ふとこの三宝と左京を思い出した。与一が、二人は毎日ここで漫才の練習をしていると言っていた。この子達ならば観客になってくれるのではないか。そう閃《ひらめ》いたのだ。

「お父さんとそっくりだねえ」

梓が三宝の顔をまじまじと見て、三宝が照れくさそうに頬を赤く染めている。

「あなたも漫才やるの？」

梓が女の子の方に訊くと、彼女は首を横に振った。

「私はやらない。見る方が好きなの」

にやりと笑みを浮かべ、得意そうに三宝が補足する。

「こいつは俺の座付き作家や」

「もう作家まで付けてるの？　さすが花山ジュニア」

梓が素直に感心している。

以前与一がこの女の子を見て、「梓みたいやな」と一人おかしがっていた。あのときはそこまで思わなかったが、こうして並んでいるのを見比べてみるとよく似ている。星空のようにきらめく大きな瞳がそっくりだ。

早速梓が自分たちの漫才を見て欲しいと三人に頼むと、承諾してくれた。

三人が座り、漫才を披露することになった。お手並み拝見と三宝が不敵に腕組みをすれば、左京は顕微鏡でも覗き込むような目で静かにこちらを見つめている。女の子の方はノートを広げてペンを持っていた。

その三人バラバラの視線にさらされ、強烈な緊張が襲ってきた。頭がぐらぐらし、膝頭が震えてくる。

嘘だろう。文吾は啞然とした。劇場で、大勢の客前に立つわけではない。公園で、たった三人の子供の前で漫才をするだけだ。なのに文吾は、これまでの人生で一番緊張している。

「はい、どうも。花山家です」

梓が口火を切り、文吾はびくりとした。梓は緊張した様子もなく、流暢に漫才をする。

何が自分には漫才ができないだ。まるで若手芸人並みになめらかに口が動いている。

一方文吾の方は無茶苦茶な状態だ。しどろもどろで舌が回らない。あれだけ見聞きした花山家の漫才が、記憶の棚から根こそぎ消えている。

「ちょっと待って、待って」

耐えきれなかったのか三宝が止めた。

「兄ちゃん、緊張しすぎや」

漫才を中断し、梓も心配そうに訊いた。

「ブンブン、大丈夫。一回深呼吸した方がいいよ」

「うっ、うん」

言われたままに肺に空気を入れて、ゆっくりと吐き出す。そのおかげでどうにか胸の高鳴りは収まった。

「兄ちゃんここがKOMの決勝のステージでもそんなガチガチにならんで」

三宝が心底呆れたように言う。

「まあこの兄ちゃん、素人やからしゃあないで。芸人でも初舞台は緊張して頭まっ白になるって言うやんか。オトンもそう言うとったわ」

助け船を出すように左京が口を添えた。

「そうそう。ブンブンは本番に弱い性格なんだからあんまりやいのやいの言わないでやってよ」

すかさず梓も加勢する。

「いやでも公園で俺らに漫才するだけやん。しかもオトン達のネタやで」

三宝が肩をすくめて反論した。

子供と恋人にフォローされ、文吾は情けない気持ちで打ちひしがれた。

一見簡単で誰にでもできそうに見えるが、人前で漫才をするとはこれほど大変なものなのか……経験しないとわからないと言うが、これがまさにそうだ。

人前でネタをするとは、命綱をつけずに崖から飛び降りるようなものなのだ。

「大丈夫。もう一回やるよ」

喘《あえ》ぎながらも文吾は気合いを入れ直す。逃げ出したいほど嫌だが梓のためだ。実際やってみて、自分たちが漫才を体験することの重要さは理解できた。最終テストのために文吾が踏ん張るしかない。

二回目はどうにか最後までやりとげることができた。

「どうだった？」

梓が前のめりで尋ねると、三宝は困ったように眉根を寄せた。

「どうって言われても、オトン達のネタやってるだけやからなあ。お姉ちゃんはまあまあやけど、兄ちゃんの方は漫才めちゃくちゃ下手やし」

それは自分でも痛いほどわかっている。

「そうかあ」

一瞬梓はしょんぼりしたが、すぐに何かを思いついたようにノートを取り出した。それを文吾に手渡す。

「じゃあ違うネタやるからそっち見て」

間を置かずに梓が漫才をはじめ、文吾が慌てて台本を読む。梓の方はもう頭に入っているようだ。

さっきと違い、三人の目の色があきらかに違う。花山家にないネタなので興味を示してくれたのだ。三宝の頬が一瞬ゆるんだ。

その反応を見て、文吾を快感が貫く。やっと笑顔を見ることができた。

爆笑させたわけでも、笑い声を上げさせたわけでもない。ただ口角がわずかに上がった程度だ。なのにそれがこれほど嬉しいなんて。

人前でネタをする。芸人がその命がけの冒険に出る理由がわかった。笑いをとるという行為はそれほど快感を得られるのだ。

それが文吾を勢いづかせる。台本を読みながらの拙い漫才なので、もちろん笑わせるまでには至らない。ただそれでも十分な成果を得られた。

「ねえ、今のはどうだった？」

早速梓が問うた。

「まあ、ええんちゃうか。なあ、左京？」

悔しそうに三宝が認める。

「そやな」

左京が首を縦に振った。女の子も満足げな笑みを浮かべている。

「花山家がやりそうかな？」

矢継ぎ早に梓が尋ねたが、三宝は首をひねった。

「うーん、花山家って感じはせんかなあ」

「どうして？」

梓の表情が変わる。あきらかに落胆した様子だ。

「まあボケとツッコミは花山家っぽくてマジで二人が言いそうなフレーズやったけど、まず第一にオトンコンビニ嫌いやもん。コンビニの設定で漫才なんかせんで」

「与一さんってコンビニ嫌いなの？」

「うん。昔オトンコンビニでバイトしとったらしいねんけどな、店長がむかつくらしくて大喧嘩してクビになったんやって。それから俺はコンビニは二度と行かん言うて、絶対に立ち寄らんねんで」

左京が笑って補足する。

「そうそう、与一のおっちゃん、うんこ漏れそうでも俺はコンビニでトイレは借りん言うとったもんな」

「そっか……」

うなだれる梓に文吾が励ましの言葉を投げる。

「でも与一さんがコンビニ嫌いだからって、コンビニの漫才やらないってことはないんじゃないかな」

まっ先に三宝が否定する。

「兄ちゃん、それはちゃうで」

「何が違うんだよ」

「……どういう意味だよ」

「オトンが漫才は嘘なんやけど嘘ついとったらアカンって言うとった」

「俺もようわからんけど、自分が好きやないもんを、これ流行《はや》ってるからとかこれウケそうやからいうてネタにしたら客にバレる言うとったわ」

「……わかる気がする」

神妙な顔で梓が頷き、文吾もその真意の輪郭だけはわかった。

漫才というのは嘘で笑いをとる話芸だ。でもその嘘の中には、本音という核がなければならない。それがないと客の心を揺さぶれない。与一はそう言っているのだろう。

ただ自分でネタを書く分には、自《おの》ずとその本音が核になるが、他人が、作家がお笑いコンビにネタを書くときはどうすればいいのだ？

文吾が頭を悩ませていると、梓が口を開いた。

「ねえ、三宝君」

「なんや」

「ちょっと頼みたいことがあるんだけど」

真剣なまなざしで、梓がそう言った。

10

爆笑をとって舞台をはけるときほど心地いいものはない。そのために生きている。そう断言してもいいほどだ。凛太は今日も爆笑でステージを終えることができた。

準決勝まであと十日ほどだ。

ナンゲキのライブに訪れる客層と準決勝に訪れる客層はほぼ一致している。仕上げにはもってこいの劇場だ。

ネタは完璧といっていいほど仕上がっているが、ラリーからは依然として仕上げすぎるなと命じられている。だから必ずどこかでアドリブは入れるようにしていた。そのアドリブが一番ウケたりするのだから漫才というのはわからない。

優と一緒にフロアに行くと、

「おうっ、アカネゾラ調子ええなあ」

『レインボーアワー』の二宮《にのみや》が声をかけてきて、凛太は思わず顔を歪《ゆが》めそうになる。

小太りで目尻に人懐っこそうなしわを浮かべているが、その目はドブ川のように濁っている。笑顔の仮面の下は、媚《こ》びとご機嫌取りの言葉で埋め尽くされていた。

芸人にはいろんな種類がいるが、二宮は先輩付き合いでのし上がってきた人間だ。

売れっ子の先輩の呑みの席に必ず顔を出し、スタッフとの交流会にも積極的に参加する。ネタ作りにあてるべき時間をすべて付き合いの時間に費やしている。

その結果、先輩の番組の前説やちょっとしたコーナーで使われたり、情報番組のリポーターを任されるようになる。

賞レースで結果を出すことよりも、先輩に夏休みの海外旅行に連れて行ってもらうことを誇りに感じる芸人だ。

二宮タイプの芸人は、凛太のようなネタやKOMだけにしか目が向いていない芸人を馬鹿にしている。

漫才やコントをするだけが芸人の仕事ではない。人を楽しませることが芸人の仕事だと語り、幅広くいろんなことをやろうとする。その第一が先輩付き合いだ。

もちろん凛太も全否定はしないが、それはネタがあっての派生の仕事だ。ネタという土台がなければ、芸人とは言えない。

ただいくら自分とは正反対の価値観の持ち主とはいえ先輩は先輩だ。芸人の世界ではどんなに無能でクズでも、先輩というだけで丁重に扱わなければならない。

「ありがとうございます」

腹立ちが表に出ないように慎重に礼を述べる。

「復活した思うたら絶好調やもんな。おまえらこれで決勝出て優勝したらドラマ性ばっちりやで」

二宮は褒めてくれているのだが、凛太の内心は荒れに荒れている。

アカネゾラの調子の良さを見て、自分もそれに追随しようと声をかけてきたのだ。その手の嗅覚が異常なほど発達している。アカネゾラは昔から可愛がっていたとでも言いたいのだろう。

「今から飯行くんやけどおまえらどや？」

行きたくはないが、露骨に断るのも角が立つ。先輩付き合いとはなんて面倒なのだ。

「凛太はちょっと用事あるんですけど俺行きますよ」

凛太の肩にぶつかるように、優が口を挟んだ。

「兄さんと呑むの久々ですから楽しみですわ」

二宮が軽快に眉を上げる。

「おーほんまやな。じゃあ今城行くか」

二宮と優が立ち去ろうとし、すまん、と凛太が優の背中に礼をすると、優が軽く手を上げた。見えなくても凛太の心は優にはお見通しのようだ。

さすが相方だな、と凛太が口元を緩めたそのときだ。

ゴホッ――。

どこからともなく誰かが咳《せ》き込む音がしてはっとした。辺りを見回したが、別段誰もおかしな様子はない。気のせいかと力を抜いたが、なぜか胸騒ぎがしてならなかった。

11

「いよいよだね」

弁天町のビルを見上げて、梓が気合いを入れて言う。

「そうだね」

文吾もそう意気込んだ。

とうとう作家ＫＯＭ最終決戦の日を迎えた。

文吾がちらっと梓の横顔を盗み見る。寝不足で体調は万全ではないだろうが、その目は光を放っていた。大喜利の予選のときにあった薄もやのような不安はどこにもない。ベストを尽くせた満足感が漂っている。

部屋に入ると、先に龍太郎と春野がいた。その二人の姿を見て、文吾はどきりとする。その表情はまるで梓と同じだった。二人とも自分の持てる限りの力を出せたのだ。

不安が喉をせり上がり、文吾は嘔吐感を覚えた。

もう漫才台本は提出しているが、どんな漫才なのかは文吾は見ていない。

梓はこの一週間、ほぼ家にいなかった。朝早く家を出て、夜遅くに帰ってくる。何をしているのかを聞いても一切教えてくれなかった。

誰も挨拶どころか口すら開こうとしない。審判のときが訪れるのを、決意のこもったまなざしで待っている。

まるでＫＯＭのラスト・トライアルだ。最終決戦に残ったコンビが、審査結果を待つときと同じ目をしている。

扉が開いて、文吾は腰を浮かせた。与一とプロデューサーの上野があらわれたのだ。

いつもは平静な二人だが、さすがに今日は表情が硬い。ＫＯＭの審査員のような面持ちだ。去年の年末、与一の花山家がKOMで優勝し、そこからスターとなった。それが今年は、作家KOMの審査員になっている。

与一が席に座り、三つの漫才台本を置いた。龍太郎、梓、春野の漫才台本だ。きちんと製本されている。

おそらく上野がやったのだろう。ただのコピー原稿ではなく製本したのは、ここまで勝ち残った三人に敬意を払ってのことだろう。

与一が慎重に口火を切った。

「えー、みんなお疲れ。漫才台本見させてもろうた」

それから労をねぎらうように、三人の顔を順番に見た。

「最初に言うとく。三人とも素晴らしい漫才台本やった。どこに持っていっても恥ずかしくない本に仕上がっとった。俺はお世辞は言わん。そこは誇りに思ってくれ」

よしっと文吾は拳を握りしめたが、梓は目元すら緩めない。背筋を伸ばし、まっすぐ与一を見据えている。

与一の声が一段と引きしまる。

「けれどこの中で俺の座付きになれるのは一人や。まず脱落者の名前を一人挙げ、その理由を説明する」

緊張が文吾の首筋をなでていく。梓の名前が出たら夢はそこで終わりだ。呼ぶな、呼ぶなと心の中で念じ続ける。

一拍置いて与一が言った。

「春野。おまえは脱落や」

文吾はなんの躊躇《ちゅうちょ》もなく春野の方を見た。失礼だと理性が制止する間もなかった。最強の優勝候補だと思っていた春野が、一番に落ちてしまった。

春野は無念さを顔ににじませ、ゆっくりと目を閉じた。心の整理をつけるようにか細い息を吐くと、まぶたを開けた。それから静かに尋ねた。

「……なぜですか？」

与一が春野の台本を取り上げた。

「さすが春野や。台本としてはよくできてる。俺らの特徴も捉えてるし、特に和光のツッコミのワードなんか最高やった。普通にこのままやってＫＯＭの決勝にもいけそうな漫才や。正直この三人の中で、台本としての完成度は一番高かった」

どういうことだと文吾は困惑した。文句のつけようがないデキで、なぜまっ先に落とされるのだ。

そこで与一が鋭い声に切り替えた。

「ただこれはおまえらハレルヤの漫才や」

ハレルヤとは春野のコンビ名だ。

「花山家に近づけているが、その根本にあるものはハレルヤの漫才やった。完成度は高いが、俺が求めているのは純然たる花山家の漫才や」

春野が悔しそうに肩を落とした。

「……納得しました」

漫才台本を書くテストなのだから、芸人としての経験がある方が有利だ。文吾はそう思い込んでいたが、別のコンビの漫才を書くとなると話は異なるのだ。

大喜利のテストと同じだった。与一は誰が放送作家としての核心に迫っているかを問うているのだ。

与一が龍太郎と梓を交互に見た。

「残りは二人やな」

文吾の鼓動が急激に高くなる。龍太郎か、梓か……。

「結果は二人の話を聞いてから決める」

与一が龍太郎の台本を取り上げた。

「まずは龍太郎、おまえの台本やけど、俺がツッコミで和光がボケになっとるな」

文吾は反射的に龍太郎を見た。花山家は与一がボケで、和光がツッコミだ。そんな大きなミスをしたのか？

「でも不思議やけど俺らの漫才になっとる。正確には俺がツッコミボケで、和光がボケツッコミやな。一見かみ合わなそうやけど、全体を見たらがっちりとかみ合っている。こんな漫才、俺は一回も見たことがない」

与一が首をひねっている。

花山家の漫才になっているとは、花山家のニンが表現できているという意味だ。斬新なシステムでかつニンが出ている？　一体どんな漫才なんだ、と文吾は興味をかき立てられた。今この場で和光を呼んで、与一と二人で漫才をして欲しい衝動に駆られる。

「なんでこんな漫才にしたんや」

与一が龍太郎を見つめる。心のひだの揺れすらも見抜くような視線だ。

龍太郎が淡々と答える。

「花山家は比較的オーソドックスな漫才です。それでKOMの頂点を制した。だから次に求めているのは、これまでにないシステムの漫才だと思ったからです。与一さんは座付き作家にそれを求めた。そしてそれができる能力がないと、花山家の座付き作家としてふさわしくない。そう思ったからです」

「なるほどな」

ゆるやかに与一が口角を上げる。その満足げな笑みを見て、文吾は戦慄した。もうこれは龍太郎が優勝なのか……。

続けて与一が梓の台本を手に取る。

「次は梓やな。この台本はようできてるけど、龍太郎に比べて新しさはない。今まで通りのオーソドックスな漫才や」

「はい」

梓の表情に焦りの色がにじんだ。まずい、と文吾は息を詰めた。

与一が丁寧に台本を開いた。

「ただこの台本はまるで俺が書いたみたいや。これは昔俺が書いた漫才ですと言われても、すんなり受け入れてしまいそうなほど花山家の漫才になっとる」

さも不思議そうに与一がページをめくっている。

「なんで駄菓子屋の設定なんや」

「与一さんと和光さんが昔よく駄菓子屋に通っていたからです」

怪訝そうに与一が片眉を上げる。

「なんでそんなこと知ってんねん。どこでも喋ったことないぞ」

「与一さんのお父さんとお母さんに聞きました」

「何？　どういうことや」

「三宝君におじいちゃんとおばあちゃんに会わせて欲しいって頼んだんです」

あっと文吾は声を上げそうになる。そういえば梓は、三宝に頼みたいことがあると言っていた。それはこのことだったのだ。

不機嫌そうに与一が文吾を見つめ、文吾は顔を伏せた。文吾経由で三宝と知り合ったと察したようだ。

梓が補足するように言った。

「与一さんのお父さんとお母さんに、与一さんと和光さんのことをこと細かく聞きました。何が好きで何が嫌いなのか。子供の頃はどんなことをして、どんな遊びをして、どんなことに興味を持っていたのか。とにかく徹底的に質問しました。

他にも与一さんの奥さんや三宝君、左京君にも与一さんと和光さんのことを尋ねました。駄菓子屋も含め、お二人がよく行っていた場所にも足を運びました」

それでずっと家に帰ってこなかったのか。文吾はようやく合点した。

与一が呆れるように肩をすくめた。

「まるで探偵やな。なんでそんなことしたんや」

「漫才はそのコンビの魅力を最大限に引き出せるかどうかが大事だと思ったからです。そのためには私は花山家のすべてを知る必要がある。それが花山家の座付き作家として、放送作家として一番大事な要素だと考えたからです。芸人さんの杖《つえ》となるのが、私にとっての理想の放送作家です。そして理想的な杖を作るには、その人の身長や体重、足の運び方、歩く癖を知り尽くさなけれはできません」

毅然《きぜん》とした梓の答えに、文吾は胸が騒いだ。

梓じゃないとできないことを追求しよう――文吾は前に梓にそう言ったが、まさにこれがそうだ。

花山家を隅から隅まで、心の奥底から理解し、そのすべてを台本に込める。それが梓の出した答えだった。

与一が台本を丁寧に三つ並べた。その仕草には三人への、漫才への深い慈しみが込められていた。

「よしっ、優勝者を発表する」

与一が口を開いた。その唇の動きを、文吾はまばたきをせずに見つめた。

「優勝は、千波梓！」

そう与一が声を高めた瞬間、文吾は歓喜の雄叫びとともに飛び上がった。

「やった！　梓だ！　梓の優勝だ！」

「ほんと、私……」

梓が放心したように漏らした。念を押すように、上野が拍手した。

「おめでとう。君が優勝や」

与一を含め、龍太郎、春野も手を叩いて賞賛する。

「あっ、ありがとうございます」

梓の瞳から大粒の涙がこぼれ落ちる。今までの苦労が、この瞬間に報われた。たまらず文吾ももらい泣きをする。

「よかったね。梓」

「ありがとう。ブンブンのおかげだよ」

二人で泣きながら抱き合う。こんな小さな体で必死に頑張り続けたのだ。それを想うと泣けて泣けて仕方がない。

しばらく二人で涙の雨を流していると、背中に強い衝撃が走った。

「いつまで抱き合っとんのじゃ」

与一が文吾を叩いたのだ。すみません、と言って洟《はな》を啜《すす》り、文吾は急いで梓の体を放した。

まだ泣いてしゃくり上げている梓に、与一が手を差し出した。

「おう、梓。これからよろしくな。おまえが今日から俺らの三人目の相方や」

「あっ、相方」

戸惑う梓に、与一が鼻の上にしわを寄せる。

「なんや、座付きいうたら相方も同然や。嫌なんか」

「とっ、とんでもない。よろしくお願いします」

あたふたと梓が与一の手を握り返す。その光景を見て、また文吾の目に涙が押し寄せてきた。

12

ジャージ姿の凜太が、アパートの前で膝の屈伸をしている。

相変わらずラリーから練習は止められているが、その代わり二人で歩きながら会話をしろと言われている。

「あいつ、何しとんねん」

いつもは先に待っている優がなかなかあらわれないので、凛太は優の部屋へと向かった。扉を勢いよく叩く。

「おい優、早よ行くぞ」

ところがなんの反応もない。その静けさが、凛太の胸を違和感で染めていく。だいたい優が遅刻すること自体がおかしい……。

凛太は慌ててポケットを探りキーを取り出した。お互いの部屋に自由に出入りできるように合鍵を持っている。

部屋に入ると、優はベッドで寝ていた。ただの寝坊かとほっとしたのもつかの間、優の様子がおかしい。顔が火のように赤くなり、なんだか喘いでいる様子だ。

凛太は優の額に手を触れてぎくりとした。

熱い――。

とんでもない体温だ。これはただの風邪ではない。そこで優が目を覚まし、凛太の存在に気づいた。動揺するようにかすれた声を漏らした。

「来るな……移る」

「移る？　どういうことや」

「たぶんイッ、インフルエンザや。二宮さんのもらった……」

「インフルエンザ……」

凛太は急いで息を止め、口元を手で覆った。それから部屋を飛び出すと、すぐさま小鳥に電話をした。

「インフルエンザやと」

設楽が苦い顔で言い、凛太と小鳥は黙り込んだ。

あのあとすぐに小鳥と話をした。今二宮はインフルエンザになり、仕事を休んでいるとのことだった。

二宮と別れるときに聞こえた咳の音は、二宮本人が発したものだった。そして優は二宮と一緒に呑んだ際、インフルエンザを移されたのだ。

優は朝起きて自分の体調の悪さに気づき、二宮から病気をもらったのを悟ったのだろう。優から直接二宮に確認をとったそうだ。

優の母親に来てもらい、病院へと一緒に行ってもらった。今優は、東大阪の実家で安静にしている。

ただ一番の問題は、KOMの準決勝だ。

インフルにかかると他人に移す危険性があるため、しばらくの間仕事はできない。一週間後のKOM準決勝に間に合うかどうか微妙なところだ。

二宮は自身の体調の悪さに気づいていながら、ただの軽い風邪だと思い込み、出歩いていたとのことだった。

それを聞いて、凛太は怒りで卒倒しそうになった。そんな体調でマスクを付けないのも信じられないのに、こともあろうにあいつは、俺たちを呑みの席に誘ってきたのだ。

聞くところによると、二宮は居酒屋でも激しく咳き込んでいたそうだ。優はそれが気になっていたが、先輩なのでマスクを付けてくれと頼めなかったのだろう。

二宮は、俺たちがどれだけKOMに賭けているのか芸人のくせに知らないのだろうか。

たとえ軽度の風邪でも、凛太ならばそんな状態で後輩を誘ったりはしない。もし移しでもしたら、後輩の人生を狂わせるかもしれない。万全の体調で挑ませてやるように心を砕くのが、周りの芸人の務めではないのか。

「凛太、すまん、すまん……」

電話越しに優が嗚咽《おえつ》の声を漏らした。高熱で意識が朦朧《もうろう》としながら、優は何度も何度も謝罪をくり返していた。その涙で詰まった声がまだ耳にこびりつき、胸の中をかきむしる。そしてその無数の切り傷が絶叫する。

優を、俺の相方をこんな目に遭《あ》わせた二宮が許せない。

「加瀬さん、大丈夫ですか」

心配そうに小鳥が凛太を覗き込む。その目にはわずかだが怯えの色が見えた。怒気を隠しきれなかったようだ。

「大丈夫です」

そう、何も二宮もわざと移したわけではない。不注意だが故意ではないだろう。不幸な偶然だと自身をなだめすかし、どうにか激怒の波が少しはましになった。

設楽が冴《さ》えない顔で漏らした。

「……インフルやったら謹慎や。KOM準決勝も辞退やな」

凛太と優が恐れていた事態が現実のものとなった。

小鳥が悲鳴のような声を上げる。

「ちょっと待ってください。準決勝は一週間後です。それだったら復帰しても他の人間には移さないはずです」

「一週間で治るという確証はないやろ」

設楽がちらっと凛太の方を見た。迷いのようなものがその表情を揺らしている。

凛太は深々と頭を下げた。

「お願いします。どうか準決勝に参加させてください」

設楽には反抗的な態度ばかり示してきたし、こんなやつに懇願したくはない。でもＫＯＭに出られるためならなんでもする。優のためにも。

「お願いします」

小鳥も助勢するように頼み込むと、ふうと設楽が鼻から熱い息を吐いた。

「……ラリーさんからも頼まれた」

凛太ががばっと頭を上げる。

「ラリーさんがですか」

「そうや。出させてやってくれとな。ラリーさんに頼まれたら断れんやろ」

厄介そうに設楽が首をもたげる。ラリーが俺たちのためにそんなことをしてくれたのか。凛太は鼻の奥がつんとした。

「ただし、今城の熱が三日以内に下がらなかったら出場はなしだ」

そう明言する設楽に、わかりました、と凛太は頷いた。

それからの三日間、凛太は気が気ではなかった。

優の病状が気がかりだが、見舞いに行って自分が移ったらもう完全に終わりになってしまう。

治ってくれ、治ってくれと念じながら何度も神社にお参りをした。

決勝に進出させてくれなんて贅沢《ぜいたく》は言わない。優が完治し、無事に準決勝の舞台を踏めるだけでいい。

普段神頼みなどしない凛太が手を合わせて心から祈った。

そして三日目の朝を迎えた。今日熱が下がらなければ、準決勝は辞退だ。もうだめかと首が折れかけたとき、スマホが震えた。

優からのメールだった。急いでメールを確認すると、写真が一枚添付されていた。

36・8℃──。

写真に写った体温計にはそう表示されている。平熱に戻ったのだ……。

「よかった」

安堵の声を漏らすと、凛太は膝から崩れ落ちた。

13

マルコと鹿田は、東京の準決勝の会場に到着した。

二人で並んで立ち、目に力を込めて会場を見つめる。

準決勝は大阪芸人も東京での勝負となる。東京というアウェイの地なので少し不利になるが、今回はそれは大丈夫だろう。

昨日のネタチャレが放映されて大反響だった。さっきも新大阪駅で番組を見た人間に声をかけられたし、マルコと鹿田のＳＮＳのフォロワーも急増した。準決勝に来る客の頭には、確実にキングガンの名が刻まれたはずだ。

ただマルコは複雑な気分だった。デートネタが人気を得たのはいいが、それは完全にネタバレをしてしまったことを意味するからだ。

あれから途中でボケとツッコミを入れ替える、スイッチ漫才に取りかかった。幾度もネタを推敲し、ラリーの意見を聞きながら修正を加えた。

あとはひたすらバイトも休んで、漫才の稽古を続けた。

普段と正反対のことをやるのだ。いくら時間があっても足りなかった。寝る時間も惜しみ、鏡の前でネタ合わせをした。

ネタというものは舞台にかけ、客の反応を見ながら調整を加えていくものだが、今回はそれをしなかった。

準々決勝から準決勝までの期間は二週間と時間がなかったのもあるが、客はおろか芸人の誰にもネタバレしたくなかったからだ。

芸人人生がかかった準決勝の場で、新ネタを、しかもこれまでとスタイルの違うネタを初おろしする……。

破天荒だ奇天烈だと言われているマルコ達ですら無茶苦茶だと思う。ほとんど自殺行為だ。けれどもうこの手しか残されていない。

マルコが口を開いた。

「おいっ、吐き気の方はどうや」

鹿田が首をひねる。

「準決勝やのに今日は大丈夫や。もうありえへんことやるし、死ぬほど練習したからかもしれん」

「そうか」

マルコも同じ気持ちだ。やぶれかぶれで当たって砕けてやる。胸の中にはその気持ちしかない。

会場に入ると、スタッフの人数が多い。カメラの台数も準々決勝と違った。スタッフからもものものしい空気が流れている。

楽屋に入ると他の芸人達がいた。五千組の熾烈な競争を勝ち抜いた、二十五組のコンビだ。

顔見知りのナンゲキの芸人も多いが、全員の顔つきがいつもとは異なっている。表情の筋肉が硬くぎこちない。落ちつかないのかせわしなく貧乏揺すりをし、何度も何度も伸びをする。信じられないほどコーヒーをがぶ呑みしている人間もいた。緊張感と興奮で、肌が痺れるほど空気が殺伐としている。

これが今から人を笑わせる芸人の顔なのか？　まるで戦場に赴く兵士のようだ。

そこでマルコは、初舞台のときのことを思い出した。初舞台ほど緊張する舞台はない。あのときマルコは膝頭が震え、自分で何を言っているのかもわからなくなった。しんと静まり返る客席を見て頭がまっ白になり、そこから逃げ出したい衝動に駆られた。それほど初舞台とは怖いものなのだ。

今ここにいる精鋭達が、その初舞台の芸人と同じ表情をしている。芸歴を重ね、何千というステージを踏んだ歴戦の強者が、その記憶と経験がすべて消えて、養成所の頃に戻ったようだ。

一回戦とも、二回戦とも、準々決勝とも違う。準決勝を勝って決勝に残れば、間違いなく芸人としての評価は高まる。

芸人として生き残れるかどうかの分かれ目なのだ。この強烈な緊張感こそが、ＫＯＭの準決勝だった。

　助けを求めるようにマルコが辺りを見回すと、馬刺の大空と伊鈴がいた。ほっとして二人に話しかけようとしたが、マルコはその声を呑み込んだ。

　大空も伊鈴も真剣そのものだ。舞台に向けて集中力を高め、意識を研ぎ澄ましている。とても邪魔できる雰囲気ではない。

　ふと全員がざわつくのがわかった。その視線が扉に集まっていたので、マルコもそちらに顔を向けてはっとする。

　アカネゾラの凛太と優が入ってきたのだ。マルコはまっ先に優の異変に気づいた。

　背が高くて痩せているので普段からほっそりしているが、今日の優はまるで肉をナイフでこそげ落としたようだ。

　マスクをしているが、そのやつれ具合は隠せない。目も落ちくぼみ、顔色もくすんでいる。血の気はまるでない。足元もどこかふらつき気味だ。

　こんな状態で漫才ができるのか？　凛太も同じことを思っているのだろう。優の心配と舞台の不安でか表情が冴えない。

　マルコはひそひそと鹿田に訊いた。

「おいっ、優さんどないしてん？」

　鹿田が首を振ると、いつの間にか大空が側に来ていた。気の毒そうに答える。

「優兄さんインフルエンザなりはって治りたてやねん」

「インフルなりはったんか」

　なんて運が悪いんだ……復活したアカネゾラは絶好調で、芸人の間では優勝候補ではないかと囁《ささや》かれていた。その優が、体調不良で準決勝に挑まなければならないのか。

ライバルが一人減ったと無邪気に喜べない。正直アカネゾラとは決勝の舞台で戦いたかった。

マルコが優を見つめていると、鹿田がマルコの肩を摑んだ。

「おいっ、人の心配しとる場合ちゃうぞ。ネタ合わせするぞ」

そこで我に返る。鹿田の言うとおりだ。この中で誰よりも崖っぷちに追い込まれているのはアカネゾラではない。自分たちだ。

「わかった」

マルコは神妙に頷いた。

14

「おうっ、呼び出して悪かったな」

ベンチに座った与一が、缶コーヒーを片手に言った。

前に与一と一緒に来た公園だ。お昼時なのでもう一つのベンチでサラリーマンらしき男が弁当を食べている。この時間は学校なので三宝と左京の漫才コンビも、あの梓そっくりの女の子もいない。

「いえっ」

文吾が恐縮して会釈する。

作家KOMで梓が優勝したあと、与一と梓は連絡先を交換した。その際なぜか、文吾の連絡先も聞かれて教えたのだ。

与一がポケットに手をつっ込み、くしゃくしゃのお札と小銭を取り出した。なんで売れっ子芸人なのに財布を持っていないんだ……。

「ほらっ、なんか飲み物買ってこい。釣りはやる」

そう言って手に持っていたお金を全部文吾に渡す。

「いいですよ。それにこれ多すぎます」

「アホか。やる言うとるんやから素直に受け取っとけ」

「でもこれ一万円札ですよ」

文吾がお札を広げると、マジで、と与一が一瞬言葉に詰まったが、すぐにかぶりを振った。

「ええ、やる。先輩に恥かかすな」

いつから自分は与一の後輩になったのだろうか？

「わかりました」

ただこれが芸人の流儀というやつなのだろう。文吾は立ち上がり、道向かいの自販機に向かった。何にしようか迷ったが、文吾も与一と同じコーヒーにする。

ベンチに戻って与一の隣に座り、いただきます、とコーヒーに口をつける。

その香ばしい香りと苦味でほっとする。十二月に入ったので今日はかなり寒い。コートの中から体が暖まってきた。

文吾が落ちついたのを見計らうように、与一が尋ねた。

「どや、梓の方は？」

「あれからずっと寝てます」

文吾は苦笑で返した。作家ＫＯＭの疲れと緊張が限界だったのか、その体力と精神を回復するかのように、梓は布団の中にこもりっきりだ。

「獣とおんなじやな。じゃあ今も寝とるんか」

「いや、今日は実家に帰ってます。放送作家になるっていう報告をご両親にするって」

「そうか」

与一が目を細めて頷く。さすがの梓の両親も、花山家の名前は知っているだろう。その座付き作家になったのだから、梓が放送作家になることを認めてくれるはずだ。

与一が空を見上げ、なにげなく言った。

「今頃東京ではKOMの準決勝か」

ちょうど今日がKOMの準決勝の日だ。決勝進出できるかどうかは、芸人にとっては重大事だ。だから決勝よりも激しい熱戦がくり広げられると梓が教えてくれた。

「もう花山家は出ないんですか？」

「まあ連覇っていうのもやってみたいけどもう御免やな。これ以上歯なくなったら飯食えんようになる」

そう大きく口を開ける。思い出した。ネタ作りに神経を注ぎすぎて、与一は歯がボロボロになった。それほどKOMとは過酷な戦いなのだ。

「おまえも梓がもう一回作家KOM出るいうたら止めるやろ」

「断固阻止します」

間髪入れずに返すと、そやろ、と与一が笑った。

「龍太郎さんや春野さんは、これからどうされるんでしょうね？」

作家KOMが終わってからずっと気がかりだった。敗退すれば今後放送作家は目指さない。それが与一の条件だった。

「ニュー放送作家か、ネオ放送作家なるんちゃうか」

「……なんですか、それ？」

ぽかんとする文吾に、与一が快活に答える。

「名前なんかつけたもんがちや。放送作家はなれませんけど、俺ニュー放送作家なんでっていって何食わん顔でこの世界目指したらええやろが。ほんまおまえはクソ真面目やなあ」

そんな発想ができるのは与一ぐらいだ。

「それにあの最終テストまで残ったやつらに、今後放送作家目指すななんて言えるか。お笑いの神様に俺がしばかれるわ」

「じゃあ二人とも放送作家を目指していいんですか」

「当たり前やろが。あんな才能あるやつら即戦力でどの芸人も、どの番組スタッフも欲しがる。もう上野さんが別の番組のスタッフに入れとったわ」

「そうですか」

思わず笑みを広げてしまう。彼女のライバルが増えて何喜んどるんや、と与一が文吾の背中を叩いたので、むせ返ってしまった。でも笑顔は消えない。今度あの二人が作る舞台や番組を見る楽しみが増えたからだ。

少し間を置いてから与一が体勢を変えた。

「ほんでおまえはどうすんねん」

「これから就職先を探します」

「大阪でか？」

「はい。大阪です」

「東京にせえ」

そう与一が強制的に命じ、文吾はふいをつかれた。

「……どうしてですか？」

「俺らは東京に進出する。本格的に天下を目指すんや。上の兄さんらを全員なぎ倒すつもりでやる」

いよいよかと文吾はときめいた。これから花山家の時代がはじまるのだ。

「梓は俺らの座付きやからな、あいつが大学卒業したら東京に住まわせる。だからおまえも東京で就職しろ」

呼び出した理由はこれだったのか、と文吾はおかしくなった。遠距離恋愛になるのは可哀想《かわいそう》だということだろう。売れっ子芸人が、ただの大学生のためにこんなことまで考えてくれているのか。

「あとこれやる。作家KOMの優勝祝いや」

与一がかばんから封筒を取り出した。さっきはお札をぐしゃぐしゃにしてポケットに入れていたのに、この封筒にはしわひとつない。

それを受け取り中を開けてみると、新幹線のチケットが二枚入っていた。東京行きのものだ。

「なんですか、これ？」

「今年のKOMの決勝に招待したる。俺も当日前回チャンピオンで番組に出るからな。梓と二人で来い」

「決勝見れるんですか！」

文吾が喜びで飛び上がる。あの決勝を生で見られる。梓に言ったら狂喜乱舞して、部屋を駆け回るだろう。

「ありがとうございます、与一さん。俺まで誘ってくれて」

「ほんま、なんで俺が彼氏の世話までせなあかんのや。面倒なやつ座付きに選んでもうたわ」

与一がぶつぶつ言っている。

ブンブン、売れっ子芸人さんっていうのはみんな優しいんだよ——。

以前梓が教えてくれた言葉を思い出した。誰よりも面白い人というのは誰よりも優しい人で、そんな芸人さんじゃないとスタッフも世間も認めてくれない。

そのときはそんなものかと聞いていたが、今の与一を見てそれを実感した。そしてこの人が芸人の頂点を極めるだろう、とも。

その手伝いを梓がするのだ。間近でそれを見られる文吾はなんて幸せなんだろうか。

「にたにたしすぎじゃ」

与一が文吾の頭をはたいたが、文吾の笑みはおさまらなかった。

15

「優、大丈夫か」

凜太が心配そうに声をかけると、優が目を細めていつもの笑みを向ける。

「大丈夫やって。もうインフルは治っとるんやからな」

さっき丁寧にメイクをしてもらい、顔色の悪さはどうにかごまかせたが、逆に凜太の不安は募るばかりだ。

インフルエンザは完治したのだが、体調は元に戻らなかった。

いつも準決勝は緊張でそわそわと落ちつかないが、今年は優の体調の方が気になってしまう。

すでに準決勝ははじまっている。冷静さを取り戻すためにも他のコンビのネタを見る方がいい。

そう判断して、凛太はモニターを見た。

キングガンが登場すると客席が沸いた。あいつらいつの間にこんな人気を得たんだろうか。

「昨日ネタチャレでウケとったな」

優がひとり言のようにぽつりと漏らした。

なるほど。昨日人気番組に出た効果が如実にあらわれている。あのデートのネタならば、確実に今日の客にもハマるだろう。キングガンは決勝進出確定かもしれない。

だが凛太の予想に反して、ウケがそこまで来ない。二回戦で爆笑を生んだボケが低調気味だ。

デートネタが、今日の準決勝の客にウケないのはおかしい気がした。

そこではたと気づいた。

「あいつらもしかしてこのネタ、ネタチャレでやったんか？」

険しい面持ちで優が頷く。

あいつら馬鹿か、と凛太は頭を抱えた。KOM直前に勝負ネタをテレビで披露してどうするのだ。KOM前のテレビ出演は、手札を晒《さら》してしまうという危険性もある。

ネタチャレという人気番組が、その判断を鈍らせたのだろう。準決勝に初進出したという経験不足が最悪の形で露呈した。

相談してくれたらアドバイスしてやったのに……そう凛太が歯がみしていると、どかんという爆笑が起きた。

なんだ、なんだと画面を見てみると、凛太は目を疑った。

ボケとツッコミが入れ替わっている——。

いつもは鹿田がボケでマルコがツッコミだが、今は鹿田がツッコミでマルコがボケに回っている。

スイッチしたのだ。ボケとツッコミが入れ替わる漫才は珍しくはないが、まさかキングガンがやるとは。しかもこんな準決勝の大一番に、新ネタどころかスタイル自体を変えてきた。

客の空気が変わったのが、モニター越しにも伝わってくる。昨日ネタチャレで見た漫才だと思っていたら、予想外のスイッチ漫才が展開されたからだ。

後半のネタはまだ粗いが、それを勢いが補っている。笑い声の噴火が止まらない。この爆発力こそがキングガンの真骨頂だ。

まさかこれがあいつらの計算か。ネタの中で伏線を張り、回収するのはよくある。凛太も頻繁に使用している。

だがこのスイッチ漫才は、ネタチャレを伏線にしてKOMで回収している。そんな壮大な仕掛け、凛太ではどう頭をひねっても思いつかない。ミステリー小説のどんでん返しのようなものだ。

その意外性を狙ったのか？

いや、あいつらにそんな器用なことはできるわけがない。ネタチャレでの失敗を補うため、準々決勝から準決勝までの二週間で、このスイッチ漫才を編み出したのだ……。

キングガンの漫才が終わり、周りの芸人達の空気が変わる。ウケの総量で誰が決勝に行けたかはだいたいわかる。確実にキングガンは一抜けした。

　はっとして凛太はかぶりを振る。人のことなどどうでもいい。今は自分たちだ。アカネゾラのことを考えなければならない。

「優、大丈夫か？」

「大丈夫や言うてるやろ。俺のことはええから舞台に集中しろ」

　優がそう諭してくるが、焦りは一向に消えてなくならない。

　時間が来たので舞台袖に向かう。廊下でマルコと鹿田が喜びを爆発させている。会心の手応えだったのだろう。あのウケだったらどんな芸人でもそうなる。

　密着のカメラがその二人の様子を撮影している。確かあのディレクターの名前は山内だ。キングガンがお気に入りのようで、かなり前からKOMの密着をしている。

　どの芸人に密着するかはディレクターは指定できないが、山内は特別に頼んでいると聞いたことがある。

　キングガンは目の肥えた業界人が虜《とりこ》になる魅力がある。決勝に行けば、全国区の人気者になれるだろう。売れる芸人が直前に発する光輪のようなものが、あの二人の頭上に浮かんでいる。

　舞台袖に立つが落ちつかない。暗がりのせいで優の表情もよくわからない。それが妙に気になる。

　くそっ、二宮の馬鹿が優にインフルなんか移さなければ……怒りが込み上げたことに気づき、また取り乱す。

　なぜ集中していないんだ。芸人人生がかかった舞台にこんなおかしな気持ちで挑むのか。これならまだ緊張で震えていた方がましだ。

　アカネゾラの一つ前は馬刺だった。伊鈴の飄々としたボケに、大空が軽快にツッコんでいる。

熊本弁のリズムが耳に心地いい。

馬刺はキングガンの同期だ。その芸歴の割には技術力も高い。ラリーのいうニンをよく摑んでいるネタだ。最初からニンに気づけているコンビは、他のコンビよりも成長が早いのだろう。

去年よりも確実にウケている。キングガンに続き、決勝進出の当確ラインに辿《たど》りついているはずだ。

今日でＫＯＭ決勝進出者の九組が決定する。残りの一組は、決勝当日に行われる敗者復活戦で決まる。去年の凛太は、リンゴサーカスで準決勝も敗者復活戦も敗退した。それが原因で解散したのだ。

あの汚泥をさらうような記憶が、脳裏を腐食する。悔しさと惨めさが束となり、凛太の胸をめった刺しにしてくる。

馬刺のネタが終わり、二人がはけてきた。その上気した顔がすべてを物語っている。これはいけたと。

出囃子が鳴り、凛太は舞台へと駆け出した。その床を踏む感触がおかしい。まるでこんにゃくの上を歩いているようだ。

「どうも、アカネゾラです」

照明にあてられた優の横顔を見てどきりとする。陰影が濃くなり、より頰がこけて見える。ただ優の口調は普段と変わりがない。いつもの流暢な喋りをしているが、なぜかそれが凛太の不安を駆り立てる。

この漫才はいつ破綻《はたん》するのだろうか。体調とは異なる優のテンポのいい喋りが、壊滅する前の予兆にしか思えない。絶好調からの高低差こそが、より悲惨さを際立たせる。

悲惨？　俺は今一体何を考えているんだ。今大事な大事なＫＯＭ準決勝をやっているんだろうが。

そのときだ。凛太の頭が突然まっ白になった。

あっ……。

言葉が喉元で蒸発し、唇がその動きを止めた。視界が一瞬でぼやけ、今何をしているのかわからない。意識と感覚が神隠しに遭ったように消えてなくなる。

とんだ――。

ネタを途中で忘れることをとんだと表現する。漫才師が一番やってはいけない失敗だ。その状態に、凛太は陥っていた。

「おまえネタとんどるがな」

優の慌てたツッコミが耳の中で反響し、凛太の視界が甦る。

とんだ。俺がネタをとばした――。

凛太はネタをとばすどころか、舌を嚙んでうまく発音できなかったこともない。喋りの技術だけは誰にも負けないと自負していた。

そんな自分がネタをとばした……その衝撃で、混乱が第二波になって襲ってくる。

優がうまくフォローしてくれたが、客は失笑気味にこちらを見ていた。客に同情されたらもうその時点で漫才は終了だ。

終わった……。

漆黒の絶望が、凛太の視界を閉ざした。

16

「みなさまお疲れ様でした。それでは今年のKOM決勝に進出する九組を発表したいと思います」

マイクの前で中年男性がそう告げた瞬間、マルコは身震いした。

ホールには準決勝の熱戦をくり広げた漫才師達が集められている。

審査が終わり、今ここで決勝進出者九組が発表されるのだ。

いけたという確信はある。

ネタの序盤は、あきらかに客の反応が鈍かった。ああ昨日ネタチャレでやってたデートネタね、見た見た。顔にそう書いてあった。

まずいという焦りを押し殺し、マルコは声を張り上げた。それでもあきらかにウケが弱かった。

ところがボケとツッコミをスイッチした瞬間、客の顔つきが一変した。こう来たかという驚きと興奮が熱気となって押し寄せてくる。

ここぞとばかりにマルコは全身全霊で漫才をした。喉が潰れるほど大声を出し、舞台を全力で駆け回り、顔がもげるほど歪めた。

そのマルコのボケに、鹿田が渾身《こんしん》の声でツッコむとドカンと会場は大揺れした。

後半が尻すぼみで終わるという欠点を完璧に克服できた。まるで昨日のネタチャレがフリになっているかのように、スイッチ後が爆発的にウケたのだ。

舞台が終わると、マルコは鹿田と「よっしゃ！」と叫んでいた。

絶対に決勝に行ける笑いの量だった。もうこれで行けなければ、マルコと鹿田が審査員に恨みを買っているとしか考えられない。それほど会心の漫才だった。

行ける、絶対に行ける……あの時点ではそう確信を抱いたが、その後のコンビもみんなそれぞれにウケていた。その笑い声を耳にするたびに、確信と自信が少しずつ薄らいでいった。

「エントリーナンバー１１１３　ネイビーズパンチパーマ」

発表されると全員が拍手をし、『ネイビーズパンチパーマ』の二人が嚙みしめるように拳を握りしめた。マルコの先輩で、決勝初進出組となった。その二人の努力をマルコは知っている。

続けざまに三組呼ばれるが、キングガンの名はまだない。まだかまだかという逸《はや》る気持ちと、もしかしてという不安が胸の中で火花を散らしている。

「エントリーナンバー３６７３　馬刺」

伊鈴と大空が軽く会釈をする。二年連続決勝進出の快挙を成し遂げたのに、二人の表情にそこまでの喜びはない。その目はＫＯＭチャンピオンにしか向けられていないのだ。

マジでこいつら年末の新幹線はグリーン車かも。マルコは呆気にとられたが、すぐに身を入れ直した。

違う、俺だ。俺たちが決勝の切符を勝ち取り優勝するのだ。エントリーナンバー７３９、エントリーナンバー７３９……そう心の中で連呼していると、

「エントリーナンバー７３９、キングガン」

一瞬心の声が漏れたのかと錯覚したが、鹿田が高々と両手を挙げたので、それが現実だとわかった。

行けた。俺たちが決勝に行けた……喜びよりも驚きの方が勝り、マルコは戸惑いながら軽く頭

を下げる。

「以上九組に決定しました」

発表が終わった。マルコは放心していた。名前を呼ばれたコンビが喜びを爆発させている。中には号泣している芸人もいた。それを密着のカメラが撮り続けている。

「マルコ、やったな。ありがとうな」

はっと隣を見ると、鹿田がボロボロと泣いている。こいつが泣く？　俺に感謝の言葉をかける？

「キングガンさん、おめでとうございます。今の気持ちは」

顔を向けるとカメラレンズがあった。山内がすぐに駆けつけてきたのだ。その両目からも涙がしたたり落ちていた。

そうだ。ＫＯＭは芸人だけのものではない。スタッフも、山内もＫＯＭを最高の場にするために奮闘してくれていたのだ。そしてずっと応援しているキングガンが決勝進出したことを、泣いて喜んでくれている。

「よっ、余裕ですわ。まあ俺ら優勝しか目指してないっすからね。おい、アホか、決勝いったぐらいで泣くな」

込み上げる熱いものを必死で堪えながら、鹿田の頭を思いっきり叩く。

「マルコ、よかったな、よかったな」

かまわずに鹿田が泣きながら、マルコに抱きつこうとする。

「アホ、気持ち悪いわ。泣きゾンビか」

「マルコ、よかったなあ。決勝絶対お父さん見てくれるぞ」

びっくりして鹿田を見る。その顔は涙と鼻水でぐちゃぐちゃだ。

そうか、鹿田はラリーから訊いていたのだ。マルコが芸人になったのは、ＫＯＭ優勝を目指しているのは、父親が家族の元に戻ってこられるようにするためだと……だからこいつは、愚痴や文句を一切こぼさず、必死になって頑張り続けたのか。

いつの間にか、マルコの瞳からも涙がボタボタとこぼれ落ちていた。その床に落ちた涙粒の大きさと量に、自分自身でぎょっとする。

決勝に行った程度で泣くか。はずい、はずい。芸人がカメラの前で涙を見せるな。笑いの一つや二つとってみせろ。

ずっと、ずっとそう思っていた。鹿田のアホは泣いて喜ぶかもしれんが、俺は泣かん。そう決めていた。でも涙が、涙があふれてどうしようもない。

ちらっと左腕にはめた腕時計が視界に入る。父親の寛司にもらったあのロレックスだ。

それが目に触れた瞬間、マルコは膝を崩して嗚咽した。

オカン、知花、やったぞ。俺は決勝行けたぞ。ほんで、オトン！　オトン、決勝見るやろ。あんだけお笑い好きやもんな。ＫＯＭ決勝は絶対に見逃さんやろ。

オトン、見とってくれ。俺、俺、絶対優勝するから。一千万とって売れっ子芸人になって金持ちなるから。そしたらさ、もう一回連絡くれ。顔見せてくれ。心配すんな。俺が借金ぐらい返したる。

そや、今度は俺が新品のロレックス買ったるわ。サイズは俺と一緒やからもうわかっとる。一千万もらったその足で時計屋行って買っといたるからな。

だから絶対戻って来いよ。約束やぞ……約束や。

その日の決勝進出者の中で、マルコは誰よりも号泣していた。

五章

決勝戦

1

「おまえ、やったなあ」

難波の街をマルコが歩いていると、柄の悪そうな二人組が声をかけてきた。若手芸人の天敵が、この手のやんちゃな若者だ。逃げなければと身がまえたが、その顔に見覚えがある。

バイトで酒を卸しているホストクラブの狐《きつね》男と河馬男だった。最近バイトを入れずにネタに専念していたので、すっかり忘れていた。

「いや、やっぱおまえやると思ってたんや。目が違ったもん」

河馬男がなれなれしくマルコと肩を組もうとすると、狐男が目を吊り上げ、怒り狐へと変貌する。

「おいっ、おまえKOMの決勝進出者やぞ。調子のんな」

河馬男が飛び退《の》き、すみませんとしゅんとする。

KOM決勝進出者とはここまで尊敬されるものなのか。マルコは驚いた。大阪はお笑いの街だと言われる所以《ゆえん》だ。

二人がシャツにサインをしてくれとせがんでくるので、マルコは背中に書いてやる。河馬男の背中はぶよぶよなので、うまくサインができなかった。

KOMの決勝に進出したおかげで、こんな風にサインを求められる。ネタチャレの活躍もあって、知名度が飛躍的に増したようだ。

妹の知花も母親も大喜びしていた。決勝は友達や近所の知り合いを全員集めてみんなで応援するそうだ。

ただ二人よりも先に決勝進出を報告したのはラリーだ。

ラリーがいなければ決勝に行くのは絶対に不可能だった。キングガンに欠けていたのが、ラリーの知恵と経験だったのだ。というかラリーが付いてくれなければコンビを解散し、マルコは芸人を辞めていたかもしれない。

「明日から寿司屋のネタもスイッチにする」

すぐにラリーに電話をかけると、返す刀でそう言われた。

ラリーの平坦《へいたん》な声を聞いて、マルコは決勝進出の喜びを断ち切った。これが目標ではない。目指すは優勝なのだ。

ナンゲキに入ると、ソファーに座った誰かが声をかけてきた。

「おうっ、マルコ。決勝進出よかったなあ」

「三宝兄さんやないっすか」

マルコが顔を輝かせる。

それは、花山家の花山三宝だ。

仲のいい先輩で、昔からよくマルコを可愛がってくれている。

「おまえ、決勝受かって大号泣したらしいな。噂になっとったぞ」

からかう三宝に、マルコは必死で言い訳する。

「兄さん、ちゃうんすよ。ちょうどあの瞬間幸せの黄色いハンカチのラストを思い出して泣いてもうたんですよ」

なぜ自分があれほど号泣したのか今でもよくわからない。

「それより兄さん、今年テレビ出過ぎですよ。ちょっと売れすぎですわ」

話題を変えるため、賞賛に羨ましさを織り交ぜる。

「まあKOMチャンピオンやからな」

わかりやすく三宝が胸を張る。

花山家は去年のKOMチャンピオンだ。長い間くすぶっていたが、優勝を機に一気に飛躍した。

「俺、兄さんが優勝した瞬間、一千万円の目録にしか目いきませんでしたわ」

「世話なってる先輩が優勝してまず金っておまえマジでやばいやつやな」

三宝が大笑いする。

親しい先輩だが、久しぶりに見るとその印象が異なっていた。くしゃっとなる笑い方は変わらないが、風格のようなものが漂っている。売れっ子芸人だけが持つオーラだ。

いつも不思議に思う。売れない頃から身近にいて、いつも見慣れている芸人がいざ売れてくると、この空気を身にまとい出す。

どれだけ才能があって面白い芸人でも、売れていないとこの感じは出てこない。人気とはよく言ったものだ。『人の気』が集まると、このオーラを身につけることができる。

マルコがごまをする仕草をする。

「とりあえず決勝に行ったんで、お父さんにお歳暮送りますわ。またたびと鰹節《かつおぶし》の詰め合わせでいいですか」

三宝が失笑した。

「アホか。俺は猫の子ちゃうぞ。だいたいオトンがそんなんで点数つけるわけないやろ。あいつ、最後のラスト・トライアルで『アキナッパ』に入れよったんやぞ。あれで優勝逃してたら、ほんまマジでどついとったわ」

「いや、その親子喧嘩めっちゃ見たかったですわ」

マルコが肩を上下に揺する。

花山三宝の父親こそが、このお笑い界の頂点に屹立《きつりつ》する芸人、『モトハナ』の花山与一だ。実の兄である和光とコンビを組み、二十年前にKOMのチャンピオンとなった。それをきっかけに東京に進出し、一気に天下を取ってしまった。

今の若手芸人の大半が、この与一に憧れて芸人を志す。モトハナのような漫才をしたい。彼らのようになりたいと誰もが切望している。もちろんマルコもその一人だ。

そして与一は、今やKOMの審査員をしている。彼が一体何点をつけるか、どの芸人に票を投じるかが話題になるほどだ。まさにお笑い界の生きる伝説になっている。

三宝は、和光の息子である左京とコンビを組んだ。つまりいとこが相方なのだ。子供の頃から二人は漫才をしていたそうだが、途中でバンド活動をしたりと一時お笑いから遠ざかっていた。

その気持ちがマルコには痛切にわかる。父親があれほど偉大な芸人なのだ。子供の頃は無邪気に憧れるだけでいいが、長じるにつれ、与一の破格の才能が理解できるようになる。

絶対に俺は父親のようにはなれない……三宝はそう考えたのだろう。だからお笑いから目を背け、別のことをやろうとしたのだ。

けれど左京の強い説得があり、三宝は心を固めた。本気でお笑い芸人を目指す、KOMのチャンピオンになると決めたのだ。

三宝の飽きっぽさがわざわいして、スタイルがコロコロ変わり、なかなかKOMでも結果が出せなかったが、去年産み出した『リターン漫才』がはまった。

肯定と否定をくり返す斬新な漫才だ。聞けば花山家は、子供の頃にこのシステムをすでに考案していたそうだ。なぜ今までやらなかったのか、マルコは不思議でならない。

そのリターン漫才のおかげで、一気にKOMチャンピオンへと上りつめたのだ。

マルコが思い出したように言う。

「でも俺、与一さんで一番笑ったの、コンビ名改名したときですわ」

ついという感じで三宝も苦笑する。

「まあ、あれは俺もマジでこのおっさんイカレとんなって思ったわ」

三宝は本格的に芸人の道を目指すことに決めると、コンビ名を『花山家』にすると言い出した。実は子供の頃からそうしていたらしい。

もちろん花山家は、与一と和光のコンビ名だ。だが三宝が、「俺も花山家だからコンビ名を譲れ、俺たちにも名乗る権利がある」と与一に詰め寄ったのだ。

正直無茶苦茶な言い分だが、これが三宝の性格だ。マルコも人のことは言えないが、三宝は常識のネジが一本外れている。

何せ日本を代表するコンビである、花山家の名前を変えろと一介の若手芸人が迫ったのだ。

普通ならばそんな頼みは一蹴して終わりだが、常識のネジが外れているのは与一も同じだった。

「わかった。じゃあおまえらに花山家を譲ったる。俺らはコンビ名を変える」

そう和光にも事務所にも相談せず、勝手に了承してしまった。

そして世間を騒然とさせたのが、その新しいコンビ名だ。

与一はコンビ名を、謎の文字一字にした。

誰も見たことのない、与一が考案した創作文字だ。これはなんて読むんですかと尋ねられると、

「ムジョッシや」「薔薇《ばら》王子磯兵衛や」「ソムチャイルークパンチャママや」

などなど与一は毎回違う答えをして、全員を煙《けむ》に巻いた。次第に誰もコンビ名を尋ねなくなり、与一達は『元花山家』を略して、『モトハナ』と呼ばれるようになった。だから今はモトハナが正式なコンビ名となっている。

このエピソードがマルコは大好きだった。これぞ芸人、これぞお笑い界の帝王という気がするからだ。

笑みを戻すと、三宝が声を沈ませた。

「それよりおまえ、準決勝から凛太兄さんに会ったか？」

「……いや、会ってないです」

凛太と優のアカネゾラは準決勝で敗退した。

今年はアカネゾラの決勝進出が確実視されていたし、マルコもそう思い込んでいた。それほどクレーマーのネタは抜群の面白さだった。

だが凛太はネタをとばしてしまった。ネタをとばすどころか、凛太が言葉を嚙むことすら見たことがなかった。あの漫才マシーンが失敗する……これがＫＯＭの準決勝かとマルコは戦慄したほどだ。

「そうか……」

三宝が沈痛な面持ちになる。

三宝にとって、アカネゾラは特別なコンビだと聞いたことがある。

アカネゾラの漫才の技術には到底敵わない、と三宝はよく口にしていた。凛太と優は子供の頃から漫才をやり続けていた。だからその技術は同世代でも群を抜いている。

三宝も、同様に相方の左京と子供時代から漫才をしていた。もしそのままぶれずに漫才を続けていたら、アカネゾラの域に達していたのにと酒を呑みながらぼやいていた。

与一の才能に畏怖して音楽活動にうつつをぬかした中断期間を、三宝はよく悔やんでいた。だからこそ三宝にとってアカネゾラは、自分たちの理想を体現したコンビだといえた。

だからアカネゾラが解散すると聞いてまっ先に反対したのは三宝だった。後輩で唯一、「辞めないでくれ」と凛太に頼んでいた。凛太に臆さず話しかけられる後輩は、三宝とマルコぐらいだ。

だが凛太はその意見を聞き入れずに解散し、箕輪とリンゴサーカスを組んだ。リンゴサーカスに関しては三宝は何も言わなかった。もう加瀬凛太は自分の憧れの先輩ではない。そんな心境だったのだろう。

そして今回アカネゾラが復活した。その知らせを一番喜んだのは三宝に違いない。その浮かない表情を見て、三宝が決勝でアカネゾラを見るのを楽しみにしていたのがよくわかる。

「……そろそろ時間か」

壁時計を見て、三宝が立ち上がった。

「兄さん、たぶんアカネゾラさん決勝で見れますよ」

そうマルコが声をかけると、三宝があっと口を開けた。

「そうか、敗者復活があるか」

「そうです」

マルコは力強く頷いた。

あのアカネゾラが、加瀬凛太がこのまま終わるわけがない。決勝の舞台は、アカネゾラとの勝負となる。マルコはそう信じて疑わなかった。

2

目覚ましが鳴り、凛太はまぶたを開けた。

朝の日差しが目を射抜き、頭に鈍い痛みが走る。この二日間よく寝られていないのか、疲れがまるで取れない。

準決勝の舞台の、あのネタをとばした瞬間が悪夢となって眠りを妨げている。そのたびに凛太は跳ね起き、寝汗でびっしょりとなる。

舞台終わり、凛太は呆然としていた。

優に謝らなければと思い口を開くのだが、それが声にならない。こんな大事な、芸人人生の瀬戸際で大失敗をやらかした……その事実の重みを受け止めきれない。

「凛太、気にすんな」

優がそうなぐさめたが、その顔は体調の悪さとあいまって色を失っていた。

もう審査結果など聞かなくてもわかっていたので、あの結果報告の会は地獄だった。スタッフに制止されても逃げ出したい衝動に駆られた。

決勝進出者九組が決まり、アカネゾラは敗退した。

大阪に戻ると凛太はスマホの電源を切り、部屋に閉じこもった。優が何度か訪ねにきたが、凛太は応答しなかった。一体どんな面を下げてあいつに会えばいいのだ。申し訳なさで顔向けができない。

ただ今日はナンゲキのステージがあるので、劇場に行かなければならない。怪我《けが》をしようが親の死に目だろうが、芸人が舞台をとばすことは絶対できない。それが芸人としての矜持であり、義務だ。

インターホンが鳴り響き、凛太はびくりとした。優が来る際は、扉をノックするからだ。

そろそろとドアののぞき穴に目をやるや否や、凛太は大急ぎでドアを開けた。

「どっ、どうされたんですか？」

そこにマネージャーの小鳥がいた。

「どうされたって迎えに来たんですよ。今日劇場出番ですよ」

そうはつらつと答える。ナンゲキの若手芸人が虜になっているあの笑顔が輝いている。このしょぼくれたアパートに、一条の光が射し込まれたようだ。

この事務所ではマネージャーは送迎などしてくれない。しかも凛太のような売れていない芸人ならば絶対にありえないことだ。

まだ出番まで時間があるので、小鳥と一緒にいつもの喫茶店に行く。震えるような寒さなので、凛太はコートの襟を立てた。

この寒風がＫＯＭを連想させる。気温の低下で、若手芸人は否応なしにＫＯＭを意識してしまう。途端に気持ちが沈み込み、足取りが重くなった。

小鳥がホットケーキを二つ注文すると、凛太は頭を下げた。

「……吹石さん、すみませんでした」

小鳥にはずっと面倒を見てもらっていた。自分の担当芸人の中でも、アカネゾラに特別目をかけてくれていたのは知っている。

なのに凛太は、あんなていたらくを見せてしまった。小鳥はさぞかし失望しただろう。

「これでアカネゾラの優勝の確率高まりましたね」

まぶしいほど屈託のない笑みで小鳥が応じる。

「……どういうことですか」

「敗者復活戦ですよ。敗者復活からの勝ち上がりが優勝パターンじゃないですか。絶対いけますよ」

決勝当日、準決勝敗退組同士で敗者復活戦が行われる。そこで勝った一組だけが、決勝のステージに上がれるのだ。

ＫＯＭの過去の優勝者の中にも敗者復活組は数多い。敗者復活戦で勝ち上がった勢いを、そのまま決勝に持っていけるという利点があるからだ。

準決勝に負けた直後、敗者復活戦に意識を切り替える。それが敗者復活戦を勝ち抜くために必要な心構えだ。ただ、それが今はできない……。

「……そうですね。頑張ります」

その気持ちをひた隠し、凜太は弱々しく頷いた。


ホットケーキを食べ終えてから店を出る。口にすれば元気になる小鳥おすすめのホットケーキでも、準決勝の後悔が一向に消えない。そのことも小鳥に対して申し訳なかった。

ちょっと本社に寄ってから劇場に行きますと小鳥が言ったので、凜太は先にナンゲキに向かった。

こんな心境で漫才をするのか……またネタをとばしてお客さんを白けさせるかもしれないという不安にさいなまれる。

ビルに入ると、駐車場で誰かがタバコを吸いながら話し込んでいる。ここは喫煙スペースだ。

その人物を見て、凜太は総毛立った。

それは、二宮だった。後輩芸人の灰原《はいばら》に向かって何やら偉そうに語っている。

二宮はインフルエンザを優に移した張本人だ。そうか。優が仕事に復帰できたのだから、二宮もとっくに活動を再開している。

灰原は二宮直属の後輩だ。猫背で、へらへらとしまりのない顔をしている。売れてもいないくせにその服はすべてブランド品だ。どうせ売れっ子の先輩からもらったものだろう。ネタは三流だが、先輩付き合いは一流だという二宮の生き写しのようなやつだった。

顔を合わせてしまえば、怒りで我を忘れてしまいそうだ。ちょうど二宮と灰原に気づかれなかったので、そのままやり過ごそうとしたときだった。

「それにしてもアカネゾラさん残念でしたね」

灰原が、口から白い煙を出して言った。

「まあなあ、せっかくインフル治って準決勝出れたのにな」

二宮がタバコを人差し指で叩き、灰を灰皿に落とした。

その他人事のような口ぶりに、凜太は足を止めた。

「あいつらもあんだけネタ必死にやって準決勝止まりやで。ほんま関西芸人はKOM、KOM言い過ぎやねん。もう宗教の域に達しとるわ」

いつもの二宮の主張だ。

「ほんまですね。KOMは売れるための手段であって目的ではないですからね。みんな手段と目的が逆になってるんですよ」

調子よく灰原が同意すると、二宮が嬉しそうに勢いに乗る。

「そやろ。だいたい上の兄さんも、番組のMCなったらネタなんかやらんやろ。今はネットもあるんやし、そっからバズるのもぜんぜんありやろ。東京の若手なんかそれで売れっ子になってるやん。関西芸人のKOM至上主義をなんとか俺が変えたりたいと思うとるんやけどな」

上から目線で、二宮が嘆くように首を振る。

「いや、それめっちゃわかりますわ。優さんもそれわかっててこの前来たんちゃいますか。漫才だけやったらあかんって」

「そやろな。あいつも一回この世界辞めたから世間がわかったんちゃうか。どの世界でも一番大事なんは人付き合いやって」

そこで二宮がタバコを吸って、一息入れる。

「相方の凛太がKOM狂いやからな、バランスとるためにも自分が先輩付き合いうまならなあかんって思ったんやろ。俺のインフル移って逆によかったかもな」

「ほんまですね。これで優さんも二宮軍団ですね」

歯並びの悪い歯を剝《む》き出しにして灰原が笑うと、二宮が肩を揺すった。

「おまえ、俺のインフル後輩いじんなよ」

「インフル後輩って、一番兄さんがいじってるやないですか」

さも愉快そうに二人で笑い合うと、二宮が湿った息を吐いた。

「とはいえ優がインフルギリギリ治ってあいつら準決勝出れて助かったわ。あのまま欠場になったら、完全に俺悪もんになってたで。KOM信者から魔女狩りにあってたわ」

「ほんまですね。セーフですね」

「インフルで出られんかったら凛太に刺されとったわ。でも落ちたのは凛太がネタとばしたからやからな。俺のせいやないから」

安堵と嘲笑をまじえた下卑た笑みが、二宮の頬にはりついている。

そのふざけた笑顔を見て、凛太の頭にあの声がこだました。

凛太、すまん、すまん……。

インフルエンザにかかった優が、嗚咽しながら謝る涙声だった。その切々とした声を聞いて、凛太は二宮を許さないと誓った。あの強烈な、内臓を焼くような憤怒が込み上げてくる。

その瞬間、凛太は我を忘れて叫んでいた。

「おまえ、どういうことや！」

ふざけるな、ふざけるな。こいつは優にインフルエンザを移したことを何も反省していない。いや、反省どころか移して逆によかっただと……我慢が完全に臨界点を超え、激昂《げっこう》へと変化する。

火の塊を押しつけられたようにうなじが燃えさかる。

凛太がいたことに、二人が目を点にして飛び上がる。何か言いつくろおうとしている様子だが、狼狽《ろうばい》で言葉が出せないでいる。

凛太がずかずかと距離を詰めた。

「何が俺のせいやないやと……」

動揺から立ち直ったように、灰原が必死で制止する。

「凛太さん、先輩にそんな口の利き方おかしいでしょ」

はっとした二宮が、居直ったように胸を張る。

「ほんまや。凛太、おまえ俺何年先輩やと思ってんねん」

「知るか、ボケ！」

凛太は拳を握りしめ、二宮の横っ面を殴りつけようとした。

そんな暴力沙汰を起こせば、敗者復活戦にも出られなくなる。この拳を叩きつけた時点で、芸人人生は本当の意味で終了する。

かすかに残った冷静な自分の説得を、頭はまったく聞き入れない。もうどうなってもいい。このクソ野郎だけは勘弁できない……。

左足を踏み出し、拳に力を込めようとした瞬間だった。

「おまえら、何をやっている」

急に別の声が割り込んできて、凛太はぎょっと動きを止めた。

仰天したのは二宮と灰原も同じだった。三人が声のした方向に顔を向けると、そこにラリーがいた。

ちょうど暗がりなので、ラリーの黒い服装と同化してよく見えない。ただその頬の傷跡が、熱を持ったように赤く浮いて見える。

その瞳を見て、凛太は恐れおののいた。

ラリーは激怒している……。

これまでの凛太だったならばわからないだろう。だがこの一年ラリーに付いてもらったおかげで、その微妙な感情の変化が今は読み取れる。凛太が見たことがないほど、ラリーは怒り狂っていた。

声を発した人間がラリーだったことに、二宮と灰原は困惑気味の様子だ。何せラリーが喧嘩を止めるどころか、話すことすらまれだったからだ。二人は、ラリーの激昂には気づいていない。

「おまえ達の話はさっき聞かせてもらった」

抑揚のない声でラリーが言い、二人がぎくりとする。

するとラリーが突然声を張り上げた。

「おまえらこいつの努力をなんだと思っているんだ！」

その怒声が反響し、わんと耳の中でうねった。金属バットで殴られたように、凛太の全身が野太い怒号に撃ち抜かれる。

普段もの静かで声量が少ないラリーの声だとはとても信じがたい。二宮と灰原の驚きは凛太以上だろう。二人とも目玉がこぼれんばかりに目を見開き、怯えて腰が砕け落ちそうになっている。その瞳は、恐怖で染め上げられていた。

ラリーが怒りをたぎらせる。

「死ぬ気で漫才に賭けて何が悪い。KOMチャンピオンになるために何もかも犠牲にしてネタを作って何がおかしい。おまえらみたいなものがどうして加瀬を笑えるんだ。なぜ馬鹿にできるんだ。漫才に、お笑いに、自分の人生を、存在を、そのすべてを注ぎ込む。それが芸人じゃないのか！　おまえ達のような人間は二度と芸人を名乗るな！」

「すっ、すみませんでした」

二宮と灰原が脱兎《だっと》のごとく立ち去った。

突然の出来事に、凛太は放心していた。爆発寸前だった二宮への怒りを、ラリーが代弁してくれたのだ。まるで避雷針みたいに。

二宮への激怒が薄れ、それと入れ替わるようにラリーへの感謝の気持ちがあふれてくる。ラリーは凛太と優の努力を認め、それを誇りに感じてくれていた。

ＫＯＭ馬鹿、修行僧……そうからかわれていた自分をラリーが認めてくれた。それが本当の、真の芸人の姿だと言ってくれた。つい目頭が熱くなり、凛太はうろたえる。

「加瀬」

ラリーが呼びかける。平静で、顔の筋肉一つ動かさないいつものラリーに戻っている。

「はい」

凛太が真顔で反応した。

「おまえのＫＯＭへの執念とは、あんな馬鹿を殴って台無しにするほど簡単なものだったのか」

やはりだ。凛太は唇を噛んだ。凛太のことを考えて、ラリーはあえて二宮を叱り飛ばしてくれたのだ。

「……すみません」

そこで気づいた。ＫＯＭへの道は全員の支えがあってのものだった。優、小鳥、そしてラリーがその道を切り開いてくれたのだ。自分だけが感情を暴発させて、粉々に打ち砕いていいものでは決してない。

「今日の出番が終わったら今城と一緒に稽古場に来い。ネタの練習をする」

「えっ、ネタの練習ですか？」

今までラリーは、ネタをきちんと練習するのを禁じていた。

「そうだ。クレーマーのネットカフェは仕上がっているが、レストランの方はまだ仕上がっていない。二つを完璧な状態にする」

眉一つ動かすことなく、ラリーは淡々と言ってのけた。

アカネゾラは敗者復活を勝ち上がり、必ず決勝に行って優勝する。ラリーは言外にそう告げている。

その確信に満ちた響きに、凜太の胸はうち震えた。準決勝での失敗に対する後悔を、ラリーが綺麗に拭い去ってくれた。

敗者復活から勝ち上がっての優勝――。

小鳥が言ってくれたその道程《みちのり》がまばゆく光りはじめる。さっきまで見えなかったその道を、今凜太の目は、はっきりと捉えることができた。

「ラリーさん、俺達は絶対に優勝します」

嘘偽りのない言葉を、凜太は口にすることができた。

3

「ううっ、お江戸行きは緊張するねえ」

梓がわざとらしく震え、文吾は歩きながら笑う。

「お江戸ってなんだよ」

冬の冷気のせいで、梓の頬と耳が赤くなっている。痛々しくもあるがその姿も文吾には可愛く見えてならない。

街路樹の葉が落ちて、かわりにイルミネーションのライトが取りつけられている。夜になれば、ロマンチックに辺りを照らすのだろう。

今日はKOMの決勝で、今から二人で東京に向かう。

KOMのスタッフに頼んで与一が席を取ってくれた上に、新幹線のチケットまで手配してくれた。さらには二人のために最高級のホテルまで用意されている。

文吾も梓も遠慮したのだが、「芸人が一度出したもんを引っ込められるか」と与一は強引に押しつけてきた。ありがたく二人はその好意を受けることにした。

文吾が足を弾ませて言う。

「ＫＯＭの決勝楽しみだね」

二人で旅行なんてはじめてな上に、それがＫＯＭの決勝なのだ。最高の思い出になるに決まっている。

「ほんと今年はどのコンビが優勝するか予想がつかないね」

梓の目が輝き、二人で優勝コンビを予想し合う。

感心するように梓が腕組みをする。

「むっ、ブンブンやるな。準決勝の客と決勝の客の違いまでわかるとは」

「うん。準決勝の客はお笑いファンで、決勝の客はそこまでお笑い知らない人たちだからね。だから準決勝でウケたネタでも、決勝で通用しない場合があるでしょ。『白熱モヤシ』のあのネタは準決勝では爆笑だったけど、決勝ではどうかなって思って」

この一年間で文吾もお笑いについて勉強を重ねてきたので、かなり深い見方ができるようになった。何せ彼女があの花山家の座付き作家なのだ。それぐらいはできないとみんなから笑われる。

葉を落とした裸の木を見ながら、梓が言った。

「今回のＫＯＭは見るだけだけど、私新しい夢ができたんだ」

「何々？」

それは初耳だ。梓が目を光らせて答える。

「それは、私がＫＯＭチャンピオンを育てること」

「育てるって？」

「まあ育てるって言い方はおこがましいけどね。与一さんから言われたんだ。俺たちの座付きになって作家としての経験値を深めたら、若手の漫才師を育てろって。そのときは俺はＫＯＭの審査員なってるやろうから、どうせならオモロイ漫才見たいからって」

文吾はふき出した。

「与一さんらしいね」

でも梓が育てた若手芸人が、ＫＯＭの決勝に出る光景を想像するだけでもわくわくする。より一層ＫＯＭが楽しみでならなくなるだろう。

「でもただＫＯＭチャンピオンを育てるだけなら面白くないと思うんだよね」

ふふんと梓が不敵に口元をゆるめる。何か良からぬことを考えている顔だ。

「一体何をする気なの？」

「虎と龍を戦わせるのだ」

「どういう意味？」

「もうまったくタイプの違う芸人さんを、別々のやり方で教えて決勝の舞台で雌雄を争ってもらうの。これはワクワクするぜ」

意欲満々といった体で梓が鼻から息を吐く。梓らしい愉快なアイデアだし、文吾もその決勝をぜひ見てみたい。

「じゃあ今日のＫＯＭ決勝でそのイメージトレーニングできるね」

「贅沢なイメトレですな」

舌なめずりするように梓が頷いた。

そうこうしているうちに駅に到着する。財布を取り出す際にかばんの中をのぞき見て、文吾は胸をなで下ろした。大事なものは持ってきている。

「ブンブン、新幹線のチケットちゃんとある？」

確認するように梓が尋ねると、文吾が間抜けな声を漏らした。

「あっ……」

絶対忘れてはならないものを意識しすぎて、次点のものを忘れてしまった。

やれやれと梓が肩をすくめた。

「いいよ、いいよ。時間的に余裕あるし。家に取りに帰ろう」

「俺一人で急いで取ってくるよ。梓はちょっと時間潰しといて」

文吾は踵を返し、あたふたと駆け戻った。


「わかりやすいなあ。ブンブンは」

そう目を細めると、梓は左手の薬指に目を落とした。

そこには指輪がはめられている。文吾と最初にデートに行ったとき、文吾がプレゼントしてくれた指輪だ。

そんな安いのしなくていいよ、と文吾は恐縮して言ってくれるが、梓にとってこれほど大事な指輪はなかった。値段なんて関係がない。

でも今夜からこの薬指にはめるのは、新しい指輪になるだろう。

最近文吾がバイトに精を出していた。こっそり結婚情報誌も買っていたし、パソコンの検索履歴には『学生結婚』とあった。

さらに極めつけは、梓が寝ているときにこっそり薬指のサイズを測っていた。文吾は気づかなかっただろうが、梓は起きていた。

念願の花山家の座付き作家になれた嬉しさはあるが、同時に心細さもある。海千山千の業界人を相手に、女一人で立ち向かっていけるだろうかという心配だ。

けれど側に文吾がいてくれる。文吾ならば、東京での就職活動もきっとうまくいくだろう。何せ優秀な人だから。文吾が一緒にいてくれるのならば梓は無敵だ。

梓は左手を上げて、指輪を見つめる。

若奥様は放送作家か……。

そんな小説を書いてみるのもいいかもしれない。そうにやにやしてしまい、道行く人が怪訝そうにこちらを見ていく。

慌てて表情を戻してぶらぶらと歩きはじめる。ここは商店街なので、時間を潰すにはちょうどいい。そうだ。文吾が指輪をくれるのだ。梓もお返しに何か買った方がいいかもしれない。

何にしようかと思案していると、書店に目が留まった。個人で経営している古ぼけた小さな書店だ。

外に置かれた錆《さ》びた雑誌ラックの前で女の子が立っている。その横顔に見覚えがあった。

「あなたって」

三宝と左京と一緒にいた女の子だ。

彼女も梓に気づき、目を大きくする。覚えてくれていたみたいだ。

「えっと、名前はなんだっけ？」

うっかりしていた。あのとき名前を聞いていなかった。

「小鳥、吹石小鳥」

幼い声でそう答えてくれる。

「小鳥ちゃんか」

なんて可愛らしい名前だろうか。

「お姉さんは」

小鳥が訊き返し、梓は笑みとともに答える。

「お姉さんの名前は興津梓よ」

ちょっと気は早いが、どうせ文吾の苗字になるのだ。

「何見てたの？」

「これっ」

小鳥がある雑誌を指さすと、表紙に与一と和光の写真が載っていた。『ＫＯＭチャンピオンが見る次のステージ』と題されている。お笑いの専門誌で花山家が特集されているのだ。

梓はつい苦笑した。

小鳥と梓は似ている。前に文吾が笑いながらそう指摘したが、本当にそっくりだと思う。お笑い好きな点も含めて、梓の子供のときと顔もよく似ている。

「ねえ、小鳥ちゃんって将来何になりたいの？　芸人さん？」

小鳥が首を横に振る。

「じゃあ放送作家だ」

同じ動作を小鳥がくり返し、しまったと梓は反省する。いくらお笑い好きといえど、子供がそこまで考えているわけがない。梓が放送作家になりたいと思ったのは中学生の頃だった。

するとト鳥がのんびりと答えた。

「マネージャーになりたい」

「マネージャー？　どうして？」

予期せぬ答えだった。確かに芸能事務所のマネージャーも、お笑いに携わっている仕事の一つだ。

「テレビで見たの。与一のおじさんが優勝したあとのテレビ」

おそらく優勝後のワイドショーか何かだろう。ＫＯＭチャンピオンは次の日からテレビにひっぱりだこになる。

「お姉さんがメモ帳にいっぱい書き込んでて、スケジュールがいっぱいですって言ってた」

「花山家のマネージャーさんね」

「うん。お母さんもそう言ってた。それがすっごいかっこよかったから、わたしもマネージャーさんになりたいなって」

梓はふき出しそうになる。そういえば小鳥は、三宝と左京の漫才を見ているときもノートを広げて何か書いていた。文字を書くのが好きなのだ。

梓が膝を折り、小鳥と目線を合わせた。

「じゃあ小鳥ちゃんが大きくなったら、お姉さんと一緒に仕事しようね」

「うん」

小鳥が元気よく頷き、梓はにんまりと微笑んだ。また一つ新しい目標ができた。

「そうだ。じゃあお姉さんが、スケジュール帳買ってあげるよ。小鳥ちゃんがマネージャーになってＫＯＭチャンピオンの担当になったら書けるやつ」

「ほんと」

あまりに嬉しかったのか、小鳥が踵を浮かせて目を輝かせる。

手帳コーナーで小鳥が好きなスケジュール帳を選んだ。使うのは来年ではないので、自分で日付を書き込めるタイプにした。まあ小鳥が実際マネージャーになるのはかなり先だろうが、こういうのは気分の問題だ。

それを買ってやると店の外に出る。

「梓さん、ありがとう」

礼儀正しく小鳥が頭を下げた。お礼をしっかりするようにと親に教えられているのがよく伝わってくる。

「どういたしまして」

もう一度しゃがみ込んで、小鳥と目線を合わせる。

商店街を出て二人で横断歩道を渡ろうとすると、携帯電話が震えた。文吾からだ。小鳥ちゃんちょっと待ってね、と言い置いてから電話に出る。

「梓、ごめん。新幹線のチケットあったよ」

文吾の安堵する声が響く。

「もうっ、指輪のことばっかり考えてるから忘れるんだよ」

「指輪って……梓知ってたの？」

「あっ……」

しまった。つい言葉が口をついて出てしまった。気まずい沈黙が流れたあと、梓はしゅんとして謝る。

「……ごめんなさい。ちゃんとブンブンがプロポーズしてくれるときまで黙っておくつもりだったんだけど」

「いや、俺が悪いんだよ。もっとうまく隠さないとダメだったね」

また沈黙が横たわる。やがて、文吾が言いにくそうに切り出した。

「で、梓、どうかな……俺と結婚してくれる？」

「ブンブン、私今誰といると思う？」

その質問には答えず、別の問いを投げた。

「誰って……」

梓がはぐらかしたので、文吾の声に不安がにじんだ。

「三宝君と左京君と一緒にいた女の子。吹石小鳥ちゃん」

「……偶然だね」

しぶしぶといった調子で文吾は話を合わせる。

「でしょ。で、私小鳥ちゃんにこう名乗ったの。『興津梓』ですって」

「興津って……」

感激のせいか、文吾の声が震えて聞こえる。

「これからブンブンは、私の相方兼夫だね」

満面の笑みで梓が応じる。「うん、そうだね」と文吾のとびきり明るい声が返ってきた。その喜びが電話越しに伝わり、梓の胸がじんわりと温かくなる。

そのときだった。甲高い女性の悲鳴が響き渡った。それはおだやかな日曜の昼下がりの空気を引き裂くような、凄惨な響きをまとっていた。

ぎょっとしてそちらを見て、梓は一瞬目を疑った。

黒い自動車が歩道に乗り上げ、こちらに突進してきている。鉄の猛獣が迫ってくるかのようだ。視界の隅で、道路脇に人が倒れているのを捉えた。その頭部は血で赤く染まっている。車にはねられたのだ。

逃げ、逃げないと……そう頭では思うのだが膝が震えて動かない。恐怖が、絶大な恐怖が梓の神経を遮断する。ただそこで、はっと目を見開いた。

何がなんだかわからず、小鳥はぽかんとしている。だめだ。このままじゃ小鳥が轢《ひ》かれてしまう。かろうじて残った意識を蹴り飛ばし、梓の体が反応した。小鳥を、この子を助ける。その想いが梓をつき動かした。右手で小鳥を強く押し、小鳥はもんどり打って倒れ込んだ。

「梓、どうした、梓！」

手から離れ空中を舞う携帯電話から、かすかに文吾の声が聞こえてくる。

それが鼓膜を震わせたと同時に、車のバンパーが目の前に迫った。

その直後、梓の身体《からだ》に強い衝撃が生じた。何かが潰れ、砕ける感触と音がした。それは梓のすべてを破壊する、絶望的な響きを伴っていた。

そして、梓の意識はふつりと途絶えた。

4

「そろそろ時間か」

ラリーが時計を見ると、マルコと鹿田は同時に息を吐いた。

今日がＫＯＭ決勝当日だ。東京に向かうギリギリまで、ネタを仕上げていたのだ。とにかくできる限りのことはやれた。

スイッチ漫才は舞台にかける時間はなかったが、その完成度は高い。なぜならばラリーが、ネタの優劣を見極めてくれたからだ。どのボケがウケてどのボケがウケないか。ラリーはそれを的確に見極めることができる。ラリーがいれば舞台に一切上がらなくてもネタを仕上げられるのではないかと思うほど、その能力は段違いだ。

あらたまるようにして、マルコは頭を下げた。

「ラリーさん、ありがとうございました。ラリーさんがいなかったらここまで来ることはできませんでした」

素直に感謝の想いを伝える。

マネージャーの小鳥に死神ラリーを付けると命じられたとき、マルコはこれは罰だと絶望した。大阪城公園を走らせたり何度も何度もネタをやり直させたりとラリーの嫌がらせに辟易した。でもそれは嫌がらせではなく、そのすべてに深い意図があった。なおかつラリーが妹の知花と母親にまで話を聞きにいったことを知った。付いたコンビを徹底的に知り尽くす。ラリーの漫才への造詣の深さと情熱を知り、マルコはラリーを心から信頼することができた。

放送作家は芸人の才能には遠く及ばない。それが浅はかな考えだったとマルコは思い知らされた。マルコはただ、本物の放送作家を知らなかっただけだ。

そしてラリーのおかげで、漫才の奥深さを思い知った。漫才師として芸人として大切なものをラリーが教えてくれたのだ。今回の結果がどうであれ、自分の中で漫才師として生きる本当の覚悟ができた気がする。俺はワラグルになれたのだと。

鹿田も神妙な面持ちで礼を述べる。

「俺からもありがとうございます。ほんまにＫＯＭ決勝行けるとは思ってませんでした」

「おまえ達は優勝するんじゃないのか」

ラリーが無表情でそう言うと、マルコが鹿田の頭を叩いた。

「そや、おまえ何決勝で満足しとんねん」

鹿田がむきになって訂正する。

「なし、今のはノーカウント」

危なかった。マルコも油断していた。決勝進出で満ち足りていては優勝など狙えるわけがない。

「ラリーさんは決勝に来られないんですか？」

失態をごまかすように鹿田が尋ねる。正直マルコも、ラリーが来てくれれば心強い。

「俺は行かなければならないところがあるが、決勝はちゃんとテレビで見る」

「わかりました。絶対俺たちが優勝する瞬間見てください」

マルコが拳をつき出すと、ラリーが低い声で言った。

「マルコ」

「なんですか」

「お父さんはきっとテレビで見てくれる。頑張れよ」

ふいうちのような励ましに、マルコの目の奥が一瞬で熱くなる。この前の準決勝の結果発表で滝のような涙を流し、泣きすぎだと他の芸人から散々からかわれたのだ。

次に泣くときは優勝する瞬間だと決めている。マルコは渾身の力で涙を堪えた。

「ほんまですね。マルコ、頑張ろうな」

いつの間にか鹿田が号泣している。

「おまえ、いつから泣きキャラになったんや」

目に力を込めたままマルコは、もう一度鹿田の頭をはたいた。

5

「よしっ」

凛太はそう声を発すると、部屋を見回した。

丁寧に掃除をしたので綺麗になっている。狭い部屋だと掃除が楽だという利点がある。とはいっても利点はその一つだけだが。

今日がKOM敗者復活戦の日だ。東京に出る前になんだか部屋を片付けたくなった。

ラリーが二宮を激しく叱責したことで、凛太は準決勝の失敗を乗り越えることができた。それから優と一緒にネタの練習を続けた。優も体調が戻り、いつも以上に調子が出ていた。今まで軽く合わせるだけだったが、今回は本格的に稽古に励んだ。それがなんだか凛太には新鮮だった。

ただラリーには、練習をせずに舞台に上がる感覚を忘れるなとも厳命されていた。遊びを残すことが必要だと。もちろんそれは凛太もわかっている。

昨日ラリーにネタの最終チェックをしてもらった。ネットカフェ、レストランのネタを続けざまに本番のつもりでやり終えると、ラリーが軽く頷いた。

「いいだろう」

つい安堵の笑みが浮かんだ。ラリーの物腰は普段通りだが、その表情からは確かな手応えが感じ取れた。

間を置かずに凛太が尋ねた。

「ラリーさん、俺たち敗者復活戦は勝ち上がれそうですか？」

「おまえ達は敗者復活戦は不利だ」

「……ネット投票だからですね」

準決勝までは審査員が合否を決めるが、敗者復活戦だけは視聴者からの投票総数で順位が決定する。

この方式だと知名度の高い芸人が有利になる。ファンが票を投じてくれるからだ。凛太達アカネゾラのような人気のない芸人は、分が悪くなる審査方式なのだ。

それもあって凛太は、準決勝に落ちた時点で絶望した。四年のブランクがあって再結成したコンビなど、一般の人間は誰も知らない。

ラリーが鋭い声を発した。

「だがネットカフェのネタならばいけるだろう。あれは準決勝の客にも決勝の客にもウケる」

励ましたのではなく、ただ真実を淡々と述べた。そんな口ぶりだ。

「そうですね」

そこは凛太も自信がある。

準決勝の客と決勝の客は客層が違うと言われている。準決勝の客はお笑いファンで、決勝の客は普通の人々だ。敗者復活戦もネット投票なので、相手は一般の人々となる。

ネットカフェのクレーマーネタは、そのどちらの層も爆笑できるはずだ。

自分への信頼はなくても、あのネタは信頼できる。子供の頃からずっと漫才を作り続けてきたが、このネタが過去最高だと断言できる。ならばそれを信じよう。

あらたまるように凛太が礼を言う。

「ラリーさん、今までありがとうございました。ラリーさんのおかげでここまでこれました」

瀬名にラリーを紹介された時点ではラリーの実力には半信半疑だったが、今ならば断言できる。ラリーこそが日本一の放送作家だと。

ラリーが否定する。

「俺は何もしてない。おまえらは普通にやっていれば、もっと早くKOMチャンピオンになれた。ただ馬鹿みたいに足踏みしていただけだ。今回準決勝をとりこぼしたのもその悪い癖のせいだ」

「俺やなくて凛太のせいですよね」

おかしそうに優が言い、凛太が苦笑をこぼした。

「おまえネタとばしたんは俺のせいやないって言うてたやないか」

もう笑い話にできている。二人とも完全にあの失敗を払拭できていた。

笑みを残したまま優が訊いた。

「ラリーさんは決勝来られないんですか？」

「俺は明日は用事がある。ただテレビで決勝は見る」

「わかりました。じゃあ俺らの優勝の瞬間見といてください」

恩師に向けて、迷いなく凛太は言い切った。

インターホンが鳴り、凛太はびくりとした。扉ののぞき穴に目をやると、そこに小鳥が立っていた。

慌てて扉を開けて尋ねる。

「どっ、どうしたんですか、吹石さん？」

今は朝の六時だ。

「どうって今から出陣ですからね。お供するために来たんですよ」

小鳥が気合いを入れて拳をつき上げた。敗者復活戦組のテレビ局への入り時間は朝十一時と早いので、小鳥とは現地集合だとばかり思っていた。

小鳥を部屋に招き入れる。ちょうど掃除をしていてよかった。いつもの散らかり具合ではとても女性を上げられない。

小鳥に座布団を出し、凛太はベッドに腰掛ける。こうしないとスペースがないのだ。

自分の部屋で姿勢良く座る小鳥を見て、鼓動が高鳴る。また舞台とは違う種類の緊張で、こっちの緊張には凛太はまるで免疫がない。

「あの、キングガンの方はいいんですか？」

キングガンも小鳥の担当で、今日ＫＯＭ決勝に挑む。

「はい。お二人は大丈夫です。私は今日はアカネゾラさんの方に付かせてもらいます」

そこで気づいた。今日敗者復活を勝ち上がれなければ、凛太と優は芸人を辞めるはめになる。それがラリーとの約束だし、凛太も優もきちんとそれを守る気でいる。それはもう優と事前に話し合っていた。

ネットカフェのクレーマーのネタで勝てないのならば、もうどんなネタでも無理だろう。凛太も優もそう考えている。

そのアカネゾラの運命の日を自分が支える。小鳥はそう考えて、わざわざ凛太の自宅から一緒に行動を共にしてくれるのだろう。そのありがたさで、凛太は胸が詰まった。

あとキングガンを選ばなかったのも地味に嬉しい。マルコは可愛い後輩だが、小鳥を争う恋敵でもある。

ただ小鳥の表情には違和感があった。やけに神妙で、ただならぬ決意のようなものが込められている。

「加瀬さん」

小鳥が覇気のある声で呼びかける。

「はっ、はい」

その迫力に気圧《けお》されて、声が上ずってしまう。

「私、マネージャーになって付いた芸人さんがKOMのチャンピオンになるっていうのが夢だって言いましたよね」

「ええ、出演依頼の電話が殺到して、スケジュール帳をまっ黒にするって」

「はい。まさしくそれが夢なんです」

小鳥がかばんから何やら大事そうに取り出した。それはスケジュール帳なのだがずいぶんと古い。年代ものだ。

「これにKOMチャンピオンのスケジュールを書くのが子供の頃からの夢だったんです」

小鳥が感慨深そうにスケジュール帳を開ける。使った形跡はない。

「子供の頃って……じゃあそんなに前に買ったものなんですか？」

「はい。私の命を救ってくれた恩人の方が、このスケジュール帳を私にプレゼントしてくれたんです。マネージャーになって担当の芸人さんがKOMで優勝したら、これにスケジュールを書いてねって」

途端に小鳥の瞳が涙で揺れ、凛太はどきりとした。

自身を落ちつかせるようにふうと息を吐き、小鳥がまっすぐ凛太を見た。

「今日、その夢が叶うと私は信じています」

躊躇なく言い切る。まだ涙の残ったその目は、確信と信頼に満ちあふれていた。

その強い想いが背中を押してくれる。絶対に優勝するという決心が、完全な確信へと変わった。

「吹石さん、約束します。そのスケジュール帳を、アカネゾラのスケジュールでまっ黒にします」

「はい」

太陽のような笑みで小鳥が頷いた。

6

「こんなところから撮るんですか」

マルコが困惑気味に言うと、ディレクターの山内がカメラ越しに返した。

「絶対に必要になりますから」

ラリーと別れて稽古場を出ると、山内が待っていた。今日はキングガンに一日密着するという。タクシーに乗ると、鹿田がマルコの父親の話をはじめた。借金を背負って失踪した父親に、KOMチャンピオンになる姿を見てもらいたいという話だ。

何喋ってるんやとマルコは慌てて止めようとしたが、鹿田の狙いに気づいた。この映像がKOMの後のドキュメンタリー番組で使われる。それをマルコの父親が見て、マルコ達の元にあらわれることを期待しているのだ。

山内がそれを熱心にカメラに収めている。付き合いの長い山内だがこの話は伝えていない。メガネ越しの目には、うっすらと涙がにじんでいた。

山内に促され、マルコも父親の話をする。つい熱いものが込み上げてきたが、涙は見せずにどうにか語ることができた。

新大阪駅に到着すると、大勢の人がマルコ達に目を向けてくる。キングガンが今日ＫＯＭの決勝で戦うことを、ほぼ全員が知っている様子だ。さすがお笑いの街だ。

「あんたら、浪速の漫才師のおもろさ全国に見せつけたり」

中年のおばちゃんが背中を思い切り叩いてくる。背骨が折れたかと思うほど力が強い。

新幹線に乗って名古屋を過ぎると、窓から富士山を見ることができた。今日は晴れているので、稜線《りょうせん》がはっきりと目を捉える。その絶景に胸が高ぶる。

関西芸人はこの富士山を見て東京に挑む。これだけ綺麗な富士山が見られたのだ。縁起は最高にいい。

「これっ、吹石さんが富士山見える側の席取ってくれたんやろな」

隣席の鹿田が陽気に言った。

「そやろな」

こんな気遣いができるのが小鳥だ。いつも新幹線は鹿田と離れた席だが、今日は隣同士の席なのも小鳥の思いが感じとれる。取り戻したコンビの絆で、ＫＯＭに挑んで欲しい。そう言外に告げているのだろう。

「でも吹石さんおらんな……」

マルコは不満げに漏らす。

「敗者復活戦の方行くって。吹石さんの担当が何組かおるからな」

「アホか。アカネゾラや。凛太さんに付きたいんや」

どうも小鳥は凛太を贔屓《ひいき》しすぎだ。

「そりゃおまえより、凛太さんの方がええやろ」

マルコが小鳥が好きなのを、鹿田もすでに知っている。

「なんでや。あの人性格ねじまがっとるやろが。クレーマーのネタもあれネタやなくて、あの人そのままやんけ。漫才やなくてドキュメンタリーや。吹石さんがあんな性悪男好きになるわけないやろ」

くるっと鹿田が、マルコと逆の方に顔を向ける。

「山内さん、今の撮りました？　こいつ先輩ボロクソに言って、事務所の女マネージャーに手を出そうとしてますよ。やばいですよね」

「激ヤバですね」

山内がカメラを片手に笑う。廊下を挟んだ席に山内がいるのだ。

「山内さん今の使わんとってくださいね」

手を合わせてマルコが頼むと、鹿田と山内が大笑いした。

7

文吾は公園に入るとすぐに与一を見つけた。与一はベンチに座り、コーヒーも呑まずにぼんやりと周りを眺めていた。

満開の桜が咲き、空も地面も桜色で染まっている。コートなしで過ごせるほど気候がよくて、爽快な風が肌を撫でては耳元をかすめていく。見るもの、聞くものすべてに春を感じられた。

だが与一は、その恩恵を無視するように浮かない顔をしている。

「すみません。お呼びたてして」

文吾が与一に声をかけると、与一が顔を向ける。その瞬間、表情に驚きが走った。理由は聞かないでもわかる。文吾の変貌ぶりにたまげたのだ。

当然だ。この三ヶ月間ろくなものを食べていない。体重計に乗っていないし鏡も見ていないが、痩せて骨のようになっているのは自分でもよくわかる。体に力がまるで入らない。

そして与一を驚かせたのは、肩から上の部分だろう。

文吾の髪の毛は老人のようにまっ白になっていた。梓を失った精神的負担は、文吾の黒髪までをも奪った。たった一夜で白髪へと変貌してしまったのだ。

さらに右頬には口が裂けたような傷跡がある。醜くひきつれた、呪いのような線が刻まれている。はじめてガーゼを外して表に出たが、道行く人が文吾を見て顔を逸らしていた。その反応で、自分が無残な姿に変貌したことがわかった。

「かまへん。座れや」

与一が促し、文吾はベンチに座った。前に座ったときよりもずいぶんと硬く感じる。尻の筋肉までもが落ちているのだ。

「申しわけありません。ぜんぜん連絡しないで」

もう一度謝る。梓が死んでから与一は何度も連絡をくれたが、文吾はそれを無視し続けた。

しばらく二人とも黙り込み、静かに公園を眺めていた。午前中なので誰もいない。強い風が吹き、桜の花びらが舞い散った。

それが合図だったように、与一が口を開いた。

「この三ヶ月間、何しとったんや？」

文吾がさらりと返した。

「死のうとしてました」

また与一の表情に驚きが広がったが、それは一瞬だった。

「……そうか、どうして死なへんかったんや」

文吾の声から何かを感じてくれたみたいだ。

「自殺に失敗しました。懸垂台で首を吊ろうとしたんですが、紐《ひも》に首を入れて椅子を蹴ったら懸垂台が倒れたんです」

頭がうまく回らず、組み立て方が間違っていたのだろう。しかも憔悴しすぎて力を失っていたせいか、スパナでボルトをきちんと締められていなかった。それに輪をかけて、椅子を蹴る力が強すぎた。

「その際本棚のフックがひっかかって頬が裂けたんです。体重がかかっていたので、こんなに深い傷になりました」

頬に触れると、盛り上がった傷跡の感触がした。

「それは痛そうやな」

「痛みはありませんでした。ただ自分が情けなくて仕方なかったです。満足に死ぬこともできないのかって……」

「じゃあなんでもう一度死のうとせんかったんや」

与一が淡々と言葉を連ねてくる。あえて声から感情を消す。そう腹を固めたような口ぶりだった。

「これを見たからです」

文吾はかばんから一冊のノートを取り出し、与一に手渡した。それは梓のノートだった。与一が受け取り、ページをめくる。

「大喜利か」

梓が書いた大喜利のお題とボケが羅列されている。

懸垂台から倒れた拍子に、このノートが本棚から床に落ちた。偶然にもページが開いた状態で。顔中が血だらけになり、ふがいなさで涙が溜まった目に、その大喜利の答えが飛び込んできた。

「どうしてこれを見て死ぬのをやめたんや」

「笑ったからです。面白くて」

そこでかすかに笑みをこぼした。

「なるほどな」

同意するように与一も目を細めた。

「はい。俺、つい笑っちゃったんです。それで梓に止められた気がしたんです。まだこっちに来るのは早いって」

不思議だった。文吾は本気で死ぬつもりだった。梓のいないこの世界にいる意味など一切ない。きっとあの世で梓は寂しがっているだろう。自分は夫であり相方なのだ。早く死んで梓に寄り添ってやらないと……その気持ちになんの偽りもなかった。首に紐をかけたときも、微塵のためらいもなかった。

なのにあのとき、文吾は梓の大喜利のボケで笑った。するとその気持ちが、風船が弾けるように消えてなくなった。

ふうと息を吐くと、与一はしみじみと目を上げた。

「梓は、最後の最後でおまえを救ったんやな」

「はい」

文吾も同じ方に目を向ける。春の日差しに照らされ、桜が輝きを放っている。

俺の妻は、日本一の放送作家だったんだ。そう心から言い切ることができる。何せ笑いで人の命を救ったんだ。だから今、自分は生きてこんなに美しい桜を眺めていられる。

文吾は姿勢を正し、声に熱を入れた。

「与一さん、頼みがあるんです」

与一が文吾を見る。

「なんや」

「俺、放送作家になりたいんです。花山家の座付き作家にしてください」

「何！」

与一が頓狂な声を上げる。

「お願いします。作家になりたいんです。ＫＯＭチャンピオンを育てる。その梓の夢を俺が叶えてやりたいんです」

梓の大喜利で笑った瞬間、死にたいという気持ちが消え失《う》せ、それと入れ換わるようにその夢が根を張った。

一瞬にして与一の目が吊り上がった。

「おまえ、作家ＫＯＭで一体何を見てきたんや。おまえみたいなド素人が梓の代わりになると思うんか」

与一の怒りは文吾も重々承知だ。

文吾がお笑いを勉強しはじめたのは、梓と出会ってからだ。見る側ならまだしも作る側の経験などまるでない。

それにたとえ昔からお笑いに親しんでいたとしても、自分に作家の才能があるとは到底思えない。どれだけ頑張っても、梓の足元にも及ばないだろう。

でももう決めたのだ。自分は放送作家になって、梓の夢を叶えると――。

文吾はもう一度かばんに手を入れ、大量の用紙を与一に渡した。与一は奪い取るように受け取り、それに目を落とした。その表情を一変させる。

「おまえ、六万やったんか」

「はい」

それは大喜利の回答だった。文吾はずっと家にこもり、大喜利に取り組んでいた。寝る間も惜しみ、大喜利を考え続けていた。作家ＫＯＭのテストだった六万回答よりもさらに多くボケを書き綴《つづ》った。

与一はもう一度目を通すと、小脇に放り投げた。

「ぜんぜんおもんないな」

「わかっています」

必死に頭を絞り、考えに考え抜いたが面白いボケなど出てこない。自分の才能のなさに愕然《がくぜん》とし、梓の才能を改めて誇りに感じた。でも手を動かすことを止めようとは思わなかった。もう文吾には放送作家の道しかない。

与一が諭すように言う。

「おまえの気持ちはわかる。同情もする。だが放送作家を目指すのはあきらめろ。才能がないやつはこの世界ではやっていかれへん。梓もおまえにそんなことは望んでへん。まっとうな人生を進め」

「嫌です。俺は放送作家になります」

線が切れたように、与一が文吾の胸ぐらを摑んだ。

「この俺が無理や言うとるんや！　おまえには絶対でけん！　何度も言わせんな！」

ＫＯＭチャンピオンが、あの花山与一がそう言っているのだ。もうこれは最終宣告だ。でも、それでも、絶対にあきらめない。そう自分に、梓に誓ったのだ。

いつの間にか文吾の目から涙がこぼれ落ち、静かに頰を伝っていた。

「おっ、お願いします。どうしても、どうしても放送作家になりたいんです。才能がないなら努力で補います。与一さんみたいに歯がボロボロになるくらいネタを考えます。死ぬ気でお笑いを勉強します。俺の人生すべてをお笑いに捧げます。与一さん、お願いです。どうか、どうか……俺に、梓の、梓の夢を叶えさせてください。お願いします……お願いします……」

涙はもう涸《か》れ果てた。梓が死んだとき散々泣き明かし、一生分の涙を流したと思っていた。でも、今また涙があふれて止まらない。

「くそったれが」

与一が手を放し、文吾はベンチに尻餅をついた。ひっくひっくという自分のしゃくり上げる声だけが辺りに響いている。

乱暴に与一がポケットに手をつっ込み、それを広げるとお札と小銭があった。ちっと舌打ちすると、無造作にお札を文吾に押しつける。

「これで涙拭け」

「……お札ですけど」

「俺はハンカチなんかもっとらんのじゃ」

「……一万円ですけど」

「何？」

一瞬躊躇したが、与一が投げやりに命じた。

「それでええ。はよ泣き止め」

文吾がそのしわくちゃのお札で涙を拭い、洟をかんだ。その間に与一は自動販売機で缶コーヒーを二本買い、その一本を文吾に渡した。

二人並んでコーヒーを呑む。そこでようやく涙が止まり、落ちつくことができた。ただ鼻の奥がまだひりひりと痛い。

与一が抑えた声で尋ねる。

「おまえ、大学はどうするんや？」

「辞めました」

退路を断つ。与一に作家になりたいと頼むのならばそれが必要条件だ。

「……覚悟は決まっとるんやな」

「はい」

与一が缶コーヒーを片手に文吾を見据えた。その眼力に怯まないように、文吾はまばたきをせずに見返した。

根負けしたように、与一の目元がゆるんだ。

「わかった。放送作家になれ。明日から東京来て、俺たちと一緒に付いて回れ」

「ありがとうございます」

深々と頭を下げる文吾に、与一が厳しく言った。

「ええか、おまえはまだ座付き作家やないぞ。座付き作家見習いや。ちょっとでもおまえがさぼったり、へたこいたらこの業界から追放するからな。わかっとんな」

「はい。よろしくお願いします」

放送作家になれる喜びは微塵もない。今からワラグルとなり、死に物狂いになってつき進む。その覚悟の杭《くい》を、文吾は心に思いきり打ちつけた。

与一が眉根を寄せ、文吾をじろっと眺めた。

「おまえ、名前興津文吾やったな」

「そうです」

「なんかほんまもんの作家みたいやな。おまえ文豪気取りか」

「本名なんでそんなこと言われても……」

「放送作家にしては重々しすぎる。ペンネームにしろ」

「ペンネームですか？」

放送作家にはペンネームを使う人が多い。梓がそう言っていた。テレビ番組の最後に流れるスタッフの名前を見て妙なのがあったら、それはたいてい放送作家だそうだ。

「そやなあ」

与一が顎に手をやり何やら思案している。と、閃いたように膝を打った。

「ラリーや。おまえはこれからラリー興津や」

「ラリーですか……なんか間のぬけた名前ですね」

不服そうに文吾が言ったので、与一が目を剝いてがなりたてる。

「なんや。俺がつけたったんやぞ。文句あんのか」

「すっ、すみません。嬉しいです」

身を縮めて応じると、そやろ、と与一が満足そうな笑みを浮かべ、おもむろに立ち上がった。

「よしっ今から収録あるから付いてこい」

「わっ、わかりました」

さっき明日からと言っていたので、文吾は動揺した。ただこの性急さが与一のやり方なのだ。本当の座付き作家になるためには食らいついていくしかない。

「これがラリーの初仕事や。行くぞ。ラリー」

「はい。ありがとうございます」

与一がもう歩き出している。

「待ってください」

文吾は慌てて与一の後を追った。それが放送作家への第一歩となった。

8

「寒っ」

優がぶるっと震え上がり、凜太が笑い声を上げる。

「忘れたんか。これが敗者復活戦やろ」

「ほんまやな。できることやったら二度と経験したくなかったわ」

そう優が軽口を叩く。緊張感はどちらもない。

ここは敗者復活戦が行われる野外ステージだ。ビル街の間にある吹き抜けのスペースなので寒風がひどい。この寒さに晒されると、凜太は敗者復活戦に来たことを実感する。

昼にネタ順を決めるくじ引きが行われ、アカネゾラは十三組目になった。トップ出番でさえなければ凜太はどこでもよかった。

もう生放送ははじまっている。客席からどっと大きな笑い声が起きて、白い息が辺りに立ちこめていた。笑い声の息は通常の息よりも温かいのか、白さがより際立って見える。

この寒空の中で千五百人は超える客が集まっている。ＫＯＭがいかに大きなイベントなのかがこれだけでもよくわかる。

そして芸人も客も一緒に体感するこの寒さが連帯感を生んでいる。だから敗者復活戦を勝ち上がった芸人に、お客さん達は肩入れをして声援を送る。これが敗者復活勝ち上がり組が強いと言われる所以だ。

そういえば去年やその前に、ここまでお客さんを見る余裕があっただろうか？　自分たちのことばかり考えていて、お客さんのことに気が回っていなかった。

これだけの寒さの中でネタを見てくれるのだ。笑って体の芯からぬくもるような漫才を見せてあげたい。

漫才とは三角形だ――。

ラリーがそう教えてくれた。自分、相方、客という点が三角形を描いたときに笑いが生まれる。自分も相方の優も大切でかけがえのない点だ。ラリーに付いてもらって、そのありがたさが身に染みてわかった。

そしてこの寒空のお客さんを見て、凜太の胸にもう一つの想いが灯《とも》る。このお客さんも大切な、愛《いと》しい点なのだ。彼らがいなければ、漫才は三角形にならない。この無数の白い息がそれを教えてくれる。

凜太が静かに呼びかけた。

「優……」

「なんや」

「俺らたぶん準決勝落ちて良かったわ」

負け惜しみでも自分を鼓舞するための言葉でもない。本心から凜太はそう思えた。

優が凜太の背中を叩き、晴れやかな笑みを浮かべた。

「俺も今そう思うとった」

その笑顔が凜太に確信を抱かせる。いける。俺たちは誰よりも美しく荘厳な三角形が描けると。

耳をつんざくような黄色い声が響く。モニターを見なくてもどのコンビが登場したのかがわかる。『ブルーリボン』だ。

アイドルのように容姿に優れたコンビで、とにかく若い女性に人気がある。コンビ名通り、ボケは髪を青色に、ツッコミは赤色に染めている。あざとすぎると他の芸人からは揶揄されているが、凜太は素晴らしい戦略だと思っている。

見た目のわかりやすさと覚えやすさが群を抜いていた。売れるにはお笑いの実力以外にも、こういう魅せ方も優れていないとならない。

ブルーリボンはSNSのフォロワー数もダントツなので、ネットで行われる視聴者投票とも相性がいい。敗者復活戦の最有力候補だ。

一際《ひときわ》大きな笑い声が響き渡る。

出演する芸人の何名かが半笑いになり、これ見よがしに肩をすくめた。やっぱりブルーリボンかよ、と顔にあきらめの色がにじみ出ている。この表情を浮かべた芸人にもうチャンスはない。

そろそろ出番だ。出演者控えのテントに戻ると、小鳥が何やら持ってきた。それは凛太の祖母、香の遺影だ。

小鳥が朗らかに言った。

「舞台袖でこれ持ってますからね。頑張ってください」

凛太と優は思わず顔を見合わせた。これはちょっと気恥ずかしいものがある。その微妙な顔色を読んだのか、小鳥がきょとんとした。

「あれっ、なんか変ですか」

優がふき出した。

「いえ、ぜんぜん。香ばあちゃんに見せるために俺ら漫才はじめましたからね。なっ、凛太」

「そやな。吹石さんありがとうございます」

凛太が礼を述べると、小鳥が明るく返した。

「はい。ここでおばあちゃんと見てますから」

舞台袖に向かい、軽く息を整える。緊張感がまるでないというわけではないが、ちょうどいい塩梅《あんばい》の緊張が全身を貫いている。

これが最後の舞台になるかもしれないが、それすらも楽しもう。これまでの集大成になるような漫才を披露するのだ。

前のコンビの漫才が終わった。凛太は小鳥の顔を見て、それから視線を下に落とした。ばあちゃん、優と奏でる最高の漫才を見ててくれ。

「いくぞ、相方」

優が軽く凛太の背中を叩いた。

「おうっ」

そう気合いを入れると、舞台へと足を踏み出した。

9

ラリーが電話をかける。毎年、この時間に電話をするのが恒例となっている。すぐに与一の快活な声が返ってくる。

「おうっ、今年はどや」

この前置きのない尋ね方が与一だ。普段からテレビやイベントの会議で顔を合わせるし、一緒に酒も呑みに行くが、KOMに関する質問はこの日に限られる。

決勝本番がはじまるまでの間に、今年の決勝進出者について教える。それが毎年の恒例行事だ。

「俺が付いたコンビが行ってますよ。二組」

「二組……ぜんぜんちゃうタイプか」

「はい。まったく違う種類のコンビです」

「虎と龍やな。ラリー、やっと梓の夢を叶えられそうやな」

感慨深そうな与一の声が返ってくる。

「ええ」

梓がこの世を去ってもう二十年も経った。

時が経てば記憶は薄れ、悲しみも風化する。世間ではそう言われているが、ラリーは逆だった。あの梓と一緒に過ごした一年間は、今も自分のすべてだ。

そして今日のKOM決勝では、より梓を濃厚に感じることができるだろう。まったくタイプの違う虎と龍のような芸人を育て、KOM決勝の舞台で雌雄を競わせる。その梓の夢を、やっと叶えることができるからだ。

「しかも二組とも小鳥の担当ですよ」

「そうか、じゃああいつの夢も叶うかもしれんな」

「はい」

ラリーが芸人に付く条件は、歴代KOMチャンピオンからの紹介だけだ。ラリーが手を貸せば、こいつは決勝に行けるかも知れない。そう思った芸人にだけ、ラリーの正体をあきらかにしていい。そう告げていた。

ただ一つ、ラリーは小鳥に頼まれたら無条件で付くことにしていた。

小鳥は、梓が自らの命を差し出して救った人間だ。ラリーにとっては娘同然の存在だった。時々小鳥の笑顔を見てはっとする。成長して梓と本当によく似てきた。

しかし小鳥は、なかなかラリーに頼もうとしなかった。この芸人ならばKOMで優勝できる。小鳥のお眼鏡に適《かな》い、一年で確実に決勝に行けると確信できる芸人が担当にいなかったからだ。

ラリーが芸人に付く期間は一年という限定だった。

だが今年、小鳥はラリーに付いて欲しいと頼んできた。それが凛太とキングガンだった。凛太の方は小鳥が頼もうとする直前に、偶然にもスマイリーの瀬名から切り出された。

ただ凛太もキングガンも、今年決勝にいけるというよりは、崖っぷちに追い込まれて芸人人生の瀬戸際だった。

与一が声をこぼした。

「あれから二十年か……」

与一もラリーと同じ想いのようだ。

「二十年前ははなたれ放送作家見習いだった興津文吾君が、今やKOMチャンピオンを育てる日本一の放送作家・ラリーか」

「やめてください。日本一なんて言っているのは与一さんだけですよ」

ラリーがモトハナの座付き作家だという事実は、一部の人間しか知らない。

与一が、ラリーは黒幕みたいな存在にしようと言い出したのだ。ラリーも目立つのが嫌なので、その意見を受け入れた。

だからラリーがモトハナに付き、その番組の構成を担当していることも極秘扱いとなっている。業界でのラリーも、ひたすら劇場で若手芸人のネタを見続けている謎の作家の印象が強い。

「何言うとんねん。花山与一が日本一言うとんのや。他の誰にも文句言わすかいな」

「わかりました。素直に受け取っておきます」

花山与一に日本一の作家だと断言してもらえる——作家としてこれほど名誉なことはない。

「ちなみに与一さん、去年のKOMはどうでしたか？」

「もうその話はええやろ」

不機嫌そうに与一が言い、ラリーは忍び笑いをする。ここが与一の唯一の泣きどころだ。

去年のチャンピオンの花山家は、与一の息子の三宝と和光の息子の左京のコンビだ。

ただ花山家は、順風満帆な芸人生活ではなかった。飽き性で移り気な三宝が、次々と新しいシステムの漫才を試すのだ。どれも新しくそれなりの面白さはあるのだが、ラリーから見れば全部中途半端だった。

自分たちは漫才の技術では一番になれないから、斬新なシステムを発明してそれでKOMチャンピオンになる。三宝はそう考えていたのだろう。

与一は、花山家について一切口を挟まなかった。唯一取った行動が、花山家というコンビ名を三宝に譲ったことぐらいだろう。

三宝も与一に芸事の相談はしなかった。三宝の気持ちはラリーにも理解できる。ただでさえ父と息子とは難しい関係なのに、父親はあの花山与一なのだ。与一と三宝の親子関係が、より複雑なものになるのは致し方がない。

ただ内心与一は歯がゆかったのだろう。おととしのちょうどこの時期に、与一がラリーにこう尋ねてきた。

「おいっ、おまえに付いてもらえるように頼めるのは、KOMチャンピオンやないとあかんらしいな」

訝《いぶか》しく思いながらもラリーは答えた。

「はい。一回だけその権利を使えます」

ただしラリーが付いて決勝進出できなければ芸人を辞めてもらう。その条件も伝えているので、この権利を使うチャンピオンは数少ない。

それは昔、与一が作家KOMの一次テストで出した条件だ。まず覚悟を試す。その与一の哲学を、ラリーは踏襲させてもらっている。

それにはラリーが死神と呼ばれていることも都合が良かった。

ああ、こいつ引退を考えているな……ラリーにはそういう芸人の匂いが敏感にわかった。そういう際は丁寧に話を聞いてやり、場合によれば就職の世話などをしてやる。

笑いの世界は激しい競争の世界だ。敗れて他の道に行くことは決して悪いことではない。そういう芸人の世話をし、第二の人生を実りあるものにするのも作家の仕事だとラリーは考えている。

ただその行為が、死神と呼ばれる所以となった。自分のことは誰にも話すなと辞めた芸人にも釘を刺している。

芸人を辞める覚悟で死神ラリーに付いてもらう——。

そんな本気の芸人でないとこちらも本気で教えられない。KOMで勝つには双方の覚悟が求められる。

与一が言いづらそうに言った。

「……わかった。じゃあその権利を使う」

「どういうことですか？」

怪訝そうにラリーが眉を上げると、与一が声を大きくする。

「どういうことって、俺もKOMチャンピオンやぞ」

忘れていた。もう与一は審査員の印象の方が強い。与一の頼みならばそんな権利はなくても付くに決まっているが、与一の頭にその手の考えはない。

「誰に付けばいいんですか」

「ほらっ、あれや。わかるやろ」

与一が言い淀《よど》む。もう答えはわかっているが、ラリーはあえてとぼける。

「コンビ名を言ってもらわないとわからないですが」

「花山家や、花山家に付いたってくれ！」

顔をまっ赤にして与一が叫んだ。花山家がなかなか決勝に上がれないのを見かねてのことなのだろう。

「ただし三宝と左京には俺からってことにするなよ。ラリー、おまえが付きたいから付いたってことにしろ。それぐらいええやろ」

「わかりました」

ラリーは請け負った。

そして三宝と左京に、「今日からおまえたちには俺が付く」とラリーは短く告げた。

小鳥と同じく、この二人は子供の頃から知っている。ラリーがまだ興津文吾というただの大学生のときからだ。

左京は喜んだが、三宝は渋い顔で断った。

「……ラリーさんに付いてもらわんでも、俺らは自分たちの力で優勝できる」

こういうひねくれたところも与一とそっくりだ。ただ小鳥がそれを聞きつけて三宝を説得し、三宝はしぶしぶ受け入れた。

ラリーは二人に、「昔やっていた肯定と否定をくり返す漫才をしろ。あのリターン漫才だ」と命じた。

子供時代の三宝と左京に初めて会ったとき、二人が披露したものだった。二人はそれをすっかり忘れていたが、ラリーはきちんと覚えていた。

ニンとは個性とは、その人間の子供の頃に眠っている。最初に面白いと感じたものこそが、その芸人の原点だ。

小説や漫画等の他の創作の世界では、それはオリジンとも呼ばれている。そのニンやオリジンを見つけ、育ててやるのがラリーのやり方だ。

梓が作家KOMの漫才台本のテストで、与一と和光の家族や知り合い全員に話を聞いていた。それはこのために必要な作業だったのだ。作家の仕事を続ければ続けるほど、梓の才能の凄さにラリーはうならされた。

「なんで今さらあんなもんを」

そう三宝はぶつぶつ言っていたが、半信半疑で試してすぐに手応えを感じた。あの漫才のシステムが、自分たちの肌になじむのがわかったのだ。それはニンをきちんと捉えている証拠でもある。そして花山家は、KOMチャンピオンとなった。もちろん二人は、裏で与一が動いていたことを知らない。

与一がごまかすように言った。

「去年の話はどうでもええ、それよりその虎と龍はどんなコンビや」

普通審査員に事前情報を入れると、審査基準を左右しそうでためらわれるが、与一だけは別だ。面白いか、面白くないか。誰よりも純粋に、それだけでしか判断しない。現に去年の花山家の二本目のネタは評価しなかったのか、別のコンビに票を入れていた。

ラリーが淡々と答える。

「一つはキングガンです。王道の漫才の対極にいるようなコンビです。セオリーなんて関係ない、これまで見たことのないような漫才をします」

「ええな。俺好みや」

弾んだ与一の声が返ってくる。

「虎がキングガンやったら、龍はなんや」

「残念ながら決勝にはいません」

「何？　じゃあぜんぜんあかんやんけ」

拍子抜けする与一に、ラリーが断言した。

「そのコンビが敗者復活を勝ち抜いて決勝に行きます」

「おまえがそう言うんやったら間違いないな。コンビ名は？」

「アカネゾラです」

「どんなコンビや」

今日、その名前を全国の人間が知ることになるだろう。

「技術力はこの世代ではダントツです。何せアカネゾラは子供の頃から漫才やってますからね」

「俺らみたいなもんか」

ふんと与一が鼻を鳴らした。

「きっとアカネゾラは日本を代表する漫才師になりますよ」

揺るぎのないラリーの口ぶりに、与一が腑《ふ》に落ちない声で言った。

「そんな凄いやつらが準決勝落ちたんか」

「ええ。つまらない失敗です」

優のインフルエンザのせいで、凜太は相当動揺していたようだ。しかし落ちたと聞いても、ラリーは平然としていた。敗者復活戦があるからだ。

「敗者復活戦があって助かったな。まさかそのアカネゾラは、ラリーが敗者復活戦の考案者やとは思わんやろうな」

「でしょうね」

ラリーが笑みをこぼす。与一相手だと、ラリーは笑みを浮かべるし軽口も叩ける。この人の前では自分は死神ラリーではなくなる。

KOMに敗者復活戦ができたのは今から十五年前だ。準決勝に進出できるほどの実力者でも舞台は水ものだ。アカネゾラのように失敗して落ちるコンビもいる。

その救済措置として、ラリーは敗者復活戦のシステムをKOMのスタッフに提案したのだ。芸人も救われるし、番組もさらに盛り上がるとその意見は喜んで採用された。

ラリーが明言する。

「今年は他にもいいコンビが多い。楽しめますよ」

「そうか。じゃあおまえもテレビの前で梓とゆっくり楽しめ」

「はい」

与一の言葉を、ラリーはしみじみと嚙みしめた。

10

電話を終えると、与一はスマホを片隅に置いた。それから大きく息を吐き、ソファーに体を沈めた。

「虎と龍か」

そうつぶやくと、思わず笑みが浮かんだ。

梓が死んでラリーが放送作家になると言い出したとき、与一は止めるつもりだった。この世を去った梓の意志を自分が引き継ぐ。その気持ちは痛いほどわかるが、それには梓と同等の才能が求められる。与一の目から見て、ラリーにそれはなかった。才能がない人間がやっていけるほど気楽な世界ではない。

ただ与一にはそれができなかった。どうしても作家になりたいんです……梓を失った衝撃で髪の毛がまっ白になり、泣き腫らして懇願するラリーに同情し、与一はつい首を縦に振ってしまった。あそこでつっぱねる非情さをどうしても持てなかった。

けれどラリーは、与一の予想を大きく覆した。

その宣言通り、ラリーは人生すべてをお笑いに捧げた。座付き作家として与一に付き従い、死に物狂いで勉強を続けた。

あいつは一体いくつの企画を考え、台本を書き、ネタを作ったのだろうか？　何度やり直しをさせても決してめげなかった。

ラリーが作家になって数年後、与一はラリーの家で打ち合わせをすることにした。ちょうど次の仕事場が、ラリーの家の近所だった。ラリーが与一の家を訪れることはよくあるが、その逆ははじめてだった。

扉は開いているから勝手に入ってくださいと言われて、与一がラリーの部屋に入ると、その光景に目を丸くした。

その部屋は六台以上のテレビで埋め尽くされていた。しかも全部映っていて、どの画面も違うものが流れていた。中には自分が映っている番組もある。まるでテレビ局のモニター室みたいだ。音量は小さいが、どのテレビからも声が聞こえるのでかなりの騒々しさだ。

その一角のテーブルで、ラリーが真剣な顔つきでパソコンに向き合っていた。仕事をしているのだろう。集中しすぎているのか与一に気づかない。

これだけの台数のテレビに囲まれる中、白髪で頰に傷を持つ若い男がパソコンにかじりつく……異様すぎる光景だった。

「おまえ、なんやこの部屋」

大声を出すと、ラリーがそこではっとした。

「与一さん、もう来られてたんですか。すみません。散らかってて」

ラリーが巨大な電源タップのスイッチを操作すると、すべてのテレビの電源がいっせいに切れた。急に静かになったので耳がおかしくなる。

「散らかっているというかテレビだらけやないか」

「バラエティー番組の勉強用です。あとは舞台でやっているネタも流しています。この部屋にいるときは全部のテレビをつけてるんですよ」

「……そんなことしたらようわからんやろ」

「完璧には無理ですけど、慣れればなんとかわかりますよ」

こともなげにラリーが言い、与一は思わずうなり声を漏らした。そして心の中でこうつぶやいた。

こいつこそが真のワラグルや――。

量は質を凌駕《りょうが》するという言葉があるが、それをラリーが体現した。才能のなさを、これだけの信じられない努力で補っているのだ。ラリーの努力の量は、お笑いに携わる人間の中で誰も敵わないだろう。もちろんそれは与一も含まれる。

放送作家にはお笑いの能力以上にコミュニケーション能力が求められる。それぞれの異なる現場で、チームの一員として働く必要があるからだ。

ただラリーのあの不気味な外見では他のスタッフから敬遠されるし、ラリーは元々陽気な性格ではない。特に梓を失ったことで、よりその傾向に拍車がかかった。決して放送作家として大成できる人間ではなかった。

だが圧倒的な努力で、与一を含めた人間すべてにその実力を認めさせた。

俺が、モトハナが天下を取ったと言われるのは、自分の元にラリー興津がいたからだ。与一はそう断言できた。

さっきラリーに、おまえが日本一の放送作家だと言ったが、その言葉はまぎれもない本心だった。

そのラリーが育てた虎と龍の決戦が見られるのか……天国の梓ほどではないだろうが、自分も楽しみでならない。

コンコンとドアをノックする音が聞こえ、スタッフが呼びかけてきた。

「与一さん、そろそろ出番です」

「よっしゃ」

与一は気合いを入れて立ち上がった。

11

電話を切り、ラリーは改めて部屋を見渡す。

リビングの片面の本棚には、お笑い関連の本やＤＶＤ、ラリーが今まで書いてきた漫才やコント、番組の台本が揃えられている。ここにあるのは厳選されたものばかりで、余ったものは今マルコ達が寝泊まりしている荷物部屋に入れている。

壁には写真が貼られ、棚には写真立てが置かれている。部屋中が写真で埋め尽くされていた。そのすべてに笑顔の梓が写り、隣には文吾がいる。まだ髪が黒く、頬に傷跡もない頃の写真だ。あれから二十年が経った今、肌もくすんで皮膚はその弾力を失いつつある。梓を失って以降、髪の黒さも失われてしまった。この白髪は結局元には戻らなかった。ただ写真の中の梓は二十年前の姿を保っている。

ラリーはソファーに座ると、テレビのリモコンで電源を入れた。ＫＯＭ決勝当日はこの家でテレビ観戦する。それがラリーの毎年の決まりだった。

ＣＭが終わるとすぐに番組がはじまる。今年のＫＯＭがはじまったのだ。

ラリーは足に力を込めて、テレビを見つめた。

やがて頼もしい教え子達が、ステージ上に登場した。ＫＯＭの象徴とも呼べるあの豪華絢爛《けんらん》なステージセットだ。その中心に据えられた三八マイクに向かう。

ラリーの口元に笑みが浮かんだ。稽古場で抑えていた笑い声を、ここでは思う存分放つことができる。今この瞬間だけは、ラリーは興津文吾へと戻ることができた。

心の中に、梓の声が聞こえてくる。

「ブンブン、最高だよ。私の夢を叶えてくれてありがとう」

その感謝の言葉が胸に染み込んでいく。

どういたしまして、梓——。

そうつぶやくと、ラリーは声を上げて笑った。

「やっぱりお笑いは最高だね、ブンブン」

梓の笑い声も止まらない。

この一年間の中でラリーがもっとも幸福を感じられる瞬間、まさにそれが今だ。

ありがとう。ありがとう。凜太、マルコ、優、鹿田、その他の決勝進出者、すべての芸人達。さらにKOMのスタッフ、お笑いに携わる多くの方々、そして漫才を、芸人を、笑いを愛してやまないすべての人々……。

あなた達のおかげで俺はこうして生きていられる。梓と過ごしたかけがえのない一年間のように、今でも梓の側に寄り添ってやれる。彼女と一緒に笑い合える。それもこれもみんなのおかげだ。本当に、本当にありがとう。

その感謝の気持ちで、ラリーの胸はいっぱいになる。

テレビから今日一番の爆笑が巻き起こると、ラリーと梓も大笑いした。

エピローグ

「あっつ」

凛太はかばんを地面に置き、その上に仏花の花束を載せた。カーディガンを一枚脱ぎ、腰に巻きつける。それからもう一度花とかばんを手にした。

春だというのに夏のような陽気だ。墓石がずらっと並んだ墓地だが、この天気のおかげで不気味さはまるでない。

一際大きな墓石があり、そこで足を止めた。この前優と訪れた香の墓に比べると、倍ぐらいの大きさだ。ずいぶんとお金をかけている。相当裕福な家庭の人だったのだろうか。

その墓石に刻まれた名前を見て少し眉根を寄せたが、すぐに目を見開いた。

『興津梓』

興津——。

興津とは確かラリーの名前だ。ラリーの正式なペンネームはラリー興津だが、全員がラリーとしか呼ばないので一瞬思い出せなかった。

ようやくスケジュールに余裕のできたこの日、ここに墓参りをしてくれとラリーに頼まれていた。この梓という人は、ラリーの妻だろうか？

仏花を供えて手を合わせる。

「凜太さん、何してんすか」

聞き慣れた声に振り向くと、そこにキングガンのマルコが立っていた。その手には凜太と同じく仏花がたずさえられている。

凜太が立ち上がる。

「おまえこそなんや」

「いや、俺はちょっとここに墓参りしろって言われて」

「誰にや」

唇を開きかけたマルコが、ぎょっとして口を手で覆う。

「ひっ、秘密ですわ。名前を口にしたら俺はスパイに消されるんで言えません」

その反応を見て、凜太はすべてを悟った。

なるほど。キングガンもラリーに付いてもらっていたのだ。

どうしてもっと早く気づかなかったのだろう。キングガンの変貌ぶりを見ればすぐにわかりそうなものだ。自分たちのことに精一杯で、他を見る余裕がまるでなかった。

凜太がマルコの仏花に目を落とす。

「花の値段でも俺に負けとるな」

マルコがむきになって抗議する。

「あー、まだそれ言う。いつまでチャンピオン気分なんですか。俺も一千万円あったらどでかい花束買ってきましたわ」

去年の決勝以降、凜太がチャンピオン自慢をし、マルコがそれに口を尖らせるというこのノリができた。

ＫＯＭはアカネゾラが優勝し、キングガンが二位、馬刺が三位で終わった。敗者復活戦でアカネゾラは最高の漫才ができた。会場が爆笑の渦に巻き込まれ、白い息がもうもうと立ちこめた。

人気投票でブルーリボンが有利だと思われていたが、アカネゾラは圧倒的な票数の差で決勝に進出した。

その勢いはとまらず、決勝の舞台でも爆発した。五組目のキングガンが叩き出した最高得点を、八組目のアカネゾラが上回り、ラスト・トライアルに進出したのだ。

そして花山与一以外の審査員全員がアカネゾラに票を入れて、凜太達は念願のＫＯＭチャンピオンになれたのだ。

一夜で人生が変わる——。

ＫＯＭで優勝するとそうなると言われているが、その言葉を凜太は身をもって体感した。そこから一気に全国の誰もが知る芸人になれたのだ。

小鳥のあのスケジュール帳が、アカネゾラのスケジュールで埋まっていく。それを見るたびに小鳥と一緒に大はしゃぎをした。

マルコが唇をつき出した。

「チャンピオンか知りませんけど、俺らのほうが売れてますからね。アカネゾラよりも大忙しですわ」

負け惜しみではなくそれは事実だった。ＫＯＭで準優勝したことで、キングガンのキャラクターは認知された。今ではテレビでマルコ達を見ない日はない。

「俺もおまえみたいな泣き芸あったらもうちょっと売れたんやけどな」

「おいっ、泣き芸っていうな」

またマルコが甲高い声で反発する。

KOMが終わると、マルコの父親から連絡があった。父親が家族の元に戻ってこられるようにするために、マルコは芸人になった。その事実を凛太はそこではじめて知った。

父親とマルコが再会する様子がドキュメンタリーで放送された。マルコは決勝進出でも号泣していたが、そのときよりもさらに泣き崩れていた。その姿は、見るもの全員の涙を誘った。凛太ももついもらい泣きをした。

キングガンに密着していたディレクターの山内の渾身の作品だった。マルコは宇宙人と言われているが、その体の奥底には情と熱いものがあると認知され、一躍人気者になった。

「明日、俺ら与一さんの大喜利番組の収録ですからね」

マルコが絶妙の間で反撃してくる。

「マジか」

凛太が出演したい番組だ。

「アカネゾラさんはチャンピオンになれたかもしれませんけど、与一さんは俺らに票入れてますからね。花山与一に認めてもらわんで真のチャンピオンと言えるんですかね。あんたらは偽チャンピオンや」

こいつ、と凛太は歯がみした。宇宙人のくせに、的確に地球人の急所を攻撃してくる。

逆襲に成功したので、ふふんとマルコが鼻を高くして腕を組む。

「おまえに一つ報告がある」

「……なんですか」

凛太の声の調子が急に変わったので、マルコが身がまえる。

「俺、吹石小鳥さんと付き合ってるから」

マルコが飛び上がり、今日一番の声を張り上げる。

「おいっ！　それは反則やろ。今仕事のやりあいしてんちゃうんか！」

マルコにとっては、これがもっとも堪える返り討ちだ。ショットガンでやつの心臓を撃ち抜いてやった気分だ。

小鳥と一緒にホットケーキを食べているときが、凛太がもっとも心安らぐ瞬間だった。仕事相手としてではなく、恋人として彼女とずっと一緒にいたい。いつしかそう思うようになっていた。事務所のマネージャーだろうがなんだろうが関係はない。好きな人に好きだと言って何が悪いのだと開き直った。優もそうしろと背中を押してくれた。

ただそれには資格がいる。ＫＯＭチャンピオンという称号を得ないとそれはできない。優勝したら彼女に想いを打ち明けると決めていた。

優勝してしばらく経ったある日のこと、凛太がついに告白すると、小鳥はぽかんとした。

「私も、アカネゾラが優勝したら凛太さんに告白しようと思ってたんです」

二人で同時に笑った。小鳥もそろそろ告白してもいい時期だと算段していたそうだ。

告白するや否や小鳥が凛太の側に来て、スマホのカメラで二人の写真を撮りはじめた。あまりに急だったので、凛太は目を丸くした。

「ラリーさんが言ってくれたんです。一生一緒にいたいという人ができたらなるべく写真を多く撮っておけって」

「ラリーさんがですか？」

ラリーが恋愛のアドバイスをするのか？　そのときはぴんとこなかったが、この墓を見た今ならわかる。ラリーは、梓さんという女性とそうして愛を育んでいたのだろう。

マルコが目の色を変えて怒鳴る。

「あんた事務所の女マネージャーに手出したら、打ち首獄門市中引き回しの刑に処されるのを知りまへんのか」

「その掟《おきて》には一つだけ例外がある。ＫＯＭチャンピオンにのみ許される」

「ぐっ、そんなとんでもない特典が」

マルコがうらやましそうに言葉を詰まらせると、凜太は愉快になった。これで完全勝利だ。

膝を屈伸し、凜太は背筋を伸ばした。

「さあ、行くか。おまえも出番やろ」

今から劇場でキングガンと一緒に出演する。

マルコが肩をぐるぐると回した。

「芸人ですからね。勝負は舞台でつけましょ。俺らがアカネゾラより笑いを取ったりますわ」

「よしっ、勝負や」

そう凜太が快活に返した。今日もお客さんが待っている。さあみんなを笑顔にしよう。それが俺たち芸人の仕事だ。

凜太とマルコは並んで歩き出した。

浜口倫太郎（はまぐち・りんたろう）
1979年奈良県生まれ。漫才作家、放送作家を経て、『アゲイン』で第5回ポプラ社小説大賞特別賞を受賞しデビュー。著書に『シンマイ！』『廃校先生』『22年目の告白―私が殺人犯です―』『AI崩壊』『お父さんはユーチューバー』など多数。

装丁　bookwall
装画　吉村宗浩

ワラグル

二〇二一年七月十九日　初版第一刷発行

著者　浜口倫太郎
発行者　飯田昌宏
発行所　株式会社小学館
〒一〇一-八〇〇一　東京都千代田区一ツ橋二-三-一
編集　〇三-三二三〇-五七二〇　販売　〇三-五二八一-三五五五
DTP　株式会社昭和ブライト
印刷所　萩原印刷株式会社
製本所　株式会社若林製本工場

造本には十分注意しておりますが、印刷、製本など製造上の不備がございましたら「制作局コールセンター」（フリーダイヤル〇一二〇-三三六-三四〇）にご連絡ください。

（電話受付は、土・日・祝休日を除く九時三十分〜十七時三十分）

本書の無断での複写（コピー）、上演、放送等の二次利用、翻案等は、著作権法上の例外を除き禁じられています。

本書の電子データ化などの無断複製は著作権法上の例外を除き禁じられています。代行業者等の第三者による本書の電子的複製も認められておりません。

©Rintaro Hamaguchi 2021 Printed in Japan ISBN 978-4-09-386614-9